Mona Vara

Laura
Venezianisches Maskenspiel

Personenverzeichnis

Laura Ferrante, geb. Veronese
eine venezianische Adelige

Domenico Ferrante
Lauras Ehemann, venezianischer Patrizier

Anna
ein Dienstmädchen

Marina
Domenicos Schwester

Clarissa Ferrante
Domenicos Mutter

Patrizio Pompes
Lauras „legaler" Cicisbeo

Ottavio Ferrante
Domenicos Vetter und Lauras „illegaler" Cicisbeo

Concetta
Lauras Freundin

Sofia Bandello
Domenicos Geliebte

Nicoletta Martinelli
Domenicos ehemalige Mätresse

# Ein „wohlmeinender" Freund

Domenico erwachte in einer Wolke aus nach Rosen duftendem, langem, hellblondem Haar und nach Liebe duftender weiblicher Haut. Neben ihm, eng an seinen Körper geschmiegt, lag Sofia, seine derzeitige Geliebte. Sie schlief und er nutzte die wenigen Momente der Ruhe, die sie ihm gönnte, um nach zwei Briefen zu greifen, die auf dem kleinen Tisch neben seinem Bett lagen.
Er drehte sie abwägend hin und her, bevor er sich entschloss, sie zu öffnen. Der eine – sehr umfangreich und aus fünf Bögen bestehend – stammte wieder von seiner Mutter. Ein unerfreulicher Brief, der ihn an seine Pflicht erinnerte. Und es war nicht der erste, auch wenn sie es verstand, mit jedem weiteren Schreiben noch eindringlichere Worte zu finden und größere Überzeugungskunst hineinzulegen. Dieses Mal appellierte sie sogar an sein Gewissen. Sie schrieb, dass es an der Zeit wäre, endlich einen rechtmäßigen Erben in die Welt zu setzen, um die Familie vor dem Aussterben zu bewahren. Sie fand doch tatsächlich mehrere traurige Beispiele – zu denen so bekannte Geschlechter wie ein Zweig der Valieri zählten – in denen dies wegen der Pflichtvergessenheit und Fortpflanzungsunwilligkeit des letzten Erben geschehen war, und flehte ihn in den letzten fünf Absätzen des Schreibens förmlich an, zurückzukehren und seine Gattin endlich zu einer richtigen Frau und Mutter zu machen!
Domenico schnaubte verächtlich. Als ob er sich nicht alle Mühe gegeben hatte, das zu tun! Aber bei dieser Frau wäre selbst Gott Zeus mit all seinen Verwandlungs- und Verführungskünsten gescheitert!
Dabei war ihm Laura Veronese, die Tochter eines verarmten venezianischen Adeligen, als die für diesen Zweck passende Frau erschienen. Einer seiner Freunde hatte die ersten Kontakte zu ihrer Familie hergestellt, und er selbst hatte ihren Vater aufgesucht und war bald einig mit ihm geworden. Er hatte, um sie kennenzulernen, erst auf das venezianische Festland, die Terraferma, reisen müssen, wo ihr Vater sie seit ihrem fünften Lebensjahr in einem Kloster untergebracht hatte, um nicht mit der Tochter belastet zu sein. Als er dann Laura das erste Mal in dem kahlen Sprechzimmer des Klosters besichtigt hatte, war er überzeugt davon gewesen, dass dieses Mädchen, das mit seinen dreiundzwanzig Jahren nicht gerade in der Blüte seiner Jugend stand, genau die richtigen Eigenschaften

mitbrachte, die er sich von einer fügsamen Gattin und Mutter seiner Kinder erwartete. Ein gesundes und gleichzeitig unkompliziertes Geschöpf, ohne allzu große Ansprüche, das gewiss nicht in jene Art von Lebenslust verfallen würde, die einen Ehemann um seine Ehre und sein Vermögen brachte. Zwei Monate später hatte die Hochzeit stattgefunden.

Und da war er zum ersten Mal stutzig geworden.

Denn das Mädchen, anstatt Glück und Freude über diese vorzügliche Verbindung auszustrahlen, hatte stumm und verstockt an der Hochzeitstafel gesessen und ihn kaum angesehen. Zu diesem Zeitpunkt hatte er das noch für Schüchternheit gehalten, aber als er in der darauffolgenden Nacht mit einer gewissen Vorfreude auf diesen durchaus nicht reizlosen Körper in ihr Schlafzimmer gekommen war, hatte er – statt einer scheuen und hingebungsvollen Gattin – ein auf einem Sessel zusammengekauertes Häufchen Unglück vorgefunden, das irgendetwas völlig Zusammenhangloses von ewiger Liebe stotterte und nicht daran dachte, ihn ohne diese – ihm offenbar so mangelnden Voraussetzung – auch nur näher als zwei Schritte an sich heranzulassen.

Liebe. Und noch dazu ewige. Er verzog bei dem Gedanken, dass ihm in seiner Jugend ähnliche dumme Flausen im Kopf herum gespukt waren, verächtlich den Mund. Zum Glück war er davon geheilt worden, bevor er sich für alle Zeiten hatte lächerlich machen können, indem er einem hübschen Lärvchen, das ihm Liebesschwüre ins Ohr geflüstert und in Wahrheit nur nach dem „Meistbietenden" Ausschau gehalten hatte, die Ehe anbot. Er war damals noch jünger gewesen als Laura heute und war erstaunlich schnell über die Enttäuschung hinweggekommen, auch wenn er in Zukunft vorsichtiger geworden war. Und Laura würde ebenfalls irgendwann einsehen, dass diese Art von Liebe nur der Auswuchs heillos romantischer Geister war und sonst nichts.

Domenico war an diesem Abend jedenfalls nichts anderes übrig geblieben, als die Hochzeitsnacht zu verschieben und darauf zu warten, dass seine Frau Vernunft annahm. Er war erstaunt gewesen, dass es offenbar niemand der Mühe Wert befunden hatte, sie auf ihre Rolle und Pflichten als Gattin eines Patriziers vorzubereiten, und hatte sich in der Folge um einen ruhigen, kameradschaftlichen, fast ein wenig väterlichen Ton bei ihr bemüht. Er hatte versucht, ihr klarzumachen, wie das Leben im Kreise der venezianischen Adeligen wirklich aussah, und nach einigen Tagen geduldigen Zuredens war es ihm gelungen, endlich die Ehe zu vollziehen. Er hatte ihr, als es vorbei gewesen war, freundlich die Wange getätschelt und war in sein eigenes Bett gekrochen, unendlich erleichtert, seine Pflicht erfüllt zu haben.

Bald darauf war er nach Paris abgereist in der Hoffnung, seine verzweifelten Bemühungen wären von Erfolg gekrönt gewesen.

Was aber offenbar nicht der Fall war.

Er warf die Briefbögen ärgerlich zurück auf das Tischchen. Damit würde er sich später beschäftigen. Natürlich musste er über kurz oder lang nach Venedig heimkehren, um in diesem unerfreulichen Ehebett seiner Pflicht Genüge zu tun und seine Mutter zu beruhigen, aber noch wollte er seine reizende Geliebte und Paris gleichermaßen genießen.

Er nahm den anderen, stark nach Parfüm duftenden Brief zur Hand. Sein Diener hatte ihn überbracht, bevor Sofia lebhaft und überwältigend in sein Schlafzimmer gestürmt war, um ihn für einige Stunden alles andere vergessen zu lassen. Er brach das Wachssiegel auf, faltete den Bogen auseinander und las.

Da hatte doch tatsächlich ein „wohlmeinender Freund" – seiner Meinung nach roch dieser Brief im wahrsten Sinn des Wortes nach seiner ehemaligen venezianischen Geliebten Nicoletta – es für nötig befunden, ihn über den zweifelhaften Lebenswandel seiner Frau aufzuklären und zu behaupten, dass Laura seine Ehre als Patrizier beschmutzte und sich nicht nur einen, sondern ein ganzes Heer von *cicisbei* hielt.

Domenico schüttelte stirnrunzelnd den Kopf. Ein ganzes Heer gleich? Das wäre um einige zuviel. Für einen klugen Ehemann war ein *cicisbeo* natürlich eine recht wünschenswerte Einrichtung, handelte es sich doch lediglich um einen oftmals von ihm selbst ausgesuchten und bezahlten Begleiter, der seine Frau an seiner statt zu Bällen und anderen akzeptablen Vergnügungen begleitete und ihm so die Freiheit verschaffte, ungestört seinen eigenen Geschäften nachgehen zu können. War der Ehemann jedoch unvorsichtig genug, nicht selbst seine Wahl zu treffen, so bestand meist die Gefahr, dass Draufgänger und Glücksritter ihre Chance witterten und die abenteuerlustige Ehegattin nicht nur ins Theater, sondern bis ins Bett begleiteten. Er selbst hatte in seiner Jugend so manche verheiratete Frau in dieser Hinsicht nicht nur mit seiner Begleitung sondern auch weitergehenden Aufmerksamkeiten versorgt und wusste darüber besser Bescheid als so mancher andere. Aus diesem Grund hatte er eine Woche nach der Hochzeit und zwei Wochen bevor er gelangweilt nach Paris abgereist war, selbst Sorge für einen passenden Begleiter getragen. Er hatte Patrizio Pompes gewählt, einen seiner betagteren Verwandten, der am Spieltisch so viel verloren hatte, dass er jetzt für Geld die Schwiegertochter seiner Base ausführte. Patrizio war zwar in seiner Jugend ein Abenteurer gewesen, aber diese schönen Zeiten waren schon lange vorbei, und er würde ganz gewiss nicht auf die Idee kommen, seine Dienste bei Domenicos Frau zu weit zu treiben.

Seine Geliebte bewegte sich. Die kostbare Seidendecke rutschte ein wenig hinunter und gab den Blick auf eine äußerst wohlgeformte Brust frei, deren dunkelrote Spitze Domenicos Aufmerksamkeit erregte. Sofia schlug die Augen auf, tastete mit einem reizenden Lächeln zu ihm herüber und griff nach seiner Hand, um sie auf eben diese Brust zu ziehen. „Schon wach, *Monsieur*?"

Domenico spielte gedankenlos mit ihrer immer härter werdenden Brustspitze, während er den Brief ein zweites Mal las. Zuerst hatte er ihn nicht beachten wollen, da es ihm bis zu diesem Moment gleichgültig gewesen war, was Laura tat – solange seine Ehre nicht in den Schmutz gezogen wurde, indem seine Frau ihn zum Hahnrei machte. Nun erinnerte er sich jedoch deutlich an diese lächerlich romantische Seite seiner Gattin, die gewiss schnell geneigt war, einem Verführer nachzugeben, nur weil er ihr die Sterne vom Himmel und endlose Liebe versprach.

Seine Geliebte fuhr mit dem Zeigefinger die steile Falte zwischen seinen Augenbrauen nach, die sich in den letzten Minuten vertieft hatte. „Schlechte Nachrichten, *mon amour*?" Sie stammte ebenso wie er aus Venedig, liebte es jedoch – selbst wenn sie alleine waren – ihre Sätze mit französischen Worten zu würzen.

„Wie man's nimmt. Da schreibt mir jemand, dass Laura sich zu sehr mit anderen Männern beschäftigt."

Sofia gähnte. „Laura? Heißt so nicht deine Frau? Na und? Lass sie doch! Was kümmert es dich, was dieses langweilige Geschöpf tut!" Sie schob die Decke zur Seite und begann seine darunter zum Vorschein kommende Haut zu küssen, immer tiefer hinunter, bis Domenico wieder jenes angenehme Prickeln verspürte, das etwas heftigere Gefühle einläutete. „Ich fand sie vom ersten Blick an ziemlich hässlich", sagte sie beiläufig. „Ich habe zwar versucht, mich mit ihr abzugeben, aber sie war außerdem noch dumm."

Domenico rieb sich nachdenklich das Kinn. Vor seinem geistigen Auge tauchte ein hübsch gerundeter Körper auf und warme braune Augen. Laura war vielleicht nicht gerade eine betörende Schönheit, aber auch nicht unscheinbar. „Nein", sagte er aus dem Gedanken heraus, „sie ist nicht hässlich und bestimmt nicht dumm. Sie ist nur nicht gebildet. In dem Kloster, in dem sie aufgewachsen ist, hat man wenig Wert darauf gelegt, einer Frau mehr als die Grundbegriffe von Bildung beizubringen."

Sie konnte zwar lesen und schreiben, beschränkte sich jedoch offenbar – den wenigen Worten nach zu urteilen, die er ihr hatte entlocken können – auf einfachste Lektüre. Das hatte ihn jedoch nicht gestört. Er hatte vor allem eine bequeme Gattin haben wollen, die selbst nicht zuviel nachdachte, sondern sich völlig natürlich seiner überlegenen Meinung fügte.

„Sie stickt zweifellos ganz prächtige Deckchen", lachte Sofia spöttisch. „Aber sie ist langweilig. Ich werde nie verstehen, wie du sie mir vorziehen konntest!"

„Weil sie eine angemessene Partie ist, meine Schönste", erwiderte Domenico geduldig.

„Angemessen! Bin ich das etwa nicht?"

Er betrachtete sie eingehend. Ihre leuchtenden blauen Augen, das blonde Haar, das sich auf den Schultern und ihrem Brustansatz ringelte, der Busen, der jetzt empört wogte, als sie sich auf die Hände stützte, um ihn besser ansehen zu können.

„Du vielleicht, aber deine Familie ist es nicht. Deine Mutter ist zwar mit Carlo, dem Mann meiner Schwester verwandt, aber dein Vater stammt aus bürgerlichen Kreisen." Er streichelte über ihren Hals bis hinab zu ihren Brüsten, spielte damit, hob sie an, knetete sie genussvoll. „Eine Ehe mit dir hätte mir der Große Rat nie verziehen. Meine Familie ist nicht einflussreich genug, um eine Mesalliance zu überstehen. Ich wäre vermutlich in Ungnade gefallen und hätte mich auf mein Landgut zurückziehen müssen." *„Und außerdem ist es vernünftiger, eine bequeme Ehefrau zu haben",* fügte er für sich hinzu, hütete sich jedoch, diesen Gedanken laut auszusprechen. Eine Geliebte konnte man verlassen, wenn sie Schwierigkeiten machte oder man genug von ihr hatte. Eine Ehefrau loszuwerden war weitaus problematischer.

Aber tatsächlich spielten vor allem materielle Überlegungen eine Rolle. Er hatte ein überdurchschnittlich gutes Auskommen – zwar bei weitem nicht genug, um ihn für wichtige Posten zu qualifizieren, die, um sie ausfüllen zu können, mit hohen Kosten verbunden waren, aber diese Art von Berufung hatte ihn ohnedies niemals gereizt. Trotzdem hätte er sich eine nicht standesgemäße Frau niemals leisten können, weil er damit diejenigen Vorteile einbüßen würde, die er aufgrund seiner untadeligen Herkunft besaß. Laura besaß zwar kein Vermögen, auch ihre Eltern waren arm, aber sie stammte aus einer alteingesessenen Patrizierfamilie.

Der Brief fiel ihm wieder ein, und er runzelte die Stirn. So völlig komplikationslos war Laura aber offenbar doch nicht, was wohl an diesen lächerlichen romantischen Vorstellungen liegen mochte. Und gerade zur Karnevalszeit war es wohl angeraten, selbst auf die unauffälligste Frau ein Auge zu haben, die unter dem Schutz von Masken und Verkleidungen auf Ideen kommen könnte, die er gewiss nicht goutieren würde.

„Domenico!" Die gereizte Stimme seiner anspruchsvollen Geliebten riss ihn aus seinen Betrachtungen. „Du bist ja mit deinen Gedanken vollkommen fern von mir! Wie demütigend! Ich bemühe mich um dich, will dich mit den Freuden meiner Lippen und meiner Zunge beschenken! Und was machst du? Starrst zur Decke und liegst im Gegensatz zu deinem *petit monsieur* da wie ein Toter!"

Domenico sah an sich herab. Sein Glied hatte sich unter Sofias Bemühungen tatsächlich schon aufgerichtet. Um sie zu besänftigen – er hatte jetzt wahrlich keine Lust, einen ihrer lästigen, in der Gesellschaft derzeit so verbreiteten Anfälle – *vapeurs* - zu ertragen, zog er sie zu sich empor.

„Aber meine Schönste. So errege dich doch nicht. Ich weiß zum Beispiel auch einen viel besseren Ort, wo mein *petit monsieur* untergebracht sein möchte. Einen ganz besonders hübschen, heißen und verlockenden Ort sogar."

Er ließ seine Hand an ihrem Körper hinunterwandern, bis sie mitten in diesem hübschen, heißen, verlockenden Ort angekommen war. Als er mit seinen Fingerspitzen ihre rote Perle suchte, vergaß Sofia ihren Ärger über ihn, öffnete die Beine bereitwillig etwas mehr, schmiegte sich an ihn, wand sich mit jeder Berührung, stöhnte lustvoll. Er beschäftigte sich gründlich mit der außergewöhnlich großen, vor Erregung geschwollenen Klitoris, die bei Sofia so deutlich sichtbar war, viel mehr als bei anderen Frauen. Etwas, das ihn bei ihr am meisten faszinierte. Und auch ihre oft rasenden Reaktionen, wenn er sie dort berührte, streichelte, zärtlich kniff. Er hielt sich lange damit auf, so lange, bis er die ersten Anzeichen eines Orgasmus an ihr feststellen konnte. Das war zu früh. Er wollte noch ein wenig mit ihr spielen, sie weiter aufheizen, bis sie vor unerfüllter Lust ganz weich, anschmiegsam, nachgiebig wurde, zu betteln begann. Er mochte diese

Art an ihr. Nicoletta, seine venezianische Geliebte – die Briefschreiberin – war in dieser Hinsicht viel fordernder gewesen. Sofia seufzte anklagend auf, als er sich aus ihrer Scham zurückzog und mit seinen Fingern eine feuchte Spur über ihren Bauch bis hin zu ihren Brüsten zog.

„Nicht aufhören ..."

„Ein bisschen musst du noch warten, meine Schönste. Erst, bis ich es dir erlaube." Er kostete gerne seine Macht über seine Geliebten aus. Nicht auf anderen Gebieten, dazu waren sie ihm im Grunde zu gleichgültig. Im täglichen Leben – bei seinen eigenen Entscheidungen – ignorierte er sie oder ihre Wünsche einfach, wenn es ihm nicht gerade opportun erschien so zu tun, als würde er nachgeben. Aber im Bett machte es ihm Spaß, sie zu unterwerfen, sie warten zu lassen, sie mit Zärtlichkeiten zu quälen, bis sie vor Lust und Verlangen schrien, bevor er sich herabließ, ihr Begehren zu stillen. Auch dieses Mal ließ er sich Zeit, rollte Sofia im Bett herum, berührte sie hier, streichelte dort, an allen Punkten, an denen sie, wie er schon herausgefunden hatte, empfindlich war. Ihr Gesicht und ihr Hals waren gerötet, sie wand sich unter seinen Händen und Lippen, bevor er endlich genug hatte von dem Spiel und auch seine eigene Lust ein Maß erreicht hatte, das er nicht mehr ertragen wollte. Er drückte ihre Knie bis zu ihren Schultern, bis sie ganz zusammengerollt dalag und ihre nasse Scham frei und offen vor ihm war. Ein letztes Saugen noch an dieser faszinierenden großen Perle, ein Lecken, ein Hineinbohren in die zuckende Öffnung, was sie aufschreien ließ, und dann endlich glitt er über sie, drang mit einem kräftigen Stoß tief in sie hinein.

Sofia umschlang mit ihren Beinen seinen Körper, zog ihn näher zu sich, während sie ihre Finger in die Bettvorhänge hinter sich krallte. Sie war überraschend gelenkig und wendig, es gefiel ihm, wie sie sich nach seinen Wünschen wand und bog. Er zog sich wieder aus ihr zurück, stieß von neuem zu. Ein weiteres Mal, immer heftiger, schneller. Schon spürte er das Zusammenziehen ihrer inneren Wände, die ihn pressten. Er hielt sie fest, als sie sich aufbäumte, keuchte, stöhnte. Auch seine eigene Erregung erreichte den Höhepunkt und in letzter Minute zog er sein Glied aus ihr heraus, um seinen Samen auf ihrem Schenkel zu ergießen.

Sofia streckte sich behaglich und atmete tief und zufrieden ein. „War das nicht besser als alles, was du mit deinem Klostermädchen erleben könntest?" Ihre Augen waren halb geschlossen, beobachteten ihn jedoch ganz genau.

Domenico rollte sich auf den Rücken und begann wieder zum rotsamtenen Baldachin des Bettes emporzustarren. Die Idee, sein braves Frauchen könnte während seiner Abwesenheit und im Schutz der Karnevalsmaskierung auf abwegige Gedanken kommen, ließ ihn nicht mehr los. Sofia schüttelte ihn. „Was ist denn nur mit dir?!" Langsam wandte sich sein Blick ihr zu. „Ich werde nach Venedig reisen", sagte er dann endlich. „Ich muss dort nach dem Rechten sehen."

Als er das sagte, hatte er jedoch nicht die geringste Ahnung, welche völlig unerwarteten Auswirkungen diese Reise für sein zukünftiges Leben haben sollte.

Die Frau, die der Gegenstand von Domenicos intensiven, wenn schon nicht zärtlichen, Überlegungen war, saß zur gleichen Zeit, in der Domenico in Paris in die Kutsche stieg, um in Venedig nach „dem Rechten zu sehen", nur mit ihrem Mieder und einem Spitzenunterrock bekleidet vor dem Spiegel ihrer Ankleidekommode und betrachtete sich kritisch. Ihre vollen Brüste, die sich an das enge Mieder schmiegten, ihren Hals, ihre weiße Haut, die allerdings auf den Wangen ein wenig zu rosig war. Aber dieser Mangel ließ sich ja gottlob mit etwas Puder beheben. Puder und dann Rouge darüber, wie es die Mode war. Natürlich rosige Wangen waren gewöhnlich, aber Rouge trug die ganze feine Welt, Herren und Damen gleichermaßen.

Ihr Haar war braun. Zu braun, ihrer Meinung nach. Auch wenn sie sich sehr verändert hatte, so trennten sie immer noch Welten von den schönsten Frauen dieser Stadt, die mit ihren blonden Haaren und ihren grazilen Taillen nur dazu geschaffen zu sein schienen, ihr ihre eigene Unscheinbarkeit vor Augen zu führen. Sie seufzte. Kein Wunder, dass ihr Ehemann sein Vergnügen lieber bei seinen Mätressen suchte.

Wie immer schweiften ihre Gedanken nur allzu leicht zu ihrem abwesenden Gatten ab und Laura wickelte sich nachdenklich eine Locke um den Finger. Sie erinnerte sich gut daran, wie sie ihn zum ersten Mal gesehen hatte, damals, im Besucherzimmer des Klosters. Größer als die meisten anderen Männer, dunkelhaarig, mit einem gut geschnittenen Gesicht, das von einem grauen Augenpaar beherrscht wurde. Etwas einschüchternd und mit einer natürlichen Autorität, die alle anderen neben ihm unwichtig erscheinen ließ. Ihre Hände und Knie hatten zu zittern begonnen, als sie ihn angesehen hatte, und sie hatte es fast nicht glauben können, dass dieser selbstsichere, gutaussehende Mann sie haben wollte. Er war nur einige Minuten geblieben, hatte damals nicht viel gesprochen, sie nichts gefragt und wenn, hatte sie nichts darauf zu erwidern gewusst, vor Scheu, Verlegenheit und sprachlosem Glück. Sie war auf der Stelle in ihn verliebt gewesen, in diesen venezianischen Patrizier Domenico Ferrante, der direkt ihren Träumen entstiegen zu sein schien, um sie aus diesem Kloster zu retten und in eine wunderschöne Zukunft zu entführen. In eine Zukunft voller Liebe und Zärtlichkeit. Sie war von Freude und Glück erfüllt gewesen, als ihr Vater sie abgeholt und nach Venedig gebracht hatte, wo die Hochzeit stattfinden sollte. Venedig! Jene märchenhafte Stadt, wo das ganze Jahr über Karneval war, wo sie eintauchen konnte in die Welt der Masken, der Spiele, der Musik und der Bälle! Und wo ein liebender Bräutigam auf sie wartete.

Die vernichtende Wirklichkeit hatte sie einen Tag vor der Hochzeit eingeholt – und zwar in Gestalt dieser schönen Frau, dieser Nicoletta Martinelli, von der ihr jemand, der es offenbar genau wusste, zugeflüstert hatte, dass sie Domenicos Mätresse und seine große und einzige Liebe sei.

Sie war aus allen Wolken gefallen und es hätte nicht einmal mehr der boshaften Einflüsterungen und Bemerkungen bedurft, um sich den Unterschied zwischen der schönen Mätresse und sich selbst klar zu machen und zu begreifen, welche Rolle ihr in der zukünftigen Ehe zugedacht war. Es war für beide Teile nur ein Geschäft gewesen. Domenico hatte sich eine einwandfreie Ehefrau gekauft, die nichts kannte außer einem strengen Klosterleben, und ihr Vater hatte seine untadelige Tochter gegen ein kleines Gut auf der Terraferma eingetauscht. Er und ihre Mutter hatten Venedig gerne den Rücken gekehrt, in dem sie wie viele bedürftige Adelige der besten und ältesten Familien im Bezirk San Barnaba lebten, in einem Haus, das sich im Besitz der Republik befand, das diese – wie viele andere – um ein geringes Entgelt an ihre verarmten Patrizier vermietete. Alles, was diese Barnabotti, wie man sie im Volk nannte, noch von den anderen Armen unterschied, war der Zugang zum Großen Rat und die adelige Herkunft.

Ihr Vater hatte jedoch andere Pläne gehabt, als den Rest seines Lebens in Armut zu verbringen. Da er Laura keine Mitgift in die Ehe mitgeben konnte, die es den Töchtern der Adeligen ermöglichte, einen Ehemann zu finden, hatte er sie nicht in eines der von sehr lebenslustigen Nonnen und Fräuleins bevölkerten Klöster in Venedig gegeben, sondern in ein strenges Institut, in dem tatsächlich noch unter den Klosterfrauen und deren Schützlingen Ehrbarkeit und Ordnung herrschte. Die Untadeligkeit seiner einzigen überlebenden Tochter – sein Sohn war mit fünfzehn Jahren bei einem der oft derben Karnevalsspiele ums Leben gekommen und seine zweite Tochter im zarten Alter am Fieber gestorben – war für ihn die einzige Möglichkeit, durch eine günstige Heirat seine Lebensumstände zu verbessern. *Wie* günstig, das hatte ihn selbst überrascht.

Ihre Eltern waren ohne Trauer einen Tag nach der Hochzeit abgereist und Domenico war seiner frischvermählten Gattin sehr schnell überdrüssig geworden. Er hatte sie freundlich, aber herablassend behandelt, ihr klargemacht, was er sich von seiner Gattin erwartete und hatte schließlich die Stadt ebenfalls verlassen, um anderswo sein Vergnügen zu suchen. So hatte sich Laura ihre Ehe zwar nicht vorgestellt gehabt, aber diese reizvolle und bunte Stadt hatte ihr dabei geholfen, über die Enttäuschung hinwegzukommen, und sie hatte sich schnell eingelebt.

Und sie hatte sich verändert! Aus dem schüchternen Klosterzögling war eine Frau geworden, der viele Männer den Hof machten. Ja, sie hatte Erfolge gehabt und sie war stolz darauf! Doch trotz der vielen Bälle, die sie besuchte, der Bekannten, der Männer, die sie umschmeichelten, fühlte sie sich manches Mal sehr einsam. Wunderbar musste es sein, einen Gemahl zu haben, der einen liebte, für den man der Mittelpunkt der Welt war, die einzige Schönheit in einer Stadt voller Schönheiten. Aber das war ihr wohl nicht vergönnt, auch wenn sie in der Hochzeitsnacht versucht hatte, Domenico klarzumachen, dass sie Liebe wollte und bereit war, diese Liebe im Übermaß zu erwidern. Aber er hatte sich nur abgewandt, irgendetwas von kindischer Romantik gemurmelt, war gegangen und hatte sie tagelang kaum mehr beachtet.

In ihren Träumen allerdings war er nicht gegangen, sondern geblieben und hatte ihr all jene Dinge gesagt, die sie sich in ihrer ‚kindischen Romantik' tatsächlich ersehnte.

Sie sah sich selbst im Spiegel zu, wie ihre Hände über ihren Körper glitten, über ihre Hüften, ihren Bauch, hinauf bis zu ihren Brüsten. Sie strich zart darüber, ertastete unter dem Stoff die zufriedenen weichen Spitzen, die sich unter ihren kreisenden Berührungen langsam erhoben, härter wurden, während sie sich vorstellte, es wäre ein liebender Gatte, der sie so liebkoste. Domenico hatte so wunderbar schlanke und doch kräftige Hände. Der Gedanke ließ ihren Körper wärmer werden. Ein Gefühl, das sie schon kannte, weil sie es in ihren Träumen – alleine in ihrem Bett – immer wieder nachgespielt und ausgekostet hatte.

Sie seufzte. Vom Beginn seiner Werbung an war ihr von ihren Eltern eingeschärft worden, dass sie dankbar sein sollte, weil die Wahl dieses wohlhabenden Mannes auf sie gefallen war, obwohl sie weder Schönheit noch Geld in die Ehe mitbrachte, sondern nur ihre unzweifelhafte Tugend und ihre untadelige Abstammung. Niemals sollte sie sich in das Liebesleben ihres Gatten einmischen, sondern ihm eine treue Gattin und fürsorgliche Mutter seiner Kinder sein und demütig hinnehmen, dass er - wie die meisten Männer - eine Mätresse hatte. Sie war damals verlegen und entsetzt gewesen, aber wie sie inzwischen begriffen hatte, wurde eheliche Liebe lediglich von dieser oberflächlichen Gesellschaft verspottet und nicht nur jeder Mann, der etwas auf sich hielt, hatte eine oder sogar mehrere Geliebte, sondern auch die Frauen hatten ihre Liebhaber.

Sie musste sich nichts vormachen. Wenn ihr Mann überhaupt jemals wieder zurückkam, dann wohl nur aus Pflichtgefühl und seiner Mutter zuliebe, die sich, wie Laura wusste, nach einem Enkel sehnte und Domenico in ihren Briefen zur Heimkehr mahnte. Sie selbst hatte ihm nie geschrieben und nie einen Brief von ihm erhalten, aber der Gedanke, er könnte eines Tages zurückkommen, ließ sie zittern. Wie oft hatte sie es sich ausgemalt, wie es sein würde, wenn Domenico eines Tages zur Tür hereinkäme, sie erblickte, starr vor Verwunderung über diese Veränderung und zerknirscht zugleich. Die Vorstellung, er könnte sich endlich in seine eigene Frau verlieben, war bestechend, aber was würde sie wirklich erwarten? Einen gleichgültigen Ehemann, der jedes Mal, wenn er sie umarmte, dabei an seine Geliebte – oder Geliebten – dachte?

Und wenn er nie mehr kam? Laura presste die Lippen aufeinander und warf ihrem Spiegelbild einen entschlossenen Blick zu. Dann würde sie ihm keine Träne mehr nachweinen, sondern nehmen, was sie an Liebe bekommen konnte. Dann war es an der Zeit, dem eindringlichen und leidenschaftlichen Werben von Domenicos Vetter Ottavio nachzugeben, ihren treuen Anbeter endlich zu erhören und ein Liebesabenteuer zu beginnen. Sogar Marina, Domenicos Schwester, die allgemein als Ausbund an ehelicher Tugend galt, hatte einen heimlichen Liebhaber. Und weshalb sollte ausgerechnet sie, die verschmähte Ehefrau, auf ein bisschen Glück verzichten? Sie hatte es satt, einsam zu sein. Satt, ihre Nächte in einem kalten Bett zu verbringen. Und vor allem hatte sie es satt, von einem Ehemann zu träumen, der sie gar nicht wollte.

Sie sah sich selbst zu, wie ihr Mund lächelte, während ihre Augen ernst und ein wenig traurig blieben. Ein bisschen Glück, die Liebe eines Mannes der sie begehrte, war das zuviel verlangt? Ihre Hände wanderten von ihren Brüsten, deren Spitzen sich durch den Baumwollstoff des Mieders drängten, wie von selbst über ihren Leib hinab. Sie lächelte verlegen, als sie sich dabei beobachtete, wie sie den Spitzenunterrock mit der linken Hand immer weiter hochzog, ihre Waden hinauf, bis das Knie freilag, und dann noch ein wenig weiter, sodass sie mit der rechten Hand darunter schlüpfen konnte. Als ihre Finger in ihre warme Spalte glitten, schloss sie die Augen. Es war eines, es hier am späten Nachmittag vor ihrem Spiegel, auf der weich gepolsterten Bank, zu tun, und ein anderes, sich dabei zu beobachten. Allein die Vorstellung, dass ein Mann sie hier berührte, hatte diese Feuchtigkeit austreten lassen, diesen heißen Saft, der ihre Scham benetzte, sie glatt und rutschig machte und ihre Finger bequem tiefer gleiten ließ. Sie stöhnte leicht auf, als sie diesen wunderbaren Punkt gefunden hatte, dessen Berührung so wohl tat, weil er seine prickelnden Strahlen in ihren ganzen Körper verteilte.

Domenico hatte sie dort gestreichelt, als er die Hochzeitsnacht mit ihr verbracht hatte. Sie schüttelte unwillkürlich den Kopf bei dieser Erinnerung. Sie hatte ihm nicht gestattet, ihr mit Spitzen besetztes züchtiges Nachthemd abzustreifen, aus Angst, er könnte sie mit seiner Geliebten vergleichen. Wie gedemütigt, wie unglücklich hatte sie sich bei diesem Gedanken gefühlt. Und dann war sie erschrocken gewesen, als er zwischen ihren Beinen in sie eingedrungen war und sie den Schmerz der ersten Vereinigung gespürt hatte. Wie gerne hätte sie sich damals an ihn geklammert, ein bisschen geweint, sich trösten lassen wie ein kleines Kind, ihn um Liebe und Zärtlichkeit angebettelt. Aber sie war nur mit geschlossenen Augen dagelegen, um ihn nicht ansehen zu müssen, und hatte versucht, nicht daran zu denken, wie lächerlich sie ihm erscheinen musste im Gegensatz zu seiner schönen und erfahrenen Geliebten.

Aber jetzt konnte sie sich ja ihren Träumen hingeben. Sich vorstellen, dass Domenico neben ihr saß, sie mit einem Arm fest umfangen hielt und mit der anderen Hand all ihre weiblichen

Geheimnisse erkundete. Sie seufzte wieder. Wunderbar war das. Erregend ... Sie begann, mit dem Finger diesen perlenförmigen Punkt zu umrunden. Zuerst ganz langsam und dann immer schneller, bewegte den Finger hin und her, rieb fester und fester. Sie warf den Kopf zurück, genoss dieses aufsteigende wilde Gefühl, das ihren Körper ergriff, sich zwischen ihren Beinen verdichtete, um fast unerträglich zu werden. So unerträglich, dass sie beim ersten Mal, als sie es ausprobiert hatte, tatsächlich den Finger weggezogen hatte – um dann allerdings schnell wieder hinzugreifen.

Ihre Scham pulsierte, sie fühlte ihr Herz im ganzen Körper schlagen und dann war sie da – die Befreiung. Diese Erschütterung, die die aufgestaute Spannung löste. Sie erlöste.

Sie ließ ihre Hände sinken, ihr Unterrock rutschte wieder züchtig über ihr Knie hinab. Sie atmete schwerer als sonst und als sie die Augen öffnete, erblickte sie im Spiegel ihr gerötetes Gesicht. Sekundenlang starrte sie es an.

Der Traum war wieder vorbei. Ihr erträumter Geliebter war fort. Und sie war alleine.

Ein überraschendes Wiedersehen

Es war kaum eine Stunde nach seiner Ankunft in Venedig vergangen, als Domenico auch schon aus seiner Gondel sprang und die wenigen Stufen hinaufstieg, die zum breiten, mit Fackeln und bunten Lampions beleuchteten Eingang des Palazzos der Familie Pisani führten. Bereits in der Eingangshalle schlug ihm schon Musik, das Stimmengewirr und der typische Lärm gutgelaunter Menschen entgegen, die fröhlich feierten, sich dem Austausch der allerneuesten Gerüchte und heimlichem Liebesgeflüster hingaben. Venedig war nicht anders als Paris. Hier wie dort herrschte diese Gesellschaft mit all ihren Intrigen, ihrem dummen Geschwätz und ihren hohlen Köpfen, aber es war ihm damals, vor einem Jahr, ganz angenehm gewesen, die Einladung eines Freundes anzunehmen und nach Paris zu reisen. Dort war er wenigstens nicht an die Traditionen und einengenden Gesetze seiner Heimat gebunden und konnte leben, wie es ihm gefiel – ohne Rücksicht auf seine Familie und seinen Ruf nehmen zu müssen.

    Er drückte dem Diener in der Halle seinen schwarzen Umhang und seinen Dreispitz in die Hand, stieg die breite Treppe hinauf und blieb nun in der Tür zum Ballsaal stehen, um seine Blicke über die Anwesenden schweifen zu lassen. Alle, wie auch er selbst, waren maskiert, trugen Perücken und zum Teil lächerlich aufgeputzte Kleidung.

    Er lächelte einer stark geschminkten Frau zu, die ihm eine unzweideutige Aufforderung zuflüsterte, verneigte sich vor ihr, küsste die Hand und ging dann weiter, froh, dem aufdringlichen Geruch ihres Parfüms und ihrem Gesicht, das alleine schon durch Puder, Rouge und den schwarz nachgezogenen Augenbrauen wie eine Maske wirkte, entronnen zu sein. Er drängte sich durch das Treiben und schaffte es, sich vor einigen kichernden Masken in eine Türnische zu retten, von wo aus er, halb verdeckt von einem schweren dunkelroten Samtvorhang, den Saal überblicken konnte.

    Von Laura war weit und breit nichts zu sehen. Unter anderen Umständen hätte er es nicht so eilig gehabt, seine Frau wiederzutreffen, aber in diesem Fall war es vielleicht nicht unklug, sich im Schutz der Maske ein Bild von ihrem Benehmen zu machen, solange sie noch arglos war und nicht ahnte, dass ihr Gatte sie beobachtete. So konnte er gleich feststellen, inwieweit der Brief der Wahrheit entsprach. Es konnte trotz der Maskeraden nicht schwierig sein, Laura zu erkennen. Das schüchterne Ding hielt sich gewiss immer ganz in der Nähe seiner Schwester auf.

    Durch die spaltbreit geöffnete Tür hinter ihm waren Stimmen zu hören. Zuerst wollte er gleichgültig darüber hinweggehen, aber dann erkannte er an der näselnden Aussprache seinen Vetter Ottavio und horchte genauer hin. Wenn er sich nicht täuschte, dann lag hinter dieser Tür einer der kleinen Salons, die die Gastgeber besonderen Gästen, die sich nach intimer Zwei- oder Mehrsamkeit sehnten, zur Verfügung stellten. Er selbst hatte schon einige sehr anregende Stunden mit zwei venezianischen Schönheiten dort drinnen verbracht, und sein Vetter Ottavio hatte offenbar auch die Gunst der Stunde und einer Schönen zu nutzen gewusst und sich zurückgezogen.

    Jetzt hörte er wieder die Frauenstimme – sehr weich – auch wenn ihre Besitzerin aufgebracht zu sein schien, denn es drangen einige erregte Worte zu ihm hindurch. War die Dame etwa widerspenstig? War sie wütend auf Ottavio? Oder war das eben ihre Art des Liebesspiels, bevor sie sich von ihm verführen ließ? Er wurde neugierig. Eine Frau, die ein Liebesspiel mit so lebhaften Worten begann, konnte ihn auch interessieren. Er achtete darauf, dass er vom Vorhang verdeckt wurde und niemand im Saal ihn bemerken konnte, und öffnete die Tür etwas mehr. Er hatte Glück. Die beiden hielten sich in der Mitte des Zimmers auf. Ottavio, in der lächerlichen Verkleidung eines Satyrs, stand schräg mit dem Gesicht zur Tür, war jedoch so in den Anblick der Frau vor ihm vertieft, dass er nicht herübersah.

Von der Frau sah Domenico nur einen Teil des Profils. Aber das allein versprach schon genug. Er betrachtete sie mit Kennerblick. Eine wogende Brust. Eine schmale, eng geschnürte Taille, die durch den Reifrock noch betont wurde. Im Gegensatz zu den meisten anderen balancierte sie keine pompöse Karnevalsperücke auf dem Kopf. Das gepuderte volle Haar war lediglich hochgesteckt und einige neckische Locken fielen auf weiße, hübsch rundliche Schultern. Ein dunkelgrünes, mit goldenen Blumen besticktes Kleid schmiegte sich am Oberkörper an wie eine zweite Haut. Domenico konnte nur ahnen, welche Reize der vom Rock verdeckte Teil ihres Körpers noch bot, aber er hatte wenig Mühe, sich einen runden festen Hintern vorzustellen, üppige weiße Schenkel, zwischen denen man mollig weich lag, zierliche Füßchen. Sein Vetter hatte wahrlich eine gute Hand für seine Geliebten.

Aber offenbar war sie nicht mit ihm einer Meinung. Sie schüttelte den Kopf, redete jetzt hastig, unterdrückt. Wo hatte er diese Stimme nur schon gehört? War das etwa Enrico Marnellis schöne Geliebte, von der – wie man den Briefen seiner Schwester, die ihn immer mit den neuesten Gerüchten aus Venedig versorgte, entnehmen konnte – die ganze Stadt sprach? Oder gar Pietro Morsinis junge Gattin? Domenico hatte diese Schönheit vor seiner Heirat kennengelernt und tatsächlich einige Tage lang mit dem Gedanken gespielt, die Bekanntschaft zu vertiefen.

Er sah schärfer hin. Das Gesicht war durch eine Maske verdeckt, die allerdings einen vollen, sinnlichen Mund freiließ. Das Kleid war so tief ausgeschnitten, dass das Dekolleté der Mode entsprechend nicht nur einen sehr offenherzigen Blick auf ihre Brüste erlaubte, sondern sogar noch die dunklen Brustwarzen – durch hauchzarte Spitzen mehr enthüllt als verdeckt – erahnen ließ. Nicht, dass er es schätzen würde, wenn seine eigene Gattin sich so schamlos den Blicken darbot, aber bei anderen Frauen gefiel ihm diese Art von Aussicht und Ansicht durchaus, und diese hier war besonders anziehend. Eine äußerst schöne Frau. Sehr anmutig in ihren Bewegungen. Sein Blick saugte sich an den üppigen Brüsten fest, bis sie sich umwandte und er zurückzuckte, um nicht gesehen zu werden. Sie wollte offenbar den Raum verlassen, aber Ottavio hielt sie zurück.

„Ihr habt keinen Grund, einem gleichgültigen Gatten wie ihm die Treue zu halten ..."

Jetzt wusste er, wer sie war! Es musste Eleora Moncenigo sein, die junge, vor Leben und Lust sprühende Gattin eines alternden Senators. Seine zweite oder gar dritte Frau. Er hatte zusätzlich mit ihr beachtliche Reichtümer erworben, denen er – Domenico bedachte das mit einem Grinsen – aufgrund seines Alters vermutlich auch mehr abzugewinnen vermochte als dem Körper einer jungen Frau.

Widerwillig drehte sie sich zu Ottavio zurück. „Es geht nicht um ihn! Das habe ich Euch schon gesagt!"

„... einem Gatten, der Eure Schönheit nicht einmal zu würdigen weiß!"

„Schweigt! Und lasst mich jetzt alleine. Ich bitte Euch! Ihr ...", sie fächerte sich nervös Luft zu, „... Ihr habt mich so aufgewühlt, dass ich kaum weiß, wie ich wieder unter all die Leute treten soll. Bitte verlasst mich jetzt."

„Euer Gatte ist Eurer nicht würdig!"

„Ich weiß. Aber . ... ich flehe Euch an ... besucht mich morgen, dann werde ich Euch meine Entscheidung wissen lassen. Bitte drängt mich jetzt nicht weiter ..."

Ottavio beugte sich über die schlanke Gestalt. „Einen Kuss nur, dann will ich gehen. Einen einzigen Kuss nur ..." Er beugte sich nieder, hielt seine Schöne fest. Sie wehrte sich ein wenig, hielt dann jedoch still.

So hatte er es also tatsächlich geschafft. Domenico brachte seinem Vetter wenig Wertschätzung entgegen, aber er musste ihm zugestehen, dass er es verstand, eine Frau zu umgarnen. Aber andererseits war es offensichtlich, dass diese hier schon längst bereit war, ihren Mann zu hintergehen und sich Ottavio als Liebhaber zu nehmen, auch wenn sie sich jetzt noch zierte.

Sein Vetter schien sich Muße nehmen zu wollen für diesen Kuss und dadurch hatte Domenico Gelegenheit, unbemerkt die Nische zu verlassen und sich wieder unter die Leute zu mischen. Dieses kleine Intermezzo war zwar unterhaltsam gewesen, aber nun war es Zeit, nach Laura Ausschau zu halten.

Da! Er nickte zufrieden. Da war Marina, seine Schwester. In Maske, aber unverkennbar mit dem riesigen Fächer, ohne den sie schon seit Jahren keinen Ball besuchte, weil er ihr, wie sie sagte, Glück und Erfolg bei den Männern bringe. Er suchte mit den Augen die maskierte Gestalt neben Marina, die neben seiner hochgewachsenen, eleganten Schwester unbeholfen wirkte. Das musste Laura sein.

„*Armes Ding*", dachte Domenico unwillkürlich, der auf den ersten Blick erkannte, dass Laura jene erotische Anmut fehlte, die den meisten Venezianerinnen eigen war. Und dabei auch noch ein Kleid trug, wie es ungünstiger nicht sein konnte. Unfassbar, dass seine Mutter – ebenso wie seine Schwester eine führende Persönlichkeit in Sachen Mode und Kleiderfragen – ausgerechnet seine Frau in diesem Aufzug in Gesellschaft gehen ließ. Er musterte mit steigender Abscheu die geschmacklose Farbe des Kleides, die Spitzenbesätze, die vielen Rüschen, die nicht gerade kleidsam wirkten und dann auch noch an den falschen Stellen angebracht waren. Dazu trug sie eine bunt bemalte Maske sowie eine lächerlich hohe Perücke, in der allerlei Kleinkram wie Früchte und Blumen und – er konnte seinen Augen kaum trauen – sogar etwas wie ein Vogelnest eingearbeitet war, sodass sie Mühe hatte, den Turm auf ihrem Kopf zu balancieren.

„*Den Weg hierher hätte ich mir also doch sparen können*", dachte er mit einer Mischung aus Erleichterung und sogar Mitleid, als er seine unattraktive Frau von der Ferne betrachtete. Es gab zwar immer wieder Männer, die schon um der Jagdlust willen in fremden Revieren wilderten, aber auf dieses Reh würde wohl nicht so schnell jemand aufmerksam werden.

Er wartete, bis sein kleines Frauchen von einem Tänzer aufgefordert worden war, und er in Ruhe einige Worte mit seiner Schwester wechseln konnte.

„Sie ist sehr modebewusst", verteidigte Marina ihre Schwägerin, als er nach der Begrüßung eine Bemerkung über das Kleid seiner Frau fallen ließ, dessen einziger Vorteil seiner unausgesprochenen Meinung nach darin bestand, dass es ziemlich hoch geschlossen war.

„Trotzdem solltest du sie vielleicht in einem … nun, etwas weniger romantischen Kleid auf Bälle begleiten", sagte er mit unverkennbarer Ironie, während er die lästige Maske aus seinem Gesicht schob. „Die Rüschen …"

„Was hast du an ihrem Kleid auszusetzen?", unterbrach ihn Marina erstaunt, ohne sich lange zu wundern, dass Domenico seine Frau in all dem Treiben überhaupt schon entdeckt hatte. Sie selbst hatte Laura seit längerem nicht mehr gesehen und sie vermutete, dass sie sich mit einem Verehrer zurückgezogen hatte. Nicht, dass sie es ihr nicht vergönnte, es war ihrer Meinung nach sogar schon höchste Zeit, dass ihre Schwägerin ein wenig Sittsamkeit ablegte. Nur, dass Domenico ausgerechnet an diesem Abend auftauchte, war äußerst unliebsam.

„Es ist sehr elegant, sehr hübsch. Findest du es etwas zu gewagt?" Sie sah an ihrem eigenen Dekolleté hinab. „Es ist nicht viel weiter ausgeschnitten als mein eigenes, nur ein ganz klein wenig – du weißt ja, wie engstirnig Carlo oft sein kann – aber niemand kann mir wohl einen Vorwurf machen, dass ich nicht dem guten Ton entsprechend gekleidet wäre!"

„Nein, nein." Domenico winkte ab. Das Thema begann ihn bereits zu langweilen und er bereute schon, überhaupt eine Bemerkung gemacht zu haben. „Ich hatte auch keine Beschwerde. Es war lediglich ein kleiner Hinweis. Es ist nicht nötig, dass sie sich lächerlich macht." Nicht, dass er gewollt hätte, dass sein unscheinbares Frauchen so auffallend gekleidet war wie Ottavios Schönheit in ihrem grünen Kleid, aber wenn Laura zu lächerlich auftrat, warf dies kein gutes Licht auf ihren Ehemann.

„Ach, ja?", fragte Marina mit hochgezogenen Augenbrauen. Sie musterte ihren Bruder mit offensichtlicher Abscheu. Sie vermied zwar sonst eine Auseinandersetzung, in der ihr Bruder es meist schaffte, sie mit wenigen sarkastischen Worten dastehen zu lassen wie ein dummes Ding, aber hier, im vollen Ballsaal – in ihrer Welt – fühlte sie sich sicher. Außerdem liebte sie ihre Schwägerin von Herzen und war immer und jederzeit bereit, zu ihrer Verteidigung einzutreten.

„Und du denkst, dass Laura oder ich es nötig hätten, ausgerechnet von dir kleine Hinweise entgegenzunehmen? Von einem Mann, der sich erwiesenermaßen nichts aus zumindest angemessener Kleidung macht? Der hier – auf diesem Ball – herumläuft, als wäre er dem nächsten Bauernhof entsprungen? Ohne Perücke? Mit diesen grässlichen Schuhen, dieser langweiligen dunklen Jacke, wie die alten Leute sie tragen? Ohne Schönheitspflästerchen, das ihm wenigstens ein wenig Flair geben würde? Der sich nicht einmal die Mühe macht, seine Maske wieder herunterzuziehen, um uns die Demütigung zu ersparen, als zur Familie zugehörig erkannt zu werden?!"

„Ich wäre dir dankbar, wenn du deine Stimme etwas dämpfen könntest", erwiderte Domenico scharf.

Marina wedelte nervös mit dem Fächer und wies hinter ihn. „Nun, ich schlage vor, dass du deiner armen Gattin selbst sagst, was an ihrem Kleid du so unpassend findest. Hier ist sie nämlich selbst!"

Domenico wandte sich um und zwang sich zu einem väterlichen Lächeln, das er für gewöhnlich für sein Klosterkindchen übrig hatte. Als jedoch sein Blick auf seine Frau fiel, erstarben ihm die freundlich herablassenden Begrüßungsworte auf den Lippen. Er stand fast eine Minute lang da und starrte fassungslos auf den Traum aus üppigem Dekolleté, durchsichtigen Spitzen und grüner Seide, der sich soeben von Ottavio hatte küssen lassen.
Und er war unendlich froh, dass er nach Venedig gekommen war.

Laura saß in der mit kaltem Wasser gefüllten Wanne, zitterte äußerlich vor Kälte und innerlich vor Zorn. Wenn sie ihren Gatten bisher heimlich herbeigesehnt hatte, so wünschte sie nun, er wäre viele Tagesreisen weit fort. All ihre Träume von einem glücklichen Wiedersehen hatte er mit einem Schlag zunichte gemacht. Sie trommelte gereizt mit den Fingern auf den Rand der Wanne. Wie dumm sie doch war! Wie einfältig! Wie tief in ihren romantischen, kindischen Vorstellungen gefangen! Aber nun war sie zum Glück aufgewacht und hatte das falsche Bild, das sie sich in ihrer verträumten Arglosigkeit von ihrem Mann gemacht hatte, korrigiert. Es war unglaublich! Da kümmerte sich Domenico fast ein Jahr lang nicht um sie, trieb sich in Paris herum, zog seine vermutlich zahllosen Geliebten seiner rechtmäßigen Gattin vor und dann behandelte er sie auf diese Weise!
Sie war wie erstarrt gewesen, als er wie in ihren Träumen tatsächlich plötzlich vor ihr gestanden war. Aber anstatt sie anzulächeln, ihre Hand zu küssen und ihr zu sagen, wie überwältigt er von ihrer Veränderung war, hatte er sie vor den belustigten Augen und Ohren der anderen sofort aus dem Ballsaal gezerrt, sie in eine Gondel verfrachtet und heimgeschleppt. Sie hatte zuerst gedacht, dass er sie dabei beobachtete hatte, wie sie mit Ottavio in diesem Salon gewesen war und ihm einen Kuss gestattet hatte. Als er sie jedoch ins Arbeitszimmer seines verstorbenen Vaters zitiert und ihr lediglich fast eine halbe Stunde lang Vorwürfe gemacht hatte wegen ihres obszönen Kleides, war sie sogar noch erleichtert gewesen.
Obszön! Sie! Ihr Trotz erwachte, als sie länger darüber nachdachte. Und selbst, wenn er sie mit Ottavio gesehen hätte! Na und?! Hatte sie kein Recht, geliebt zu werden?! Wo doch die ganze Stadt viel mehr

über seine Mätressen Bescheid wusste und ihr sogar schon die unglaublichsten Dinge über seine Abenteuer in Paris zu Ohren gekommen waren! Wenn auch nur die Hälfte davon stimmte, dann war dieser Casanova, dieser berüchtigte Abenteurer und Liebhaber, der vor knapp einem Jahr aus den schrecklichen Bleikammern unter dem Dach des Dogenpalastes geflohen war, der reinste Mönch gegen ihn!

Und am Ende hatte er seiner Lieblosigkeit noch die Krone aufgesetzt, als er sogar in ihren Ankleideraum eingedrungen war! Sie und ihre Zofe Anna hatten fassungslos zugesehen, wie er mit einer Vehemenz, die sie ihrem bis dahin so zurückhaltenden Ehemann niemals zugetraut hätte, sämtliche Kleider aus den Truhen und Schränken gerissen und sie auf ihren ‚angemessenen Ausschnitt' hin untersucht hatte! Anna war fast einer Ohnmacht nahe, und sie selbst war drauf und dran gewesen, eine ihrer Haarnadeln zu nehmen und ihn damit kaltblütig zu erstechen. Schließlich waren von all ihren wunderbaren Kleidern nur drei Stück übrig geblieben, die seine strenge Zensur überstanden hatten, die anderen waren trotz ihrer heftigen Proteste zur Schneiderin gewandert, die nun all ihre Kunstfertigkeit spielen lassen musste, um die Mieder am Dekolleté so zu verkleinern oder mit Spitzen zu tarnen, dass sie dem strengen Blick des Herrn Gemahls standhielten. Sie schüttelte wütend den Kopf. Nein, es hatte keinen Sinn, über ihn oder seine ungerechtfertigten Angriffe nachzudenken. Auch nicht über ihre eigene Dummheit und ihre ehemalige romantische Schwäche für ihn.

Sie wollte soeben fröstelnd aus der Wanne steigen, als sie von draußen Domenicos Stimme hörte.

„Wo ist meine Frau?"

„*La siora patrona* befindet sich im Bad", erklärte ihre Zofe in ihrem breiten Venezianisch.

„Im Bad?", kam es erstaunt zurück. „Mitten unter der Woche? Das muss ich mir ansehen."

Bevor Anna ihn zurückhalten konnte, hatte Domenico sie auch schon zur Seite geschoben, die Tür geöffnet und stand vor Laura, die sich sofort wieder in die Wanne hockte und erschrocken nach dem daneben liegenden Badetuch griff, um es sich vor ihre Blöße zu halten.

„Wie kannst du nur so einfach hier eindringen?!", fragte sie empört.

„Ich habe mit dir zu sprechen." Domenico musterte sie unbeeindruckt von oben bis unten. Ihre vollen Brüste mit den wegstehenden Spitzen hoben und senkten sich mit der Bewegung des Wassers und man konnte deutlich das dunkle Dreieck zwischen ihren Beinen sehen. Sie zog hastig die Beine an und warf sich das bereits nasse Tuch – so gut es ging – über ihren Körper.

„Nicht jetzt! Du siehst ja, dass ich bade!"

„Doch. Jetzt."

Laura hatte den Eindruck, als gefiele ihm, was er sah, denn er stellte sich knapp neben die Wanne und betrachtete sie ungeniert. Sie dagegen fühlte, wie die Kälte des Wassers ihre Gliedmaßen immer tauber werden ließ und wünschte nichts sehnlicher, als dieses Eisbad wieder zu verlassen. Aber mit Domenico im selben Raum war das natürlich vollkommen unmöglich. „Geh sofort wieder hinaus!", verlangte sie, wobei ihre Zähne hörbar aufeinanderschlugen.

Er runzelte die Stirn. „Ist dir kalt?"

„J ... ja", brachte sie zitternd hervor.

Er griff ins Wasser. „Das ist ja eisig!", rief er aus.

„Das muss so sein. Madame ... Madame ...", sie hatte vor Kälte den Namen vergessen, „irgendeine Geliebte eines Franzosen", setzte sie fort, „hat auch immer jeden Tag kalt gebadet, und sie war bis ins h ... hohe Alter eine sch ... schöne Frau und ber ... rühmt für ihre J ... Jugendlichkeit."

„Um diese Jahreszeit? Im kältesten Winter seit Jahren? Bist du verrückt geworden? Willst du dir den Tod holen!? Komm sofort heraus!"

„V ... verlass zuerst das Zim ... mer!", beharrte sie.

In Domenicos Augen blitzte es wütend auf, als er sich ein wenig näher beugte. „Komm sofort heraus, du ausnehmend törichtes Geschöpf, oder ich kippe die Wanne samt dir um! Na los! Wird's bald?"

Laura starrte ihn schockiert an und bemühte sich dann, so rasch wie möglich seinem Befehl – Wunsch konnte man das wohl nicht mehr nennen – nachzukommen. Allerdings fühlte sich in der Zwischenzeit schon ihr ganzer Körper taub an, sodass es schwierig war, mit der erwünschten Anmut aufzustehen. Noch dazu, da sie krampfhaft das ebenfalls nasse und eiskalte Badetuch vor ihren Körper halten musste.

Zu ihrem nicht geringen Entsetzen beugte sich Domenico plötzlich vor, fasste sie unter den Armen und den Knien und hob sie heraus.

„Nicht! Ich bin nackt!", schrie sie auf. Domenico hatte sie jedoch schon wieder auf dem Boden abgesetzt, riss der Zofe das trockene Leinentuch aus der Hand, zog das schützende nasse Tuch mit einem

Ruck weg und wickelte sie ein, bevor er sie wieder hochhob und durch ihren Ankleideraum hindurch in ihr Schlafzimmer trug.

„Nackt und nass!" Und du", sagte er zu Anna gewandt, „wenn ich dich noch ein einziges Mal dabei erwische, wie du meine Frau bei diesem Unfug unterstützt, erhältst du eigenhändig eine Tracht Prügel von mir! Und du ebenfalls", fuhr er Laura grob an, die, über sein unhöfliches Benehmen erbost, aufbegehren wollte. Er legte sie ins Bett, deckte sie bis oben hin zu und winkte Anna, die besorgt gefolgt war, herrisch herbei. „Sofort einen heißen Ziegelstein für meine Frau!"

„Als hätte ich die *siora* nicht schon genügend gewarnt. Aber auf mich hört man ja nicht." Anna verschwand, beleidigt vor sich hinmurmelnd.

Bevor Laura es noch verhindern konnte, hatte er auch schon unter die Decke gegriffen und hielt ihren rechten Fuß in der Hand. „Wie ein Eiszapfen! So ein Unsinn! Wie lange hast du schon in der Wanne gesessen? Weißt du denn nicht, wie gefährlich das ist?!"

Laura schwieg, tödlich verlegen, weil er begann, ihre Füße warm zu reiben. Natürlich war Baden gefährlich, das musste er ihr nicht erst sagen. Schließlich waren sich die besten Ärzte darüber einig, dass eine Flüssigkeit wie Wasser, das die Fähigkeit hatte, überall im Körper einzudringen, einfach schädlich sein musste. Aber um eine gewisse Dame auszustechen, wäre sie wahrscheinlich sogar in die von einer leichten Eisschicht bedeckte Lagune gesprungen.

„Deine ‚Madame Irgendwas' hat sicherlich nicht stundenlang in der Wanne gesessen, sondern sich vermutlich nur den ganzen Körper mit kaltem Wasser gewaschen", sagte er, schon ein wenig beschwichtigt.

Die Zofe stürzte soeben mit einem in Tücher gewickelten Ziegelstein herein, den Domenico ihr eigenhändig unter die Decke schob.

Ihr Körper fühlte sich tatsächlich taub und eiskalt an und nur die Stellen, wo Domenico sie berührt hatte, schienen wärmer zu sein und leise zu prickeln. Sie zog die Decke etwas höher und schielte dabei zu ihrem Mann, der sich ans Fußende ihres Bettes gesetzt hatte und ihre Füße und Waden massierte. „*Wie liebenswürdig er doch plötzlich ist*", dachte sie verwundert und ein bisschen gerührt, „*wie besorgt, trotz seiner Unhöflichkeit.*"

Seine Hände fühlten sich so gut an, so zärtlich und doch fest in ihrer Berührung. Ob ... ob er mit seiner Geliebten ebenso verfuhr? Oder noch weitaus liebevoller? Der dumme Schmerz machte sich wieder bemerkbar, und es war dadurch fast unmöglich, Domenicos Fürsorglichkeit zu genießen.

Er sah hoch und bemerkte, dass sie ihn beobachtete. Und da war es wieder, dieses kleine, amüsierte Lächeln, das ihr bereits früher an ihm aufgefallen war. Laura sah schnell weg und vertiefte sich in den Anblick eines Gemäldes, das hinter Domenicos Kopf an der Wand hing.

„Das nächste Mal nimm wenigstens warme Eselsmilch, wenn du schön und jung bleiben willst", sprach Domenico mit diesem leichten Lächeln weiter. „Wie Cleopatra das immer getan hat."

Laura stieg alleine schon seine dunkle und volltönende Stimme in den Kopf, die zusammen mit seinen Händen ein wohliges Gefühl von Wärme in ihr verursachte. Allerdings nur so lange, bis ihr die Bedeutung seiner Worte bewusst wurde und das Bild einer schönen Frau vor ihrem geistigen Auge entstand. Eine wunderschöne Frau, die in einer mit Milch gefüllten Wanne saß. Ihre wohlgeformten Brüste mit den rosigen Spitzen ragten selbst in dieser weißlichen Flüssigkeit noch wie Hügel aus Alabaster heraus, das blonde Haar war hochgesteckt und einige kleine Löckchen fielen neckisch an den Schläfen herab. Die andere hieß zwar Cleopatra, aber in Lauras Vorstellung hatte sie die Gesichtszüge von Domenicos Geliebter Nicoletta Martinelli. Und neben ihr, am Wannenrand, saß Domenico, lächelte diese Frauensperson verliebt an und beugte sich hinunter, um sie zu streicheln und zu küssen.

Im nächsten Moment stieg eine Hitze in Laura auf, die weder vom Ziegelstein, noch von Domenicos Berührungen herrührte, sondern von einer sie selbst überraschenden, heftigen und brennenden Eifersucht ausgelöst und von einem Zorn begleitet wurde, wie sie ihn in ihrem jungen Leben noch kein einziges Mal gefühlt hatte. Nicht einmal, als Domenico ihren Kleiderschrank durchwühlt hatte. Sie setzte sich auf. „Wie kannst du es wagen, mir die Schönheitsmittelchen einer deiner … deiner Mätressen vorzuschlagen!"

Domenico sah sie sekundenlang verblüfft an und brach dann in schallendes Gelächter aus. Sie hatte ihn noch nie lachen sehen! Wie anziehend sein Gesicht dabei wurde … Aber er lachte sie aus!

„Hör sofort auf zu lachen!!" Laura, von Kränkung und Eifersucht überwältigt, nahm eines der Bücher von ihrem Nachttisch und warf es nach ihrem Gatten. Dieser duckte sich mit erstaunlicher Behändigkeit. Das Buch flog dicht über seinen Kopf hinweg und knallte an die

Wand. Er hatte sich jedoch kaum von seiner Überraschung erholt, als sie ihm ihre Füße entriss und so heftig nach ihm trat, dass sich ihr Haarband löste und ein ganzer Schwall dunkler Locken über ihr Gesicht fiel und ihr halb die Sicht verdeckte.

„Aus meinem Zimmer!", schrie sie, völlig außer Fassung geraten. „Sofort aus meinem Zimmer! Es genügt schon, dass du dich mit perversen Frauenzimmern abgibst, die so lächerliche Sachen – wie in Milch zu baden – tun, aber mir dann auch noch davon zu erzählen, ist eine Niedertracht ohnegleichen!"

Domenico fing ihre Füße ab und hielt sie fest. Er lachte nicht mehr, aber sein überlegenes Lächeln machte Laura nur noch wütender.

„Sei still. Wenn du dich nicht nur mit Putz und sinnlosem Geschwätz beschäftigen würdest, dann hättest du jetzt wissen müssen, dass Cleopatra eine ägyptische Königin war, die zu Cäsars Zeiten lebte."

Laura hielt mit dem Strampeln inne. „Eine ägyptische Königin?" Ja, natürlich, jetzt fiel es ihr wieder ein. Sie hatte erst kürzlich ein Buch gelesen, in dem von dieser Frau die Rede war. Eine beneidenswert ruchlose Person, ihrer Meinung nach, die sich gelegentlich in einen Teppich wickelte, einige einflussreiche römische Männer verführte und am Ende von einer Schlange gebissen wurde. In Lauras Vorstellung hatten sowohl diese Frau als auch die Schlange die Züge einer gewissen Nicoletta gehabt.

„Die zuerst Cäsar verführte und dann Marc Anton", sprach Domenico weiter. Plötzlich verschwand sein Lächeln und sein Blick wanderte von Lauras Gesicht hinab über ihren Hals, ihr weißes Dekolleté und blieb auf ihren Brüsten hängen, deren rosige Spitzen sich nicht alleine der Kälte wegen erhoben hatten.

Erst als sie diesen Blick sah, war Laura sich bewusst, dass sie in ihrem Ärger die schützende Decke weggeschoben hatte und nun halb nackt vor ihrem Mann saß. Rasch zog sie die Decke wieder bis zum Hals hinauf. „Sieh mich nicht so an."

„Und weshalb nicht?", fragte Domenico ruhig. Alle Ironie und Erheiterung waren aus seinen Augen gewichen, und sein Gesichtsausdruck wurde plötzlich sehr ernst.

„Deshalb nicht", erwiderte sie, wobei sie sich der Lächerlichkeit ihrer Antwort selbst bewusst war. Aber der Ausdruck in seinen Augen beunruhigte sie und sie fühlte ein rätselhaftes Gefühl der Verlegenheit ihm gegenüber in sich aufsteigen. Mit einem Mal lag etwas anderes in seinem Blick als die übliche gönnerhafte Nachsicht oder

Gleichgültigkeit. Er sah sie an wie ein Mann, der eine Frau begehrte. Sie hatte diesen Blick zwar noch nie an ihm bemerkt, ihn aber oft genug an den Männern gesehen, die ihr den Hof machten.

Nein, das stimmte nicht ganz. In den Blicken der anderen – selbst in jenen Ottavios, ihres glühendsten Verehrers – lag eine gewisse Verspieltheit, Leichtsinnigkeit, die selbst dann nicht ganz verschwand, wenn sie ihre Liebe ernsthaft beteuerten. In Domenicos Augen dagegen lag ein tiefer Ernst, der sie mehr berührte als alle lockenden Komplimente und Schwüre, die man ihr während der Bälle heimlich zugeflüstert hatte. Es hatte ihre Sinne gekitzelt, ihr Spaß gemacht, aber bei ihrem Mann fühlte sie eine völlig neue Unruhe in sich aufsteigen.

„Weshalb nicht?", fragte Domenico noch einmal. Er hatte sich von seinem Platz am unteren Bettende erhoben und setzte sich nun direkt neben sie. Er war ihr so nahe, dass Laura sich zurücklehnte, um ihn nicht zu berühren. Genau das schien jedoch seine Absicht zu sein, denn mit jedem Fingerbreit, den sie zurückwich, beugte er sich vor, bis sie auf dem weichen Kissen lag und nicht mehr weiter konnte. Sie starrte in seine grauen Augen, die nun so nahe waren. Diese faszinierenden Augen, die meist so kühl blickten, jetzt aber etwas ausstrahlten, das kleine Hitzeschauer über ihre Haut laufen ließ. „Sag es mir, Laura. Weshalb soll ich dich nicht ansehen?", wiederholte er ruhig, während seine Hand über ihren Arm hinaufglitt, ihre Schulter entlang, und zart über ihren Hals strich.

„Ich ... ich weiß es nicht", flüsterte sie. Wie anders er doch war. Wie zärtlich er ihren Namen aussprach. So anders war er, dass sie plötzlich Angst vor ihm hatte. Nein, das war Unsinn. Nicht Angst vor ihm, sondern vor dem, was er tun könnte oder was sie ... Sie schloss die Augen, als sein Gesicht sich ihrem noch weiter näherte. Sie fühlte seinen Atem auf ihrer Wange und dann seine Lippen, die hauchzart darüber streichelten. Sich jetzt fallen lassen, nachgeben, nicht mehr an die anderen Frauen denken, träumen ...

„Meinst du nicht, Laura, dass es an der Zeit wäre, darüber nachzudenken, wie es mit uns beiden weitergehen soll?", fragte er sanft. Seine Finger spielten mit ihrem Haar, ihren Locken, griffen tief hinein und hielten ihren Kopf fest.

Laura fühlte, wie sie zu zittern begann. Aber dieses Mal nicht aus Kälte, sondern aus einem Gefühl der Erregung heraus, das sie noch nie empfunden hatte. Sie wusste nicht, wie es geschehen war, aber plötzlich lagen Domenicos Lippen auf den ihren. Warm und zärtlich waren sie, unendlich angenehm und sinnlich zugleich. Sie hatte sich früher oft gefragt, wie es sein müsste, einen Mann zu küssen, ein fremdes Wesen, das außerhalb ihres eigenen Körpers existierte, und ihn so nahe kommen zu lassen, dass ihre Körper sich vereinigten. Fremde Lippen zu fühlen, einen fremden Atem zu spüren, ohne angeekelt den Kopf wegzudrehen. Einer der Pater, der öfter das Kloster mit seiner Anwesenheit beehrte, hatte zur Begrüßung immer die Mädchen umarmt und sie fest auf den Mund geküsst, und Laura war jedes Mal beim Gedanken an die feuchten welken Lippen schon übel geworden. Auch Ottavios Kuss, den sie mehr aus Höflichkeit geduldet hatte, war ihr nicht besonders angenehm gewesen.

Domenico hatte sie in der Nacht, in der er sie zum ersten und letzten Mal als seine Frau erkannt hatte, ebenfalls geküsst. Sie war jedoch so verschreckt und unglücklich gewesen, dass sie an sich hatte halten müssen, um ihn nicht wegzustoßen. Nun jedoch erstaunte es sie, wie natürlich sie seine enge Nähe empfand. Sein Atem roch weder parfümiert noch abstoßend, wie sie das von anderen Männern kannte, sondern einfach nur nach ihm, nach Domenico. Überhaupt fiel ihr heute zum ersten Mal sein ganz persönlicher Geruch auf. Angenehm nach Mann, aber sauber ... sauberer als die anderen, die ihren ungewaschenen Geruch mit allen möglichen Parfüms zu überdecken versuchten.

Sie gab seinem leichten Druck nach, öffnete ihre Lippen ein wenig mehr und atmete tief und zitternd ein, als er nicht einfach nur seinen Mund gierig und ungestüm auf ihren presste, wie Ottavio das getan hatte, sondern darüber streichelte, ihre Oberlippe küsste, an ihren Mundwinkeln verweilte, von ihrer Wange wieder zurückkehrte und so sanft an ihrer Unterlippe zu saugen begann, dass sie unwillkürlich leise aufseufzte. Schön war das, unendlich schön. Noch schöner als in ihren Träumen.

Seine Lippen legten sich über die ihren und plötzlich fühlte sie, wie seine Zunge sanft gegen sie stieß, über ihre Zähne streichelte und dann tiefer hineintastete. Erstaunt bemerkte sie, dass ihr die Feuchtigkeit seines Mundes angenehm war, ebenso wenig Fremdes hatte wie sein Atem, und dass sie unbewusst mit ihrer eigenen Zunge die seine suchte und seinen Geschmack aufnahm. Schon längst hatte sie alles um sich herum vergessen. Ihre Gefühle konzentrierten sich nur auf Domenico, der über sie gebeugt war, seine Hand in ihrem Haar vergraben hatte und sie küsste, als gäbe es nichts auf der Welt, das er mehr wollte.

Endlich, als sie schon atemlos war vor Glück und diesem Gefühl erwachender Leidenschaft, das alles andere unwichtig machte, löste sich Domenico von ihr. Er lächelte auf sie herab, strich mit dem Finger über ihre erhitzte Wange und ihre vom Kuss heißen Lippen. „Es freut mich zu sehen, Laura, dass ich es offenbar nicht bereuen muss, dem Ruf meiner Mutter gefolgt zu sein. Obwohl ich vorhin schon befürchtet hatte, du wärst nicht um eine Spur vernünftiger geworden als das letzte Mal."

Er wollte sich wieder über sie beugen, aber Laura war wie erstarrt. Marinas Worte fielen ihr wieder ein, als sie ihr von den drängenden Briefen ihrer Schwiegermutter erzählt hatte, die ihren Sohn förmlich anflehte heimzukehren und seine Pflicht zu erfüllen. Sie selbst hatte sich nach seiner Abreise geschworen, sollte er jemals wiederkommen, ebenfalls ihre Pflicht ihm und ihrer Familie gegenüber zu erfüllen und das Geschäft, in dem sie die Ware gewesen war, einzuhalten. Sekundenlang klammerte sie sich an ihre – während seiner Abwesenheit – gefassten Vorsätze, aber im nächsten Moment hob sie die Hände, schob ihn von sich fort und drehte den Kopf weg. „Lass mich sofort los!"

Domenico verharrte für Sekunden bewegungslos, so als könne er nicht glauben, was er gehört hatte. Dann zog er langsam seine Hand zurück, setzte sich auf und blickte sie mit gerunzelter Stirn an. „Was soll dieser Unfug, Laura? Weshalb benimmst du dich so lächerlich?"

„Lächerlich?", fragte sie atemlos zurück. *„Nur weil ich mehr für dich sein will als eine lästige Pflicht?"*, dachte sie gekränkt. Natürlich war er nur deshalb zurückgekommen! Nicht aus Sehnsucht nach ihr, sondern um seiner Mutter einen Gefallen zu tun und Kinder zu zeugen! Und um sie dann vermutlich wieder erleichtert zu verlassen und zu seinen schönen Mätressen zurückzukehren! Wie dumm sie doch war, etwas anderes anzunehmen! Zuerst hatte ihr Vater sie von frühester Kindheit an von ihrer Familie getrennt und ins Kloster gesteckt, um nichts mit ihr zu tun haben zu müssen, und nun war sie an einen Mann gebunden, dessen Liebe einer – oder vielen – anderen gehörte, aber nicht ihr. Sie war kein Gegenstand, der sich hin und her schieben und gebrauchen ließ. Sie war eine Frau, die sich nach Liebe sehnte. Die Nonnen im Kloster wären entsetzt gewesen über ihre Widerspenstigkeit und ihren Mangel an Demut und sie wusste selbst, dass sie eine dumme Gans war, die das wenige zurückwies, das ihr Gatte ihr zu geben bereit war, aber sie konnte nicht anders.

„Ich bin immerhin dein Ehemann", erklärte er finster.

„Glaubst du vielleicht, ich würde Wert darauf legen, an einen Mann gebunden zu sein, der nichts anderes im Kopf hat als seine ...", sie unterbrach sich hastig, denn sie hatte Mätressen sagen wollen, fing sich aber schnell, „... seine Geschäfte."

„Und du bist und bleibst ein dummes, unreifes Ding, das nichts als Stroh in seinem Kopf hat", fiel Domenico ihr verächtlich ins Wort. „Ich weiß wirklich nicht, weshalb ich mich überhaupt mit dir abgebe." Er stand auf.

„Ach, diese stadtbekannte Signora Martinelli ist wohl die einzige, die sich eines klugen Kopfes rühmen darf?", entfuhr es Laura gekränkt. Sie dachte an den Tag, an dem ihr nur wenige Tage nach Domenicos Abreise auf einem der Bälle wieder diese schöne Nicoletta begegnet war, und wie diese sie abfällig gemustert hatte. Der Neid auf diese bildschöne Frau, die für ihre Bildung und Klugheit bekannt war, die ihr von vornherein die Liebe ihres Mannes gestohlen hatte, waren gallenbitter in ihr hochgestiegen, und in diesem Moment hatte sich etwas in ihr verändert. Ihr Stolz war erwacht und sie hatte nichts anderes im Sinn gehabt, als diese und alle anderen auszustechen. Niemand sollte hinter vorgehaltener Hand über sie tuscheln und sagen können, dass Domenico Ferrante bei der Wahl seiner Geliebten mehr Geschmack bewiesen hätte als bei jener seiner Gattin!

„Die Klöster, in denen ihr Frauen lebt und erzogen werdet, sind auch nicht mehr das, was sie einmal waren", sagte Domenico erbittert, nachdem er sich von ihren Worten erholt hatte. Was zum Teufel fiel ihr ein, ihm ausgerechnet jetzt mit Nicoletta zu kommen?! Er erhob sich, seltsam enttäuscht von der Wendung, die diese eben noch so reizvolle Situation genommen hatte. „Früher wäre es keiner jungen Frau eingefallen, ihrem Mann den Namen seiner Mätresse ins Gesicht zu schleudern und ihm gegenüber solche Worte zu gebrauchen! Fast hätte ich Lust, dich wieder ins Kloster zurückzuschicken!"

Er bückte sich, hob das kostbar gebundene Buch auf und betrachtete es mit spöttisch verzogenen Lippen. Lippen, die noch vor knapp einer Minute so dicht an den ihren gewesen waren. „Dante? Du scheinst es mit den anderen Damen zu halten, die sich Bücher auf den Nachttisch legen, um damit vorzugeben, sie zu lesen. Nun, wie du willst." Er warf das Buch mit einem abfälligen Schulterzucken neben sie auf das Bett.

„Ich hasse dich!", schrie ihm Laura, verletzt über diese abfällige Bemerkung nach, als er sich anschickte, das Zimmer zu verlassen. Ihr

Temperament war ebenfalls einer ihrer Charakterzüge, an dem die guten Klosterschwestern vergeblich gearbeitet hatten, und sie wusste jetzt schon, dass sie ihr kindisches Verhalten in spätestens zwei Stunden bereuen würde.

Domenico hob die Schultern. „Damit werde ich wohl leben müssen", sagte er betont gleichmütig und schloss die Tür mit einem Knall hinter sich, dass die Wände erzitterten.

Noch zwei Stunden später rannte Domenico wütend in seinem Arbeitszimmer hin und her, wohin er sich zurückgezogen hatte, um in Ruhe über diese Abfuhr nachdenken zu können.

Verschmäht! Zurückgewiesen von seiner eigenen Frau, die es seinem Vetter, diesem geistlosen Beau erlaubt hatte, sie zu küssen und zu betatschen! Wenn er sich bisher noch gelinde über Lauras romantische Einfalt amüsiert hatte, so ballte er nun – angesichts dieser Demütigung und Kränkung – zornig die Fäuste.

Das konnte er ihr nicht durchgehen lassen. Nicht ausgerechnet einer Frau, die vom Tag ihrer Heirat an in Tränen aufgelöst gewesen war, und die so wenig übrig hatte für Leidenschaft und Hingabe, dass sie noch den feurigsten Liebhaber zu einem Stein verwandelt hätte. „Da hätte ich genauso gut meine Liebeskünste an einem Strohsack erproben können", murmelte er, erbittert über diese Ungerechtigkeit. Dabei hatte er sich in der ersten Nacht alle Mühe gegeben, hatte seine eigene Enttäuschung über diesen Mangel an weiblicher Erotik, der ihm da geboten worden war, hinuntergeschluckt und tapfer weitergemacht, in der Hoffnung, wenigstens ein wenig Widerhall zu finden, ein kleines Echo.

Er hatte sich bei seiner Ankunft in Venedig vorgenommen gehabt, Laura auf frischer Tat zu ertappen und sie dann – wenn möglich schwanger – auf dem Landgut auf der Terraferma einzusperren, um selbst wieder freie Hand zu haben und ohne befürchten zu müssen, dass man ihm Hörner aufsetzte. Sie war jedoch, wenn er die Szene zwischen Ottavio und ihr richtig gedeutet hatte, noch nicht sehr weit vom Pfad der Tugend abgekommen, und er selbst war von ihrem veränderten Aussehen, ihren neuen, bisher ungeahnten Reizen so beeindruckt gewesen, dass er tatsächlich drauf und dran gewesen war, seine ehelichen Pflichten auch noch mit Freude zu erfüllen.

Wie sehr er sich um sie bemüht hatte! Vor dem sicheren Tod durch Erfrieren in dieser Eiswanne hatte er sie gerettet. Und was war der Dank gewesen?! Beleidigungen und eine Abweisung!

„Na warte nur", murmelte er erbost. Er wusste noch nicht, wie er seine Frau eines Besseren belehren konnte, aber dass er es tun würde, stand außer Zweifel. Es gab einen Punkt, wo ein Mann nicht mehr über seinen mit Füßen getretenen Stolz hinwegsehen konnte. Und dieser war erreicht.

Ottavio! Ha! War dieser lächerliche Geck etwa besser als er?! Anziehender? Ein besserer Verführer? Seine Augen wurden schmal, als er an seinen Vetter dachte. Es war ihm nach dem Ball zugetragen worden, dass sein Vetter fast ständiger Gast im Hause war und sich neben Patrizio Pompes, Lauras legalem *cicisbeo,* offenbar zusätzlich einen Platz erobert hatte, der sogar so weit ging, sie zu küssen und verführen zu wollen. Bei dem Gedanken, seine Frau könne über kurz oder lang in den Armen seines Vetters liegen und ihm mit Freuden das gewähren, was sie ihm vorenthielt, sah er rot. Er würde ihn zur Rede stellen und ihn dann zwingen, sich mit ihm zu duellieren. Duelle waren in Venedig verboten, aber irgendwo auf dem Festland, vielleicht auf seinem eigenen Landgut, würde es niemanden kümmern, wenn er ihm den Degen durch den Leib rammte. Das konnte er nicht auf sich sitzen lassen. Da konnte er sich gleich eine dieser Karnevalsmasken mit Hörnern aufsetzten und durch die Straßen rennen!

Er hielt in seinen Überlegungen inne.

Der Karneval.

Eine Idee blitzte durch seinen Kopf, die es vielleicht wert war, gründlicher bedacht zu werden. Natürlich. Der Karneval! Weshalb war ihm das nicht sofort eingefallen! Hier bot sich *die* Gelegenheit, seine Frau von ihren romantischen Verstiegenheiten zu heilen und aus ihr eine Gattin zu machen, die ihm in jeder Beziehung ergeben sein würde. Ein grimmiges Lächeln erschien auf seinen Zügen. Jetzt wusste er, wie er sich rächen und sein widerspenstiges, keckes Weib klein bekommen konnte.

Der Cavaliere d'Amore

Laura sah fasziniert auf den versiegelten Brief, den ihr ihre Zofe Anna soeben heimlich mit einem verschwörerischen Ausdruck im Gesicht auf ihr Zimmer gebracht hatte. Anna hatte gesagt, ein junger Bursche hätte ihn abgegeben und ihr dringlichst eingeschärft, ihn nur ihrer Herrin und ja sonst niemandem anderen auszuhändigen. Und nun saß sie vor ihrem Frisiertisch, voller Neugier und voller romantischer und fantastischer Vorstellungen, wer wohl der Absender sein mochte. Etwa gar dieser Maskierte, der sie am Vortag durch die Flut der anderen Leute hindurch in den engen Gassen verfolgt und ihr dann die Seidenrose in die Hand gedrückt hatte?

Sie war in Begleitung ihrer Freundin Concetta, deren Ehemann und deren Schwager gewesen. Alle vier hatten natürlich Masken getragen, wenn auch etwas fantasievoller als an den gewöhnlichen Tagen des Jahres. Concetta hatte überall auf ihrem Kleid und ihrem Domino Federn angenäht und aufgesteckt und war herumgeflattert wie ein bunter Vogel. Die beiden Männer waren als Harlekine verkleidet gewesen und Laura hatte ein duftiges, hellblaues Kleid mit hellblauer Maske getragen und dazu eine Perücke aus dem schönsten Blond, das ihr Friseur hatte auftreiben können, ferner einen Domino, dessen weite Kapuze sie als zusätzlichen Schutz noch über Kopf und Gesicht ziehen konnte. Domenico war vor zwei Tagen verreist, fast unmittelbar nach dieser unschönen Szene in ihrem Schlafzimmer. Angeblich war er zu einer geschäftlichen Angelegenheit außerhalb Venedigs gerufen worden, die seine Güter auf der Terraferma betraf, aber Laura glaubte nicht recht daran, sondern argwöhnte, dass er entweder wieder nach Paris fuhr oder sich an einem anderen Ort mit einigen anderen Frauen vergnügte. Aber wie auch immer, jedenfalls hatte er ihr damit die Gelegenheit geboten, sich ein wenig aufzuheitern. Sie war sich zwar immer noch nicht ganz klar, ob sie sich tatsächlich amüsiert hatte, dazu war der Ärger über Domenico und ihr eigenes würdeloses Verhalten noch viel zu stark, aber sie hatte es eben versucht. Schon um ihren Ehemann wenigstens für einige Stunden zu vergessen.

Trotz der im Januar herrschenden Kälte hatten sich von flackernden Fackeln und Lampions beleuchtete Masken in den engen Gassen und auf den Brücken gedrängt. Gelächter, heimliche und offene

Liebesworte waren durch die Nacht geflogen, und die Luft hatte vibriert vom Duft der Romantik und der Liebe. Laura war wie im Traum durch die Straßen und über die Brücken getanzt. Sie waren zu Fuß unterwegs gewesen, um das Treiben besser auskosten zu können, hatten sich aber bereits wieder auf dem Weg zu der in einem Seitenkanal wartenden Gondel ihrer Freundin befunden. Gerade, als sie sich hinter Concettas Ehemann durch eine der engen Häuserfluchten gedrängt hatte – vor ihr der Kanal mit Concettas Gondel – war ihr aufgefallen, dass ihre kleine Gruppe Zuwachs bekommen hatte. Es war ein Harlekin in Schwarz und Weiß mit einer roten Rose aus Seide in der Hand, die er ihr mit einer leichten Verbeugung reichte, bevor sich ganz selbstverständlich sein Arm um sie legte. Dabei war sein Gesicht mit der furchterregenden Pestmaske und der langen Nase ihrem Ohr so nahe gekommen, dass sie seinen Atem spüren konnte.

„Eine nie verwelkende rote Rose der Liebe und der Bewunderung für die schönste Maske Venedigs. Erwartet mein Schreiben, in dem ich Euch mehr sagen will, *madame*." Es war kaum mehr als ein Raunen, und dann war er fort gewesen.

Sie war wie angewurzelt stehen geblieben, hatte ihm nachgeblickt, bis Concetta, die den kleinen Zwischenfall nicht bemerkt hatte, sie am Arm ergriffen und zur wartenden Gondel gezogen hatte. Das war nun schon einen Tag her, aber die Erinnerung daran, wie er sie besitzergreifend an sich gepresst, sie seinen Körper hatte spüren lassen, wollte nicht von ihr weichen, und sie hatte sich diese wenigen Momente immer wieder ins Gedächtnis zurückgerufen.

Und nun hatte er seine Worte wahr gemacht und sie hielt sein Schreiben in ihren Händen. Sie brach das Siegel auf und entfaltete mit zitternden Fingern und vor Aufregung heißen Wangen das Papier. Sie besah sich zuerst die Schrift, bevor sie den Text las. Eine sehr männliche Schrift war das, mit steilen, energischen Buchstaben. Sie glitt mit dem Finger über die Zeichen, dann begann sie zu lesen.

„*Chère madame* ..."

Er hätte sie schon des Längeren beobachtet, schrieb er, und sei so sehr in Leidenschaft zu ihr entbrannt, dass er kaum noch schlafen könne. Ihr leuchtendes Bild stünde Tag und Nacht vor seinen Augen und er müsse sterben, wenn sie ihm nicht die Gunst erweise, sie einmal unter vier Augen zu sehen und auch sprechen zu dürfen. Dann würde er in Frieden von dannen gehen oder bereit sein, jedes Los zu ertragen, welches das Schicksal für ihn ausersehen hatte. Aber diese eine, letzte Gnade, wolle sie doch einem, der sich in Leidenschaft zu ihr verzehre, erweisen.

Laura schüttelte lächelnd den Kopf. Welche romantischen Worte. Wohl übertrieben, aber liebenswürdig und artig.

Eine günstige Gelegenheit sei, so schrieb er weiter, der Ball der Calergi in zwei Tagen, zu dem sie, wie er wohl wusste, ebenfalls geladen war. Dann fügte er noch einige Beteuerungen seiner übergroßen Liebe hinzu, beschwor sie abermals, auf den Ball zu kommen, und nannte ihr den Ort, wo er sie dort treffen wollte. Darauf folgte seine Unterschrift:

„Euer ergebenster Diener, der unerkannt bleiben muss aus Gründen, die er Euch unter vier Augen darlegen wird.

Euer Cavaliere d'Amore."

Es konnte kein Zweifel darüber bestehen, wer dieser Harlekin und ‚Cavaliere d'Amore' war. Laura hatte mit einem Blick die elegante Gestalt Ottavios erkannt – jener Domenicos so ähnlich – auch wenn sie sich wunderte, weshalb er sie in dem Brief standhaft „*chère madame*" nannte und weshalb er so geheimnisvoll tat. Aber vermutlich hielt er dies für sinnlich, und außerdem war es in der gehobenen Gesellschaft Venedigs ja auch üblich, sich der französischen Sprache zu bedienen. Sie selbst hatte begonnen, ihre Fertigkeit in dieser Sprache, die sie im Kloster nur in ihren Grundlagen erlernt hatte, zu verbessern, denn es zeugte von Lebensart und Bildung.

Sie besah sich sinnend den Brief. Domenicos Vetter war der bei Weitem bestaussehende und charmanteste Mann Venedigs. Ein Mann, der jede Frau haben konnte, der aber ausgerechnet ihr so unverdrossen den Hof machte und nun sogar einen so reizvollen Weg ersonnen hatte, um ihr eine Nachricht zukommen zu lassen. Wie gut tat ihr das nach dem Verhalten ihres Mannes! Sie rief sich Ottavios Aussehen ins Gedächtnis, auch wenn das ein wenig schwierig war, da sich immer Domenicos Gesicht dazwischenschob. Ottavios elegante modische Perücke, das Schönheitspflästerchen, das seinen wohlgeformten Mund betonte, die gutsitzende bestickte Jacke mit den langen, die Hände bedeckenden Spitzenmanschetten, die Seidenstrümpfe und die mit Edelsteinen besetzten Schnallenschuhe. Den elegantesten Mann Venedigs nannte man ihn. Er hatte sie anfangs sehr an Domenico erinnert. Was auch nicht weiter verwunderlich war, schließlich war er einer seiner Vettern und die Familienähnlichkeit, hieß es, wäre bei den Ferrantes sehr groß. Er hatte in etwa die gleiche Statur, ebenfalls graue Augen und die gleiche stolze Haltung, auch wenn Domenico immer etwas ernster und zurückhaltender wirkte – um nicht zu sagen unfreundlich – und weitaus weniger auf seine elegante Erscheinung bedacht war. Schon seit langem bemühte sich ihr gutaussehender Kavalier um sie, aber erst auf dem Ball bei den Pisanis hatte er sie stärker als sonst bedrängt, die Seine zu werden. Die Fortsetzung dieser Romanze war durch Domenicos Ankunft gestört worden, aber nun hatte Ottavio einen anderen, sehr romantischen Weg gefunden, sie zu erreichen. Sie lächelte ihrem Spiegelbild traurig zu. Sie wusste selbst nicht, ob sie dieser Bitte Folge leisten sollte. Einerseits reizte sie es, ein wenig umschwärmt und hofiert zu werden, und es geschah Domenico ganz recht, wenn sie sich die von ihm versagte Liebe bei anderen holte. Aber andererseits war alles, was die anderen Männer ihr sein konnten, nur eine schwache Erfüllung ihrer wirklichen Träume.

Und dennoch ... Sie strich sich unwillkürlich mit der Hand über den Leib, wo seine Hand gelegen hatte. Ottavio hatte sie schon des Öfteren berührt, genau genommen ließ er kaum eine Gelegenheit aus, das zu tun, aber noch nie hatte sie seine Berührung so intensiv gespürt. Konnte es sein, dass sie begann, ihren Mann tatsächlich zu vergessen und sich einem anderen zuzuwenden?

Die Verführung

*D*omenico lächelte immer noch grimmig, als er im Salon des Palazzos der Calergi ungeduldig hin und her wanderte und dabei die langen Spitzenmanschetten wieder in Form schüttelte. Normalerweise hatte er nichts übrig für derlei Putz, aber in diesem Fall war es praktisch, da die Spitzen seine Hände verdeckten. Außerdem hatte er auch den Rest seiner Kleidung dem Anlass angepasst und trug nun anstelle seines schlichten – meist in alter Tradition schwarzen Anzuges – eine aufwändig bestickte hellblaue Seidenjacke mit einer cremefarbenen, reichverzierten Weste und passende Kniestrümpfe zu den hellblauen Hosen. Das Spiel machte ihm Spaß. Er würde sein kleines romantisches Gänschen ein wenig necken, mit ihr spielen, sie verführen und ihr beweisen, dass er nicht nur ebenso gut wie Ottavio war, sondern noch weitaus besser. Und dann würde er sich ihr zu erkennen geben und sich an ihrer Zerknirschung weiden. Das sollte ihr eine Lehre sein, in fremden Palazzi mit anderen Männern zu tändeln und ihren eigenen rechtmäßigen Gatten abzuweisen!

Er hatte sie in dem kleinen Briefchen, das er von einem verlässlichen Boten hatte überbringen lassen, gebeten, zum Ball zu kommen, um sich um Mitternacht mit ihm in einem kleinen Salon zu treffen, der neben einigen anderen von den Gastgebern für diese Zwecke zur Verfügung gestellt wurde. Es war ihm gelungen, diesen Raum weiteren, ebenfalls Zweisamkeit suchenden Paaren gegenüber zu verteidigen, und nun wartete er ungeduldig darauf, dass sein Eheweib dem Ruf der Romantik folgte und um Mitternacht durch die Tür schritt.

Die Glocke von San Marco schlug. Einmal, zweimal, dreimal ... zwölfmal. Er rückte seine Halbmaske zurecht und hielt unwillkürlich den Atem an, als sich fast unmittelbar nach dem letzten Schlag die Tür öffnete und Laura erschien. Er hatte sich im Zuge seiner fingierten Reise für einige Tage bei einem Freund einquartiert, dessen Palazzo seinem gegenüberlag, und der ihm, ohne lange zu fragen, Gastfreundschaft gewährt hatte. Von dort aus hatte er Laura beobachtet, wie sie vor zwei Stunden das Haus gemeinsam mit Patrizio verlassen hatte und mit der Gondel hierher gefahren war.

Sie hatte ihr volles dunkles Haar unter einer Perücke verborgen, die Maske verdeckte halb ihr Gesicht und in diesem Kleid, dessen Ausschnitt trotz seiner Zensur immer noch tief genug war, um sein Herz schneller schlagen zu lassen, war sie überwältigend. Er starrte sie sekundenlang bewundernd an. Wie hatte er bisher nur übersehen können, mit welch einer schönen Frau er verheiratet war!

Sie lächelte ein wenig schüchtern – was diese reizvollen Lippen noch begehrenswerter machte – und trat einen unsicheren Schritt auf ihn zu.

„Ma chère! Ihr seid gekommen!" Er flüsterte und bemühte sich, seiner Aussprache einen französischen Akzent beizumengen. Obwohl es ohnehin unwahrscheinlich war, dass Laura auf die Idee kam, ihr eigener Mann könnte ihr einen Brief schreiben und sie um ein heimliches Stelldichein bitten.

Laura senkte die Lider über ihre warmen braunen Augen. „Ich hätte nicht kommen sollen. Es war nicht recht von mir. Und ich bin nur aus einem Grund hier: Nämlich, um Euch zu bitten, mir keine weiteren Briefe zu schicken. Es gehört sich nicht. Ich bin eine verheiratete Frau."

„*Und ein umso begehrteres Opfer für gewissenlose Kerle*", dachte Domenico höhnisch. Wie konnte einem dieser Männer etwas Besseres passieren als eine verheiratete Frau zu umgarnen und zu erobern?! Eine Beziehung, aus der sich keinerlei Verpflichtungen ergaben, und etwaige Folgen als eheliche Kinder zur Welt kommen würden. Es war gut, dass er vor einem anderen diesen Einfall gehabt hatte! Wie man sah, war sein liebes Weib alles andere als gefeit gegen solche Ehebrecher, die ihr die Sterne vom Himmel versprachen und sie dann mit einem Bauch sitzen ließen. In diesem Fall jedoch wäre es Laura wohl schwer gefallen, ihren seit einem Jahr abwesenden Ehemann davon zu überzeugen, dass das schreiende, in Windeln machende Ergebnis einer verbotenen Liebe von ihm selbst stammte.

„*Das wäre fatal gewesen*", dachte er mit einem Anflug von Selbstironie, „*wenn ein anderer mir meine lästige Pflicht abgenommen hätte.*" Eine Pflicht, die ihm allerdings mit jedem Tag, den er Laura nahe war, erstrebenswerter erschien.

„Ich weiß", erwiderte er leise, „und es ist mir eine stete Pein daran zu denken, dass mir deshalb Euer Herz und Eure Hand verschlossen sind, meine Angebetete. Ein unaufhörlicher Quell der Schmerzen, die an mir nagen und mich niemals zur Ruhe kommen lassen ..." Er machte einen Schritt auf sie zu.

„So dürft Ihr nicht sprechen", bat Laura und hob die Hand, wie um ihn abzuwehren.

Er ergriff sie und zog sie an seine Lippen. Es brannten nur wenige Kerzen im Raum, und er hatte sich so gestellt, dass sein Gesicht im Halbdunkel lag. „Wie glücklich bin ich doch, Euch endlich zu sehen und mit Euch sprechen zu können. Wie lange habe ich diesen Augenblick herbeigesehnt!"

„Nicht ...", hauchte Laura, als er ihre Hand an seine Lippen zog und begann, jede einzelne bebende Fingerspitze zu küssen. Langsam wanderten seine Lippen genießerisch von ihrem Handgelenk aufwärts über die weiche warme Haut bis zu ihrem Oberarm und ihrer Schulter. Wie wunderbar sie duftete und schmeckte.

„Ihr dürft nicht ..."

„Belohnt Ihr mir meine heiße Liebe wirklich mit so nüchternen Worten, die mich verletzen müssen?", erwiderte er schmerzlich bewegt. „Habt Ihr in Eurer göttlichen Höhe denn kein Mitleid mit einem armen Sterblichen, der sich vor Liebe zu Euch verzehrt? Lediglich einen einzigen Kuss, dann will ich zufrieden sein."

„*Zumindest für den Anfang*", dachte er, während er kaum seinen Blick von diesen feucht glänzenden Lippen lösen konnte, zwischen denen die weißen Zähne hervorblitzten. Was hatte er nur für eine hinreißende Frau und es bisher nicht bemerkt! Dafür andere, wie Ottavio, um so mehr. Nun, dies war wohl ein Fehler, der wieder gutzumachen war. Sie hatte seiner Meinung nach genug Freiheiten gehabt, und es war höchste Zeit, dass sie ihre Reize von nun an nur für ihren Ehemann zur Schau trug.

„Oh ..." Die glänzenden Augen ruhten, halb betroffen von seinen leidenschaftlichen Worten, halb verwundert auf ihm, und Domenico fühlte, wie ihm unter diesem Blick heiß wurde. Wieso hatte er damals, nach der Hochzeit, nicht genauer hingesehen, sondern sie gelangweilt verlassen? „Einen Kuss nur", murmelte er mit einem sehnsüchtigen Blick auf Lauras roten Mund. Er beugte sich zu ihr, seine Lippen waren ihren schon ganz nahe und er konnte ihren frischen Atem auf seinem Kinn fühlen. Der Duft ihres Parfüms hüllte ihn ein und machte ihn ein wenig schwindelig.

Plötzlich wurden die sprechenden braunen Augen noch größer, blickten erschrocken. Sie hob hastig die Hand, wie um ihn abzuwehren. „Nein ..."

Als sie einen Schritt zurücktreten wollte, legte er einfach den Arm um sie und zog sie an sich. Diese Art von Ziererei kannte er schon. Schließlich hatte er sie und Ottavio ja beobachtet. Sie warf den Kopf zurück, wollte ihn wegschieben, aber er griff fester zu, riss sie an sich, unfähig, sein heftiges, ihn selbst verblüffendes Verlangen nach ihr zu beherrschen, während er seine Lippen über ihren Hals abwärtsgleiten ließ bis zu ihren Brüsten, die sich so voll und rund durch den Stoff abzeichneten, dass er es kaum erwarten konnte, sie zu berühren.

„*Und das alles gehört mir*", dachte er fast erstaunt. Sie zitterte in seinem Arm, schloss jedoch die Augen. Er fühlte, wie ihr Körper nachgiebig wurde, und dann vergaß er alles um sich herum, während er die weichen Lippen liebkoste und ihren Mund auskostete.

Laura saß mit hochroten Wangen vor ihrer Frisierkommode und blickte in den Spiegel. Anna hatte ihr geholfen, das kostbare Kleid abzulegen, und dann hatte sie ihre Zofe zu Bett geschickt, weil sie alleine sein wollte. Wie ihre Augen im Licht des mehrarmigen Kerzenleuchters glänzten! Viel mehr als sonst. So sehr, dass sie sich selbst kaum wiedererkannte. Ihre Lippen waren dunkelrot und obwohl seit diesen erregenden Küssen schon zwei Stunden vergangen waren, schienen sie immer noch verräterisch geschwollen zu sein.

Sie hatte trotz Patrizios erstauntem Protest den Ball fast unmittelbar nach dem Treffen verlassen, da sie sich nicht mehr imstande gefühlt hatte, noch ruhig mit jemandem zu sprechen oder so zu tun, als wäre nichts geschehen.

Ehe sie es sich versehen hatte, war sie in seinen unnachgiebigen Armen gelegen, unfähig, seiner schmeichelnden Stimme – die sie weitaus mehr bezaubert hatte als die ihr übertrieben erscheinenden Worte – zu widerstehen. Dieser endlose Kuss, der sie jetzt noch erglühen ließ, wenn sie daran dachte. Und der Wünsche und Gedanken in ihr geweckt hatte, die sie in dieser Heftigkeit nie erwartet hatte. Immer noch vermeinte sie seine Arme zu spüren, die sie so fest gehalten hatten, dass kein Widerstand mehr möglich gewesen war, während seine Lippen Besitz genommen hatten von ihrem Mund, ihrem Hals, ihren Schultern und sogar ihren Brüsten, deren erregte Spitzen sich durch den Stoff des Ballkleides gebohrt hatten, sodass sie danach nicht gewagt hatte, den schützenden Fächer wegzunehmen, aus Angst, man würde ihr ansehen, was in diesem Raum geschehen war.

Sie schloss die Augen und fuhr mit den Fingerspitzen über alle die Stellen, die er geküsst und berührt hatte. Mit welcher Leidenschaft! Nein, das war nicht nur ein Kuss gewesen, sondern viele, bis ihr schwindlig geworden war. Das Zimmer hatte sich zu drehen begonnen, und sie hatte sich an ihn klammern müssen, um nicht den Boden unter den Füßen zu verlieren. Dabei hatte sie nur zu deutlich gefühlt, dass er nicht weniger erregt war als sie selbst. Unvorstellbar! Alleine nur von ihren Küssen!

Ihr ‚Cavaliere d'Amore' ... Sie schüttelte mit einem glücklichen Lächeln den Kopf. Wie romantisch! Wie unglaublich war das gewesen! Niemals hätte sie sich das erträumt! Diese Leidenschaft!

Sie überlegte, dann stand sie auf und ging zu dem verspielten kleinen Schrank aus dunklem Holz, der liebevoll mit Einlegearbeiten verziert war, und öffnete die beiden Türchen. Innen befanden sich viele kleine, ebenfalls mit buntem Holz und Malereien geschmückte Laden, in denen sie ihre Schätze aufbewahrte. Sie zog eine mit einem Vogel verzierte Lade auf und nahm ihr Tagebuch heraus, in dem sie ihre geheimsten Gedanken festhielt, die sie niemandem sonst jemals eröffnet hätte. Sie ließ sich an ihrem zierlichen Schreibtisch nieder und

tauchte die Feder in die Tinte. Sie musste einfach schreiben, was ihr heute widerfahren war. Es war zu wunderbar ... und zu unglaublich. Sie war verliebt! Mehr noch, sie liebte! Warum es vor sich selbst leugnen?!
Und sie hatte plötzlich Hoffnung, einmal wiedergeliebt zu werden.

Das Spiel geht weiter

Laura drängte sich – am ganzen Körper vor Aufregung zitternd – durch die Leute, die lachend und lärmend durch die Straßen liefen. Sie war es zwar gewohnt, alleine durch Venedig zu gehen, aber dieses Mal befand sie sich nicht auf dem Weg zum Markt oder zur Bibliothek, sondern zu einem nächtlichen Treffen mit ihrem Cavaliere d'Amore. Sie hatte am Vortag, zwei Tage nach dem Ball, wieder einen Brief erhalten, in dem ihr geheimnisvoller Verehrer sie abermals seiner Leidenschaft und seiner Ergebenheit versichert und sie bestürmt hatte, zum Campo San Angelo zu kommen, wo er mit einer Gondel auf sie warten wollte. Sie hatte keine Sekunde gezögert, ihre Einwilligung dazu zu geben und den Boten sofort mit einer Antwort zurückgeschickt. Es gab schließlich keinen Grund mehr für sie, sich zu zieren.

Und doch hatte sie nun das lächerliche Gefühl, etwas Verbotenes zu tun. Noch dazu, wo sie ihre liebenswürdige Schwiegermutter belogen und sich mit vorgeschützten Kopfschmerzen auf ihr Zimmer zurückgezogen hatte, um sich dann heimlich aus dem Hinterausgang zu stehlen.

Als sie am vereinbarten Treffpunkt ankam, sah sie ihn schon am Ufer des Kanals stehen, für sie trotz seiner Maskierung unverkennbar in seiner Haltung. Er ging ruhelos hin und her und kam ihr, als er ihrer ansichtig wurde, ungeduldig entgegen. Sie eilte auf ihn zu, immer noch voller Schuldgefühle und Sorge. Er ergriff ihre Hand, küsste sie und führte sie dann zur wartenden Gondel. Die Gondolieri trugen keine Livree, waren also offenbar für diesen besonderen Anlass von ihm gemietet worden. Sie stieg vorsichtig vom Ufer in das leise schwankende Boot und kletterte in das kleine Häuschen, das die Venezianer *felze* nannten. Es schützte sie nicht nur vor dem kühlen

Wind, sondern auch vor den Blicken Fremder.

Ihr Kavalier schob fürsorglich Kissen hinter ihren Rücken und breitete eine warme Pelzdecke über sie, bevor er Befehl gab, die Gondel vom Ufer abzustoßen. Sie sah sich neugierig und erwartungsvoll um. In Domenicos Gondel wurden im Winter Fensterläden eingesetzt, die besser schützten, aber diese hier hatte nur schwere Samtvorhänge, die vorne und seitlich ein wenig zurückgezogen waren, sodass sie die anderen Gondeln und die Leute auf den Brücken beobachten konnte, ebenso die beleuchteten Palazzi, an deren Anlegestellen ein ständiges Kommen und Gehen herrschte. Das Licht der Fackeln und bunten Laternen spiegelte sich im dunklen Kanal und ließ die kleinen Wellen glitzern. Das Wasser trug den Schall der unzähligen Stimmen und das Gelächter weiter, brach sich an den engen Häuserwänden, hallte nach. Wenn Venedig am Tag schon lebhaft war, so wurde es besonders zur Karnevalszeit in der Nacht erst so richtig lebendig.

Sie sprachen nicht, saßen nur still nebeneinander. Laura wagte es nicht, ihn anzusehen. Ihre zitternde Aufregung verwandelte sich in eine Empfindung von Sicherheit und Geborgenheit, weil er, anstatt sie im Schutz der Kabine sofort leidenschaftlich an sich zu reißen – wie sie das erwartet und ein wenig erhofft hatte – lediglich ihre bebende Hand in seine nahm und ruhig festhielt. Er hatte ihr geschrieben, dass er mit ihr einen Ort aufsuchen würde, wo Liebespaare sich ungestört unterhalten könnten, aber zu ihrem größten Erstaunen hielt die Gondel ein wenig später vor einem festlich beleuchteten Haus, aus dessen Tor Stimmengemurmel drang. Der Gondoliere legte an, hielt die Gondel am Ufer fest, während ihr Begleiter mit einem geschmeidigen Satz an Land sprang und ihr die Hand reichte, um ihr beim Aussteigen behilflich zu sein.

Laura begriff erst jetzt, wohin er sie gebracht hatte, und schlug vor Entzücken die Hände zusammen. „Wie schön! Ich hatte Signor Patrizio gestern gebeten, mich hierher ins Theater zu begleiten, weil einer der berühmtesten Kastraten zu Besuch ist. Aber er hatte andere Verpflichtungen und meine Schwiegermutter wollte nicht dulden, dass ich alleine gehe!"

Er murmelte etwas hinter seiner Maske, das sie nicht verstehen konnte, das jedoch durchaus zufrieden klang, während er sie von oben bis unten musterte und dann ihre Maskerade noch ein wenig zurechtzog.

Sie blickte ihn fragend an. „Signore?"

„Das war sehr vernünftig. Es gehört sich nicht für eine anständige Frau, alleine ein Theater zu besuchen."

„Jetzt klingt Ihr wie mein Mann", sagte Laura lächelnd.

„Euer Mann?" Man konnte sein Stirnrunzeln förmlich hören. „Ihr macht diesen Vergleich doch nicht etwa in der Absicht, mich beleidigen zu wollen?" Er legte seine Hand unter ihren Ellbogen, führte sie ins Theater hinein und die breite Treppe hinauf, die zu den Logen führte. Er ging, weil ihr Reifrock so breit war, einen Schritt seitlich hinter ihr, und vor ihr ging sein Diener, um den Weg für sie freizumachen. Überall drängten sich die Leute. Aufgeputzte Gecken, lustige Masken, tief vermummte Galane, geschmückte, aber billige Frauen, die eindeutig einer gewissen Klasse zuzuordnen waren. Einer der Männer kam ihr zu nahe, sie wich zurück, aber dann spürte sie den verstärkten Druck der Hand ihres Begleiters, die angenehm warm und beschützend auf ihrem Ellbogen lag, und ging ruhig weiter.

Ein weiterer Diener erschien, verbeugte sich und führte sie zu einer der Logen. Er öffnete mit einer abermaligen Verbeugung die Tür und sie traten in die von Kerzen sanft erhellte Loge ein. Ihr Begleiter hatte sich offenbar viel Mühe gegeben, ihr den Abend angenehm zu machen, denn es stand nicht nur ein Tischchen darin, auf dem einige Köstlichkeiten angerichtet waren, sondern auch ein großer Strauß dunkelroter Seidenrosen, die mindestens ebenso schön waren wie jene, die er ihr vor einigen Tagen überreicht hatte. Sie lag nun daheim in ihrem Schränkchen, auf seinen Briefen. Laura ging hin, strich liebevoll über die glänzenden Blüten und sog überrascht den betäubenden Duft ein. Parfümierte Seidenrosen! Sie war entzückt.

„Ihr habt mir noch nicht geantwortet", erinnerte ihr Kavalier sie an das unterbrochene Gespräch. „Ob ich es als Beleidigung ansehen soll, mit Eurem werten Gatten verglichen zu werden." Er nahm ihr den Umhang und den Hut ab und sprach dabei so leise, dass seine Stimme durch das in die Loge dringende Stimmengemurmel kaum hörbar war.

Laura lächelte liebenswürdig. „Das wäre keine Beleidigung. Ich bin nämlich zu der Ansicht gelangt, dass er möglicherweise gar nicht so unleidig ist, wie ich bisher dachte."

„So?! Ihr haltet Euren Ehemann also für unleidig?" Er warf dem Diener ihre Mäntel zu, der sich beeilte, seinem Wink nachzukommen, mit dem er ihn aus der Loge warf, und schüttelte mit einer gereizt wirkenden Bewegung seine langen Spitzenmanschetten aus.

„Nein, eben nicht. Ich hatte ja eingeräumt, dass er möglicherweise doch seine Meriten hat, auch wenn diese nicht gleich auf den ersten

Blick erkennbar sind." Lauras Lächeln wurde spitzbübisch. „Aber Ihr habt mich gewiss nicht eingeladen, den Abend mit Euch zu verbringen, um über meinen Mann zu sprechen." Sie zog vorsichtig ihren Hut mit dem Seidenschal vom Kopf und beugte sich neugierig über die Brüstung, um in den Saal hinabzusehen. Die meisten Logen waren schon besetzt und Laura ließ ihre Blicke über die eleganten, reich geschmückten Männer und Frauen gleiten. Sie war schon oft im Theater gewesen und der Anblick der Juwelen, die im Schein der Kerzen nicht weniger sinnlich glitzerten als die Blicke, die zwischen ihren Trägern ausgetauscht wurden, waren ihr ein vertrauter Anblick. Manche der Vorhänge waren zugezogen, dahinter war jedoch deutlich das Lachen und Kichern jener Besucher zu hören, die ihr Tun und Treiben lieber verbargen. Das Parkett war nur halb voll, und Laura gedachte mitleidig der armen Teufel, die sich keine Loge leisten konnten und sich so der Gefahr aussetzen mussten, vom herabfallenden Abfall getroffen zu werden, der – wie sie gelegentlich bemerkt hatte, einfach gedankenlos aus den Logen hinabgeworfen wurde. Auf der Bühne sprangen zwei Maskierte umher und boten einige Kunststückchen dar. Das Orchester spielte fröhliche Melodien, um den Besuchern die Wartezeit zu verkürzen, bis die Oper tatsächlich begann, aber der Lärm der sich unterhaltenden Menschen erfüllte den Raum nicht weniger als die Musik.

Sie wandte sich wieder nach ihrem Begleiter um. Er stand einige Schritte hinter ihr, sah jedoch nicht in den Saal hinaus, sondern beobachtete sie. Sie konnte seine Augen nicht sehen, aber sie fühlte seinen Blick, der über ihren Körper glitt wie eine Berührung. Plötzlich wurde ihr heiß, die Luft schien stickig, raubte ihr den Atem, und sie nahm ihre Maske ab, um tief durchzuatmen.

Im nächsten Moment hatte ihr Cavaliere sie auch schon am Arm gepackt und von der Brüstung weggezerrt, bevor er hastig die Vorhänge zuzog, sodass kein Neugieriger auch nur einen Blick in die Loge werfen konnte. „Ihr seid sehr unvorsichtig", tadelte er. „Wollt Ihr hier etwa erkannt werden? Wollt Ihr, dass sämtliche Klatschmäuler von Venedig sich das Maul über Euch zerreißen?" Die Stimmen aus dem Saal und den anderen Logen drangen nun etwas gedämpfter zu ihnen, und sie konnte sein heftiges Flüstern besser verstehen als zuvor.

„Ach, es sieht doch niemand her", erwiderte sie erstaunt. „Diese Leute sind so mit sich selbst beschäftigt, dass uns niemand auch nur die geringste Aufmerksamkeit schenkt. Aber", fuhr sie mit einem

Lächeln fort, „so nehmt doch endlich ebenfalls die Maske ab, damit ich Euer Gesicht sehen kann. Damit ich weiß, *wer* mein romantischer Cavaliere d'Amore ist."

„Nein, *madame*. Das geht nicht", erwiderte er abwehrend, während er vorsichtig lediglich den schwarzen Dreispitz abnahm und nun nur noch die Maske und eine weiße Perücke trug.

Laura sah ihn sinnend an. „Weshalb denn nicht?"

„Weil ... weil ich Euch unbekannt bleiben muss. Es wäre ruinös für uns beide, wenn Ihr vor den anderen auch nur andeutungsweise zeigtet, dass Ihr mich kennt. Es könnten Probleme entstehen", fuhr er fort. „Wie Ihr wisst, ist es den Patriziern der Stadt verboten, mit ausländischen Diplomaten zu sprechen, geschweige denn, sich heimlich mit ihnen zu treffen."

Laura betrachtete ihn eingehend. Die Augen, deren Farbe im Kerzenlicht nicht auszumachen war, das Kinn, das, wenn er den Kopf hob, unter der Maske erkennbar wurde. Ebenso wie seine Lippen, die ihren Blick fast magisch anzogen. „*Ob er mich heute wieder so küssen wird?*", dachte sie sehnsüchtig. „Oh, ja", sagte sie laut. „Ich erinnere mich. Ein Freund von Patrizio Pompes wurde deshalb eine Woche lang in die Bleikammern gesperrt. Und er hatte, wie mein Schwager mich wissen ließ, sogar großes Glück, dass seine Strafe nicht härter ausfiel. Der Rat der Zehn und die Inquisitoren gehen sehr unnachsichtig mit Patriziern um, die gegen dieses Verbot verstoßen."

Sie ließ ihre Finger nachdenklich über die roten Seidenrosen gleiten. „So seid Ihr also ein Diplomat, mein geheimnisvoller Herr? Franzose, Eurem Akzent nach zu urteilen?"

Er nickte nur stumm.

„Nun, wenn das so ist", erwiderte sie mit einem leichten Seufzen, „werde ich mich wohl fügen müssen." Im Grunde machte ihr dieses Versteckspiel Spaß, es war romantisch und aufregend.

Ihr Begleiter war schon dabei, ihr einen Stuhl zurechtzuschieben. Laura ließ sich anmutig in dem weichen, mit rotem Samt gepolsterten Sessel nieder und beobachtete, wie er nach zwei Kristallgläsern griff und aus einer Karaffe einschenkte. Dann reichte er ihr eines der Gläser und setzte sich auf einen Stuhl neben sie.

„Auf die schönste Frau Venedigs", flüsterte er, bevor er das Glas an seine Lippen setzte.

Sie wusste, dass er sie anblickte, als sie ebenfalls an dem Glas nippte. Der dunkle Wein schmeckte süß und weich. „*Süß wie sein Kuss*", dachte sie plötzlich. Und im selben Moment war sie wieder da, diese

Unruhe, diese Vorfreude, diese Ungeduld, die sie zu ihm hinzog. Er ergriff ihre Hand und zog sie unter seiner Maske an die Lippen. „Ihr erregt meine Sinne, *mon amour*. Ich begehre Euch mehr, als ich in Worte fassen kann, und meine Leidenschaft wird erst Befriedigung finden, wenn ich Euch in meinen Armen halte." Sie erschauerte unter seinen Worten. Eine erwartungsvolle Erregung hatte sich ihrer seit dem Kuss beim Ball bemächtigt und der Wunsch, mehr von dieser reizvollen körperlichen Nähe ihres Begleiters zu erfahren, wurde immer stärker.

In diesem Moment ertönten laute Rufe im Saal. Händeklatschen. „Oh! Es beginnt!" Das Orchester, das bisher nur lustige Weisen gespielt hatte, um die Leute zu unterhalten, änderte die Melodie. Ihr Cavaliere sah ihr verdutzt nach, als sie aufsprang, zur Brüstung eilte und den Vorhang wegzog. Drunten auf der Bühne stand eine kostümierte, großgewachsene, wohlbeleibte Frau und warf Kusshände ins Publikum. Laura lehnte sich nach vorn und klatschte in die Hände. „Bravo, bravo!"

Ihr Begleiter zerrte sie ein Stück zurück und zog den Vorhang energisch wieder zu. „Wenn Ihr Euch schon so lebensgefährlich über die Brüstung neigen müsst, dann nehmt zumindest die Maske, damit Euch niemand erkennt! Außerdem: Wozu erregt Ihr Euch so? Sie hat ja noch nicht einmal zu singen begonnen!"

„Aber das ist keine Frau, sondern ein Mann!"

„Ein Mann?" Er lugte durch die Vorhangspalte. „Ja, natürlich, der Kastrat."

„Seit es nicht mehr verboten ist, dass Frauen auf der Bühne auftreten, habe ich aber auch schon Frauen gehört, die ebenfalls wunderbar singen!", sagte Laura eifrig.

„Ach, ja?", antwortete ihr Cavaliere, der sichtlich wenig Interesse an der Gesangskunst hatte. Er löschte alle Kerzen, als Laura den Sessel näher zur Brüstung zog und zwischen den Vorhängen hinausblinzelte. Die Darbietung hatte begonnen und eine weiche, volle Stimme erfüllte den Saal und die Logen. Sie lauschte atemlos, fasziniert, drehte sich nicht einmal um, als ihr ein Glas in die Hand gedrückt wurde, sondern trank nur gedankenlos, dabei die wiederholten Annäherungsversuche ihres Begleiters, der mehrmals nachschenkte, übersehend. Das samtige Getränk zeigte jedoch bald seine Wirkung, und sie fühlte, wie ihre Wangen wärmer wurden. Voller Freude über diesen Abend wandte sie sich um. Es war fast völlig dunkel in der Loge, sie konnte gerade nur seinen Schatten sehen. „Ist das nicht herr ..."

Das Glas wurde ihr aus der Hand genommen, und ein entschlossenes Lippenpaar erstickte den Rest des Satzes. Laura hatte im selben Moment nicht nur die Sänger, sondern auch jeden anderen Menschen in diesem Theater und dieser Stadt vergessen. Er schmeckte so wunderbar. Nach Mann und ein bisschen nach dem Wein. Seine Lippen waren weich und im nächsten Moment fest, als er sie fordernd auf ihren Mund presste – und dann wieder wie ein Hauch, der über ihre Wangen glitt. Er ließ sich Zeit, biss sie zärtlich in die Unterlippe, zog diese zwischen seine Zähne, saugte daran. Gleich darauf schien er sie auskosten zu wollen, tastete sich dann wieder über ihre Lippen, liebkoste ihre Mundwinkel, kitzelte ihre Unterlippe und schob seine Zunge endlich tiefer auf der Suche nach ihrer. Sie seufzte in seinen Kuss hinein, dem sich noch andere anschlossen. Sehr gekonnte Küsse, erregende, die ihre Haut prickeln ließen als wäre sie in Champagner, diesen neuartigen perlenden Wein der ihr jedes Mal so schnell zu Kopf stieg, getaucht und ein Gefühl süßer Schwäche in ihrem Körper verbreiteten. Auch seine Hände waren nicht untätig, glitten über ihren Rücken, streichelten ihren Nacken. Plötzlich zog er die Perücke von ihrem Kopf und begann, ihr hochgestecktes, zu Zöpfen geflochtenes Haar zu lösen, bis es locker über ihre Schultern fiel. Seine Fingerspitzen tasteten wohlüberlegt über ihre Kopfhaut, bevor sich seine Hand so tief in ihrem Haar vergrub, dass sie nicht mehr den Kopf hätte abwenden können, selbst wenn ihr das in diesem Augenblick noch in den Sinn gekommen wäre.

„*Mon amour*, wie sehr habe ich diesen Moment herbeigesehnt."

„Ich auch", flüsterte Laura. Er hatte ja keine Ahnung *wie* sehr. Vom Saal her drang ein schwacher Lichtschein durch die schweren Vorhänge, der sie gerade nur die Konturen seines Körpers erkennen ließ. Sie fühlte sich schwindlig, der Raum drehte sich um sie, und sie war froh, dass sie in ihrem Begleiter einen steten Punkt hatte, an dem sie sich festhalten konnte, und der wiederum auch sie festhielt. Sein linker Arm lag um ihre Taille, umfing sie, während seine Finger zart über ihren Rücken streichelten und seine rechte Hand von ihrem Nacken abwärts glitt, über ihren Hals, ihre Schultern und ihren Arm. Sie erschauerte, als er dabei zuerst wie unabsichtlich über ihren Busen strich, bevor seine schlanken Finger sich damit beschäftigen, über die Seite ihrer Brust zu streicheln, sehr bedacht und erregend, bis schließlich seine Hand nach vorne wanderte und sie zärtlich umfasste. Sie atmete tiefer ein, presste sich an seine Hand, bot sich ihm dar. Was hätte sie in diesem Moment darum gegeben, sich mit ihm an einem verschwiegenen Ort aufzuhalten, ohne Hunderte von Leuten ganz in ihrer Nähe, ohne Sänger, die trotz der Schönheit ihres Gesangs den Moment der Verzauberung störten. Wie sehr wollte sie seine Hände auf ihrer bloßen Haut fühlen, spüren, wie er über ihren Körper strich, von ganz oben bis ganz unten, und dann dort verweilte, wo es alleine schon bei diesem Gedanken sehnsüchtig heiß wurde. Aber das war hier ja leider unmöglich.

Sie hatte von romantischer Liebe geträumt, heimlichen Schwüren ewiger Neigung, aber nun fand sie, dass es noch andere Dinge gab, die zu erleben durchaus reizvoll waren. Sie dachte an ihre verspätete Hochzeitsnacht mit Domenico, an ihre Scheu, ihre Angst und ihren Widerstand einem Mann anzugehören, der sie geheiratet hatte, obgleich er sie nicht liebte. Jetzt jedoch war es anders. Das war kein lieblöser Ehemann, der seine Pflicht an ihr erfüllte, sondern ein Liebhaber, der sie begehrte.

Der Kastrat auf der Bühne setzte soeben zu einem wunderbaren Liebeslied an, seine Stimme kletterte in ungeahnte Höhen. Laura hielt den Atem an, als ihr Cavaliere seine Finger in ihren Ausschnitt gleiten ließ und nach ihrer Brustspitze suchte, die sich schon längst unter seinen Zärtlichkeiten aufgestellt hatte. Das Mieder lag jedoch zu eng an, um seinen Fingern die benötigte Bewegungsfreiheit zu bieten. So beugte er nur den Kopf und küsste jedes Stück ihres Dekolletés, beginnend mit den Grübchen über ihren Schlüsselbeinen bis zum Ansatz des Kleides, das zum Glück tiefer ausgeschnittenen war, als ihr gestrenger Gatte dies erlaubt hätte. Es war eines der wenigen, die ihm an diesem denkwürdigen Tag, wo er in ihrem Ankleidezimmer getobt hatte, nicht in die Hände gefallen waren. Sie war immer noch verwundert, wenn sie an diese Szene dachte, denn nur Stunden davor hätte sie geschworen, mit dem phlegmatischsten und zurückhaltendsten Ehemann der Welt verheiratet zu sein.

Nun, der Mann, der sie jetzt küsste, war jedenfalls alles andere als zurückhaltend. Seine Hand, die bisher unaufhörlich ihre Brust liebkost hatte, wanderte besitzergreifend über ihren Leib hinunter, über ihren Bauch, ihre Hüften und über den Reifrock, den sie beim Sitzen zusammengeschoben hatte. Immer tiefer hinunter.

Sie griff erschrocken hin. Sie hatte sich ähnliches zwar in ihren Träumen vorgestellt, aber nun ging er zu weit! Das gehörte sich doch nicht! Bisher war es nur Getändel gewesen, aber nun war es wohl Zeit, ihn daran zu erinnern, wo sie sich befanden! „Signore! Hört auf! Ich bitte Euch! Das ziemt sich nicht!"

„Meint Ihr?" Er lachte leise. „Nur bei mir nicht – oder seid Ihr auch bei anderen so spröde?"

Laura fuhr entsetzt zurück. „Wie meint Ihr das?"

„Wer weiß, wem Ihr sonst Eure Gunst schenkt, während Ihr mich zurückweist?", sprach die leise dunkle Stimme an ihrer Wange weiter.

„Niemandem. Das würde ich niemals tun!"

„Wirklich niemals? Kein heimlicher Geliebter ...?"

„Nein. Ich schwöre es!" Laura krallte sich in seine Jacke und wünschte sehnlichst, jetzt mehr Licht zu haben, um seine Züge sehen zu können.

„Gut", kam es nach einigem Zögern, „wenn Ihr schwört, dann will ich Euch glauben, keinen Rivalen zu haben." Seine Lippen spielten an ihrem Mundwinkel. „Ich bin ein sehr eifersüchtiger Liebhaber, *madame*, der keinen anderen Mann daneben duldet."

„Es gibt keinen anderen", hauchte Laura.

„Dann beweist es mir, indem Ihr mich nicht zurückweist." Er schob ihre Hand, die nach seiner griff, einfach weg. Ungeduldige Finger rafften den schweren Seidenstoff ihres Kleides und die zahlreichen Unterröcke zusammen. Laura zuckte, als sie die warme Berührung auf ihren Beinen fühlte. Sie trug zarte, mit kleinen Blümchen bestickte Seidenstrümpfe, die genau auf die Farbe des Kleides abgestimmt waren, und es kribbelte angenehm, als er langsam darüberstreichelte, immer weiter hinauf, sichtlich auf der Suche nach jener Stelle, an der ihre Haut unbedeckt war. Es kribbelte viel zu angenehm, stellte Laura fest.

„Nicht, Signore. Bitte, hört auf."

„Aber meine Schönste, jetzt fange ich erst an." Seine Hand arbeitete sich unaufhaltsam vorwärts. Laura hatte jetzt nur noch die Möglichkeit, ihn erst wegzustoßen und dann, falls er trotzdem fortfuhr, um Hilfe zu schreien. Jede anständige Frau hätte das getan. Aber ... eine anständige Frau hätte sich wohl auch nicht auf dieses erregende Abenteuer eingelassen. Und dann – diese Peinlichkeit, hier mit ihm entdeckt zu werden! Die Leute würden in die Loge kommen, alle würden sie sehen, und am nächsten Tag wären sie beide das Stadtgespräch von Venedig!

Während sie noch verzweifelt überlegte, machte er weiter. Nicht nur ihr eigenes Gefühl, das sie wie ein Blitz durchfuhr, sagte ihr, dass er endlich fündig geworden war und die bloße Haut erreicht hatte, sondern auch sein Atem, der schneller ging und heiß und kühl zugleich über ihr – von seinen Küssen – feuchtes Dekolleté strich. Wo wollte er denn noch hin?! Er war doch schon fast ganz oben. „Nein, lasst mich ..." Seine Hand wanderte langsam und genüsslich an der Außenseite ihres Beines hinauf, manchmal zeichnete er mit seinen Fingerspitzen kleine, feurige Kreise, die sich über ihren ganzen Körper ausbreiteten – sie zum Erglühen brachten.

In diesem Moment gab Laura nach. Sich selbst und ihm. Mit einem Mal war es ihr vollkommen gleichgültig, wie viele Menschen sich um sie herum befinden mochten, und sie konnte kaum den Moment erwarten, bis er ganz oben angelangt war. Es war wie in ihren Träumen, nur noch viel besser. Sie schmiegte sich enger an ihn, legte ihren Kopf an seine Schulter. Der Raum drehte sich immer noch um sie, und es war so heiß in dieser Loge. Und dennoch zitterte sie.

Jetzt glitt er wieder weiter. Ein ganz kleiner Laut lustvoller Ungeduld entrang sich ihr, als er, bei ihren Hüften angelangt, wieder hinabwanderte und dann seine Finger unerträglich langsam dorthin reisen ließ, wo die Haut am zartesten und empfindlichsten war.

Seine Lippen legten sich wieder über die ihren, kosten sie, ebenso langsam und verführerisch wie seine Finger die Innenseite ihrer Schenkel. Er neckte sie, streichelte so hauchzart, dass sich ihre Haut zusammenzog, wanderte abermals hinauf, erreichte jedoch nicht jenen Punkt, der bereits verlangend pochte, sondern fuhr am anderen Schenkel wieder hinunter.

„Macht weiter", flüsterte sie an seinen Lippen, plötzlich voller Angst, er könnte dieses aufreizende und verführerische Spiel beenden. War das wirklich noch sie, die da sprach? Es musste wohl so sein.

„Ja?" Sie vermeinte in seiner flüsternden Stimme ein wenig Spannung zu hören. „Da muss ich mich aber sehr wundern, *madame*. Benimmt sich so eine verheiratete Frau?"

Laura wäre in diesem Moment alles gleichgültig gewesen. Sie wollte nur noch den Mann spüren, der sie eng an sich gepresst hielt. „Macht weiter", hauchte sie. Wie lange hatte sie darauf gewartet. Wie viele einsame Monate voller Sehnsucht. Und jetzt wollte sie es genießen und nehmen, was sie bekommen konnte.

„Bittet mich darum, damit ich sicher sein kann, Euch mit Eurem Einverständnis zu verführen", erwiderte er. In seiner Stimme klang ein seltsamer Unterton mit, aber Laura kümmerte sich nicht darum.

„Bitte ..."

Sie hatte kaum ausgesprochen, als sich seine Lippen schon auf die ihren pressten, als hätte er nur auf ihre Aufforderung gewartet. Seine Hand, die sich schon unerträglich weit zu ihrem Knie bewegt hatte, kehrte zurück. Immer noch langsam, sinnlich, sie bewusst warten lassend. Aber sie genoss es. Genoss diese langsame Verführung, die sie ungleich mehr erregte, als wenn ihr Begleiter schon forsch das Ziel seiner Reise erreicht hätte. Sie öffnete ihre Beine etwas weiter, aber noch immer berührte er nicht die weichen Hügel zwischen ihren Beinen, umging sie, glitt über ihre Hüften, über ihren Bauch, dann ein Stückchen herab, bis er das lockige, schützende Haar fand. Laura schlang die Arme um seinen Hals und presste sich an ihn, saugte sich an seinen Lippen fest, als er begann, sie zwischen ihren Beinen zu kraulen. Ganz zart nur, sie dabei kaum berührend, ganz nahe und doch so weit entfernt von der Stelle, an der sie ihn haben wollte.

Er löste sich von ihr. „Weitermachen?"

Sie nickte atemlos. Er konnte diese Bewegung mehr fühlen als sehen. Und dann wanderten seine Finger endlich tiefer, strichen wie ein Hauch über ihre Scham. „Habt Ihr so gar keine Bedenken, Euren Mann zu hintergehen?", fragte er an ihrem Ohr. „Wird Euer Gewissen nicht dadurch erschwert und belastet?"

„Ich werde morgen zur Beichte gehen", stieß Laura ungeduldig – und unwahr – hervor.

„Bei Eurem Gatten?"

Sie gab ihm keine Antwort. Für einen Moment glitten seine Finger durch die warme Feuchtigkeit. Einen Moment nur, aber er hatte genügt, um Lauras Körper erbeben zu lassen. Die Sänger und die Musik verklangen zu einem unendlich weit entfernten Ton.

„Habt Ihr keine Angst, er könnte dahinterkommen, dass Ihr Euch mit einem anderen Mann trefft?"

Laura lachte zitternd. Wie komisch er doch war! Meinte er es tatsächlich ernst? „Das wird nicht der Fall sein, Ihr braucht deshalb keine Sorge zu haben."

Ein unverständliches Brummen antwortete ihr, aber dann fühlte sie zu ihrer Beruhigung seine Lippen auf den ihren und seine Hand, die wieder weiter hinaufwanderte. Sie bog sich ihm entgegen, seiner Hand, die jetzt so zielstrebig und sicher dorthin glitt, wo es am wohlsten tat. Er massierte sie, knetete sanft die vollen feuchten Lippen, sein Handballen presste sich auf ihren Venushügel, während seine Finger tiefer suchten. Sie wollte ihn ebenfalls berühren, aber ihre Arme wollten ihrem Willen nicht gehorchen, sondern klammerten sich an ihn. Sie schrie leise auf, als sich der Druck seiner Hand verstärkte, und er in langsamen, festen Kreisen jenen Punkt rieb, der pochte, dessen Hitze ihren ganzen Körper erglühen ließ, der vor Lust schmerzte.

„Still." Er presste seinen Mund auf ihren. Der Druck seiner Hand verstärkte sich, sie stöhnte in seine Lippen hinein. Zuerst einer, dann zwei seiner Finger drangen in sie ein, in die samtene Hitze, die ihn umschließen wollte. Seine Finger bewegten sich in ihr, tiefer hinein, kreisend wie sein Handballen, reibend, es schien nichts anderes mehr zu geben als seine Hand, die ihre Scham ausfüllte und ihren Körper zum Brennen brachte. Sterne tanzten vor ihren Augen, ihr Unterleib zuckte, ihre Beine. Ihr Inneres zog sich zusammen, sie bäumte sich in seinem festen Griff auf, aber ihr unterdrückter Schrei wurde von ihm aufgefangen, fortgesogen wie ihr Atem, während sie sich langsam beruhigte.

Seine Hand lag nun ruhig in ihr, immer noch mit festem Druck, aber still. Laura hing erschöpft in seinem Arm, ließ sich von ihm halten, fühlte seine Lippen, die über die feuchte Haut ihrer Wangen glitt. Was war das nur gewesen? Unvorstellbar! Ihr ganzer Körper hatte pulsiert, dann war sie innerlich verbrannt, und es hatte ihr auch noch Lust bereitet! Es war ganz anders gewesen als sonst – wenn sie selbst es getan hatte.

„Das war wunderbar", hauchte sie mit geschlossenen Augen. Es war so heiß in dieser kleinen Loge. Aber nicht nur sie allein strömte Wärme aus, sondern auch er. Sie konnte ihn stärker riechen als zuvor. Seinen männlichen Duft, vermischt mit Seife und der Seide seines Hemdes.

„Dies war erst der Anfang", erwiderte er. Sie öffnete die Augen und versuchte die Dunkelheit zu durchdringen, um sein Gesicht zu sehen. Seine Stimme hatte verheißungsvoll geklungen, aber auch ein wenig spöttisch, so, als würde er sich über sie lustig machen.

Plötzlich hörten sie Stimmen in der Loge nebenan. Eine Tür schlug zu, und dann hörte man durch die dünne Wand zum Nebenraum das schrille Lachen einer Frau, das selbst den Gesang des Sängers übertönte, der soeben eine Arie herausschmetterte, und dann die leidenschaftlichen Bekenntnisse eines offenbar schon etwas angetrunkenen Mannes.

Laura fühlte zu ihrer Bestürzung, wie ihr verführerischer Begleiter den Kopf hob. Von drüben war ein Poltern zu hören, Kichern, das erstaunlich schnell zu einem gutturalen Stöhnen anschwoll. Dann ein Aufschrei aus dem Publikum, Gelächter, das alles andere übertönte, und dann der verärgerte Redeschwall eines Besuchers vom Parkett, dem offenbar ein Hut auf den Kopf gefallen war.

„*Malignazo!*", hörte Laura ihren Verführer auf typisch venezianische Art unterdrückt fluchen. Sie wollte ihn festhalten, aber da hatte er sich auch schon von ihr gelöst und erhob sich. Sie bemerkte in dem schwachen Lichtschein, dass er seine Maske wieder über das Gesicht zog. Gleich darauf flackerte eine Kerze auf, und er reichte ihr die Maske, bevor er sie sanft am Arm hochzog und ihr den Mantel umlegte.

„Gehen wir schon?", fragte sie verwirrt.

„Natürlich", sagte er finster. „Das hier ist nichts für Euch." Seine Stimme klang angewidert. „Ich bereue es, Euch überhaupt hierher gebracht zu haben."

„Aber das Stück ist doch noch nicht zu Ende!" Das Stück war zwar das Wenigste, was Laura im Moment interessierte, aber ihre Wünsche und Gedanken offen auszusprechen, wagte sie nicht.

„Das ist aber nicht die richtige Gesellschaft für Euch!"

Er rückte seine Perücke gerade, die unter ihren Liebkosungen völlig verrutscht war, setzte sich den Dreispitz auf und hing sich den Umhang wieder über. Laura hatte gerade noch Zeit, den wunderbaren Rosenstrauß an sich zu bringen, den sie unter keinen Umständen zurückgelassen hätte, bevor er sie ebenfalls wieder maskierte, sich vergewisserte, dass sie unkenntlich war, und sie dann aus der Loge schob.

„Es war eine dumme Idee, Euch hierher zu bringen. Dumm von Beginn an", murmelte er, als er ihr den vom Diener gereichten Mantel umlegte und sie die Treppen hinunterführte. Sie antwortete nicht, zutiefst enttäuscht über den schnellen Aufbruch.

Ihre Gondel wartete wenige Schritte entfernt. Die Gondolieri legten vor dem Eingang zum Theater an, er sprang hinein und hob sie dann zu sich herab, wobei er sie einige Sekunden länger als nötig im Arm hielt. Sie schlüpfte in die schützende Kabine und die Gondel wurde vom Ufer abgestoßen.

Er hatte die Vorhänge nur halb zugezogen und Laura beobachtete beim Dahingleiten die Leute auf den Brücken und engen Gassen und die Insassen anderer Gondeln.

„Es war nicht dumm", brach sie das Schweigen, bevor sie jenen Ort erreichten, an dem sie knapp zwei Stunden zuvor eingestiegen war, um sich mit ihrem geheimnisvollen Kavalier zu treffen. Sie wollte, weil er so brummig wirkte, noch etwas Freundliches hinzufügen, als sie etwas bemerkte. „Mein Gott!", schrie sie entsetzt auf. „Die Perücke! Ich habe die Perücke vergessen! Man wird sie finden!"

„Seid unbesorgt, meine Schönste", in seiner Stimme klang ein Lachen mit, als er ein zerzaustes, gelocktes Etwas unter seinem Mantel hervorzog.

„Ah ...", machte Laura erleichtert.

Er betrachtete die Perücke sichtlich mit Abscheu, dann holte er aus und warf sie mit weitem Schwung ins Wasser.

„Aber ...!", rief Laura empört.

„Sie war Eurer nicht würdig", sagte er beschwichtigend.

Laura sah zu, wie die hellen Haarbüschel in den schmutzigen Wassern des Kanals versanken, und seufzte.

Er legte den Arm um sie, schob vorsichtig die Kapuze ihres Mantels ein wenig zur Seite und küsste sie zum Trost zart auf die Schläfe. „Nicht darum weinen."

Laura schüttelte lächelnd den Kopf und wollte etwas erwidern, als sie bemerkte, dass die Gondolieri am Ufer anlegten.

„Wir sind schon da", murmelte ihr Cavaliere.

„Ja." Sie bemühte sich, ihn nicht ihre Enttäuschung merken zu lassen, hielt ihn jedoch fest, als er sich mit einem Handkuss von ihr verabschieden wollte. „Ist das alles?"

Sie fühlte, dass er sie aufmerksam ansah. „Ist das nicht in Eurem Sinne? Sagt nicht, dieses Abenteuer wäre nach Eurem Geschmack gewesen."

„Doch ... Es war sehr romantisch. Und ich möchte nichts davon missen."

„So hat es Euch gefallen?", fragte er mit einem Stirnrunzeln.

„Ja", flüsterte sie verlegen. „Es hat mir gefallen." Sie hob den Kopf zu ihm empor. „Bitte, küsst mich noch einmal." Aus einer vorbeifahrenden Gondel drang leises Stöhnen, das lauter wurde, und die spitzen Schreie einer Frau konnte man noch hören, als die Gondel schon längst vorbei war.

Er rührte sich nicht, schien ebenso wie Laura den lustvollen Geräuschen nachzuhorchen, dann gab er sich sichtlich einen Ruck. „Macht noch eine Runde", rief er den beiden Gondolieri zu, „über den Canalazzo."

Laura spürte, wie die Gondel vom Ufer abgestoßen wurde und sich sachte im Wasser weiterbewegte, Richtung Canalazzo, wie der Canal Grande liebevoll von den Venezianern genannt wurde. Sie mochte diese wunderbare, in der Nacht so festlich beleuchtete Wasserstraße und freute sich auf diese Fahrt.

Ihr Kavalier zog jedoch die Vorhänge so dicht zu, dass nicht einmal die beleuchteten Gondeln oder die von Fackeln erhellten Hauseingänge den Innenraum der kleinen Kabine ausleuchteten. Dieser Innenraum der Kabine war einfach gehalten wie bei den meisten Mietgondeln, während Domenicos Gondelkabine schöne Intarsienarbeiten hatte und sehr weiche Samtpolster. Laura hatte sich oft, wenn sie alleine damit gefahren war, ausgemalt, wie es sein musste, müde auf diesen Samtpolstern zu ruhen, während Domenicos Arm um sie lag. Und jetzt lag sie so gut wie in den Armen ihres Cavalieres. Sie hörte die Rufe des vorderen Gondolieres, der jemanden aus dem Weg scheuchte, das Streichen des Wassers unter dem Bootskörper, und dann fühlte sie nur noch seine Hand, die sich unter ihr Kinn legte, und hörte nur noch seine Stimme.

„Ihr wollt von mir geküsst werden? Und Ihr bittet mich darum?", murmelte er. Wieder klang dieser leise Spott durch seine Stimme. „Wer bin ich schon, ein so unwiderstehliches Geschöpf wie Euch vergeblich bitten zu lassen? Aber lasst Euch warnen, meine Schöne. Sobald ich Euch dieses Mal küsse, ist das Spiel und Geplänkel vorbei, und Ihr gehört mir. Und zwar völlig, unwiderruflich und so lange, wie ich es will." Er sprach dicht an ihren Lippen und so leise seine Stimme auch war, so deutlich hörte Laura, die unter diesen Worten erbebte, den Ernst und die Bestimmtheit daraus hervor. Genauso hatte sie sich den Mann, in den sie sich einmal verlieben würde, immer vorgestellt. Besitzergreifend, ein wenig gebieterisch.

„Nun, wollt Ihr immer noch von mir geküsst werden?" Er hatte ihren Hut abgestreift und ihre Maske abgenommen und sein Atem strich angenehm über ihr Gesicht. Laura nickte nur, voller Vorfreude auf das, was jetzt kommen würde. Sie sehnte sich unendlich danach, wieder von ihm geküsst zu werden.

Sie schrie unwillkürlich auf und ließ den Rosenstrauß fallen, den sie bisher liebevoll gehalten hatte, als er sie mit einer herrischen Bewegung an sich riss und seine Lippen auf die ihren presste. Sein rechter Arm lag um ihre Taille, hielt sie so eng, dass sie kaum atmen konnte, seine linke Hand war in ihrem Haar vergraben und hielt ihren Kopf fest, während er sie nicht nur küsste, sondern regelrecht Besitz von ihrem Mund nahm.

Laura war etwas erschrocken über die ungestüme Art, aber sie fühlte sich unfähig, Widerstand zu leisten, als er mit seiner Zunge hineinstieß, die ihre suchte, ohne zu warten, ob sie ihm entgegenkam. Als er sich endlich von ihr löste, geschah dies sehr widerwillig. Er zog sie minutenlang in seine Arme, um sie an sich zu drücken, so als wollte er nur ihren Körper und ihre Nähe genießen.

Laura war sich aber auch seiner Nähe sehr bewusst. Ihre Hüfte lag eng an der seinen und sie ließ ihre Hand vorsichtig von seiner Brust unter seinem Mantel abwärts wandern. Sie war doch zu neugierig darauf, ob dieser Kuss ihn ebenso erregt hatte wie sie. Sie zuckte zurück, als sie die deutliche Ausbuchtung seiner Hose erreichte. „*Ja*", dachte sie mit roten Wangen, „*der Kuss hat ihn tatsächlich erregt.*" Ein ganz neues Gefühl von Macht stieg in ihr hoch. Sie konnte einen Mann – diesen Mann – tatsächlich erregen! Und war diese Erhebung, ebenso wie sein Benehmen im Theater, nicht weitaus mehr als seine Worte ein deutliches Zeichen dafür, dass er sie anziehend fand?!

Sie schrak zusammen, als er ihre Hand packte und auf diese erregende Erhebung legte. „Nein, meine Schönste, so einfach mache ich es Euch jetzt nicht." Seine Stimme klang verführerisch, sein Glied presste sich noch enger an den Stoff. Sie ahnte mehr, als sie fühlte, dass er seine Hose öffnete.

„Nein ..." Es war eine Sache, sich im Theater verführen zu lassen, dabei nachgiebig, aber passiv zu bleiben, und etwas völlig anderes, ihrem Begleiter wie ein leichtfertiges Ding an den Hosenlatz zu gehen!

„Aber ja ..."

Sie hielt den Atem an, als er ihre Hand unter den Stoff schob. Heiß und groß war er, hart, fühlte sich dabei jedoch gleichzeitig samtweich an. Er schien tatsächlich entschlossen zu sein, sie nicht mehr loszulassen. Endlich gab sie nach. Warum auch nicht? Niemand sah sie hier, es war völlig dunkel und vor allem ... es war so sinnlich! Sie tastete sich entlang, befühlte das gekrauste Haar, hielt sich damit auf, ihn scheu dort ebenso zu kraulen, wie er das mit ihr getan hatte, und glitt dann weiter, als er ihre Hand tiefer schob. Zu ihrer Überraschung pulsierte sein Glied unter ihrer Hand, zuckte sogar, als sie die erstaunlich aufgeschwollene Spitze erreichte. Sie versuchte sich an ihre Hochzeitsnacht zu erinnern, wo sie vor Scheu nicht im Geringsten in Versuchung gewesen war, ihren Gatten hier zu berühren.

„*Mia cara* ...", seine Stimme war nur ein heiseres Flüstern, als seine Lippen über ihr Gesicht glitten. Sie schloss die Augen, gab nach, forschte unter seinem Griff und mit seinem Willen weiter, zog sein Glied höher. Es schien ihm zu gefallen, wie sie sein hartes Glied rieb, die Fingerspitzen auf dem runden Kopf kreisen ließ, der zu ihrer Überraschung feucht geworden war. Zu gerne hätte sie ihn jetzt gesehen, ihn betrachtet, ihn und seinen Besitzer beobachtet, wie sich beide gleichzeitig unter ihren Berührungen wanden, zuckten. Sein

Griff wurde fester, er schlang ihre Hand eng um seinen Stab, der im Rhythmus seines Herzschlages pochte. Zuerst langsam und genussvoll ließ er ihre Hand auf und ab gleiten, dann immer schneller, mit immer stärkerem Druck. Er presste mit einem unterdrückten Stöhnen sein Gesicht in ihr Haar, sein Glied zuckte und dann stießen seine Hüften unbeherrscht vor.

Laura hielt immer noch ihre Finger fest um ihn geschlungen, während sie fühlte, wie der Druck nachließ, er weicher wurde. Tief einatmend lehnte sich ihr Begleiter in die weichen Polster der Gondel zurück. „*Dio mio*", murmelte er und ließ sie los.

Wenn sie schon so weit gegangen war ... Sie tastete sich wieder zu seiner heißen Spitze vor, fühlte die Flüssigkeit, die sich in seiner Hose verteilt hatte. Neugierig zog sie ihre Hand zurück und steckte ihren Finger in den Mund. Wie er wohl schmeckte? Ihre Freundin Concetta hatte ihr einmal im Vertrauen zugeflüstert, dass sie den Samen ihres Gatten gekostet hätte. Und er hätte abscheulich geschmeckt. Nun wusste sie es besser. Fremd, neu, aber nicht abscheulich. Aber vielleicht war das bei den Männern auch unterschiedlich.

Sie war immer noch dabei, über diese Frage nachzusinnen, als sie bemerkte, wie er sich etwas aufsetzte und seine Kleidung wieder in Ordnung brachte.

„*Dio mio*", hörte sie ihn nochmals sagen. Sie fühlte mehr, als sie es sah, dass er den Kopf wandte und sie anblickte. „Was tut Ihr jetzt?"

„Ich versuche herauszufinden, ob mir Euer Samen schmeckt", erwiderte sie nachdenklich.

Stille.

Dann: „Und?"

„Nun ja ..."

Wieder Stille. Laura lächelte im Schutz der Dunkelheit, aber ihre Wangen glühten.

Endlich ein Räuspern und ein zurückhaltendes „So".

Als die Gondel ein wenig später anlegte, schob er hastig seine Maske vors Gesicht, versicherte sich, dass sie auch ihre aufsetzte und der Schal ihr Gesicht und ihr Haar verdeckte. Als sie nach dem Rosenstrauß griff, hielt er sie zurück. „Wie wollt Ihr Eurem Gatten diese Blumen erklären?"

Laura kicherte aufgeregt. „Gar nicht. Er ist ja verreist."

„Hm. Ja, stimmt."

Sie presste die Rosen zärtlich an sich. Schon oft hatte sie kleine Geschenke von ihren Verehrern – allen voran natürlich Ottavio –

erhalten, der ihr im Sommer von einer der Inseln wunderbare Blumen gebracht hatte. Aber dieser Strauß war ihr besonders kostbar. Es war nach der einzelnen Rose das erste Geschenk ihres Cavalieres. Er verließ mit ihr gemeinsam die Gondel, wich einer bildhübschen Maske aus, die von einem als Teufel verkleideten Mann verfolgt wurde, und schlug einen Weg ein, der zur Rückseite ihres Palazzos führte, wo sich der Hintereingang befand. Die Plätze und engen Straßen waren im Karneval mit bunten Lampions beleuchtet, und es waren unzählige Masken unterwegs, die lachend und singend durch die engen Straßen liefen. Im Grunde kam ganz Venedig zur Karnevalszeit nicht aus dem Feiern heraus. Laura atmete tief diese Atmosphäre von Aufregung, Heiterkeit und Sinnlichkeit ein. Es war ihr erster Karneval, den sie in Venedig verbrachte, und sie genoss ihn jetzt, wo sie ihrem Cavaliere begegnet war, noch viel mehr.

Er begleitete sie bis wenige Schritte vor den Eingang und zog sie dort etwas zur Seite, weg von einem Erhängten der seinen Strick um den Hals trug und einem Faun der auf einer Flöte spielte. „Ich werde Euch schreiben, wann wir uns das nächste Mal sehen, *mon amour*", flüsterte er an ihrem Ohr.

Laura lächelte unter ihrer Maske. Offenbar hatte er sich jetzt wieder auf seine Rolle besonnen, während er die ganze Zeit in der Gondel kein einziges französisches Wort gesagt hatte. „Wollt Ihr wieder in dieses Theater?"

„Das ganz gewiss nicht. Wir werden uns an einem Ort treffen, wo wir von niemandem gesehen werden. Ihr gehört mir", fuhr er fort, während seine Hand im Schutz einer kleinen Nische über ihren Körper wanderte. „Ich will Euch ganz besitzen und ich werde nicht noch einmal auf Euch verzichten, nur weil wir von anderen gestört werden."

Eine leidenschaftliche Affäre beginnt

Domenico saß in einem einfachen bequemen Rock am Schreibtisch und starrte auf das leere Blatt Papier vor sich. Er dachte an Laura. Wie bezaubernd sie doch ausgesehen hatte im Schein der Fackeln, und wäre da nicht sein kleines Spiel gewesen, mit dem er sie eines Besseren belehren wollte, so hätte er dem Gondoliere wohl nicht Befehl gegeben, noch eine Runde am Canal Grande zu drehen, sondern hätte daheim – in der Einsamkeit ihres Schlafzimmers – versucht, ihre Leidenschaft zu erwecken.

Ihr Benehmen ihrem Ehemann gegenüber musste ihm jedoch zu denken geben. Er hatte an diesem Tag erst um die Mittagszeit den Palazzo betreten und so getan, als wäre er eben von seiner Reise auf die Terraferma zurückgekehrt. Er hatte sich höflich nach ihrem Ergehen erkundigt, nach dem Abend davor, den sie ja angeblich mit Kopfschmerzen auf ihrem Zimmer verbracht hatte. Sie hatte ihn unverschämt angelogen, war jedoch geflissentlich seinen Blicken ausgewichen und hatte ihn – das war ihm nicht entgangen – heimlich beobachtet. Und jedes Mal, wenn sein Blick auf sie gefallen war, hatte sie sich hastig abgewandt und gekichert wie ein dummes Mädchen.

Er runzelte die Stirn. Vielleicht konnte er ihr tatsächlich glauben, dass sie in diesem Jahr keinen Liebhaber gehabt hatte und sein unwürdiger Vetter ebenfalls nicht zum Ziel gekommen war, aber jetzt war sie mehr als geneigt, bis zur letzten Konsequenz nachzugeben. Und sie machte sich darüber hinaus über ihn lustig. Daran war wohl nicht zu zweifeln.

Grimmig stieß er die Feder ins Tintenfass und zog das Papier näher zu sich. „Na, warte nur, dir werde ich einen Liebhaber geben, der dir das Lachen vergehen lässt!" Aber er würde den Brief nicht gleich abschicken, nein, das wäre falsch gewesen, sondern sie noch ein wenig warten lassen. Eine Woche. Ja, eine Woche war wohl angemessen, bevor er sie traf und endgültig verführte. Bis dahin hatte er zweifellos auch schon einen für diesen Zweck geeigneten Palazzo gefunden.

Sein Blick fiel auf einen Brief, der neben seiner Schreibmappe lag. Wieder einmal ein parfümierter Bogen, der ihm heute mit Eilboten überbracht worden war. Dieses Mal nicht von Nicoletta, sondern von Sofia. Seine hübsche Geliebte langweilte sich ohne ihn und drohte ihm, nachzukommen. Wenn er den Brief an Laura beendet hatte, dann würde er einen an Sofia schreiben und ihr auf charmante Weise nahelegen, in Paris zu bleiben. Im Moment war es wichtiger, die Sache mit Laura zu klären.

Laura ... Wie weich sie sich angefühlt hatte ... Wie zart ihre Haut war. Er hielt beim Schreiben inne und überlegte, wie sich diese samtweiche Haut an den Innenseiten ihrer Schenkel wohl auf seinen Lippen anfühlen musste. Sie hatte ihn gekostet. Er schüttelte den Kopf. Was dieser Frau nur einfiel!

Er setzte die Feder an. „*Ma chère madame ...* "
Wie *sie* wohl schmecken mochte? Ob sie zwischen ihren Beinen ebenso süß war wie zwischen ihren Lippen? Er schrieb schneller, überlegte. Ob eine Woche nicht doch zu lange war? Fünf Tage mussten auch reichen. Oder vier?

Der Brief war *zwei* Tage nach dem Theaterbesuch abgeliefert worden und hatte Laura in eindringlichen Worten zu überzeugen versucht, sich gleich am darauffolgenden Tag an der unten angegebenen Adresse einzufinden. Der Bote hatte sogar auf Antwort gewartet und Laura hatte nicht gezögert, sie entsprechend eindeutig zu formulieren. Ihr Schreiben hatte nur ein einziges Wort enthalten: „Ja." Und dann hatte sie sich im Schutz ihrer *maschera nobili*, die früher nur den männlichen Patriziern vorbehalten und Damen erst seit kurzer Zeit erlaubt war, auf den Weg gemacht. Laura hatte sich bei ihrer Ankunft erst an diese völlige Verhüllung gewöhnen müssen. Seit sie ihren Cavaliere kennengelernt hatte, fand sie diese Art von Verhüllung allerdings sehr hilfreich, die aus dem schwarzen Umhang – unter dem nur die Röcke hervorsahen – und der weißen Wachsmaske sowie aus dem Dreispitz und einem verhüllenden Schal bestand, und von außen auch nicht den kleinsten Hinweis darauf gab, wer sich darunter verbarg.

Als sie beim Palazzo ankam, öffnete ihr unverzüglich ein Diener, als hätte er bereits auf sie gewartet, führte sie höflich die Treppe hinauf in ein Zimmer und verschwand dann wieder. Ihr geheimnisvoller Geliebter hatte offenbar nicht nur eine Wohnung in einem der Palazzi gemietet, die von den Patriziern als *casinos* verwendet wurden, verschwiegene Orte, wo sie ungestört ihren Vergnügungen nachgehen konnten. Ihrem Geliebten gehörte gleich ein ganzes Haus, und sie fragte sich ein wenig bange, wie oft dieses offensichtliche Liebesnest von ihm genutzt wurde.

Es waren nur wenige Kerzen angezündet und der Raum lag in einem intimen Halbdunkel. Ein Kamin verbreitete wohlige Wärme und Laura trat darauf zu, legte den Muff beiseite und hielt die Hände ans Feuer. Gleich daneben befand sich ein einladender, wuchtiger Lehnsessel. Laura sah sich weiter um. Die Wände waren, soweit sie erkennen konnte, mit Seidentapeten verkleidet und in der Mitte stand ein für zwei Personen gedeckter Tisch mit Weinkaraffen, glitzernden Gläsern aus kostbarem Glas von der Insel Murano und Platten voller Köstlichkeiten. Ihr Cavaliere hatte offensichtlich einen Sinn für Luxus. Jemand trat ein. Sie lächelte, als sie seine Nähe hinter sich fühlte, noch bevor er sie ansprach. Seine Hände griffen nach ihrem Mantel, ihrem Hut und zogen beides gemeinsam mit dem weißen Seidenschal fort. Sie trug ein cremefarbenes Kleid mit einem spitzenumrahmten Dekolleté, dessen Besatz sich vorne fortsetzte und den offenen Rock umfasste. Darunter trug sie einen bestickten Seidenunterrock, passende Seidenpantoffel mit hohen, edelsteinbesetzten Absätzen und zarte Seidenstrümpfe. Sie hatte lange überlegt, was sie anziehen sollte – da ihr nichts gut genug für dieses Treffen erschien – und hatte sich dann für eines der neuen Kleider entschieden, das Domenico ihr nach dem Verlust der anderen zugestanden hatte.

„Wie schön, *mon amour*, dass Ihr meinem Wunsch gefolgt seid und keine Perücke mehr tragt. Ich möchte Euer wunderbares Haar sehen, es fühlen und streicheln", flüsterte er an ihrem Ohr. Er löste die Bänder ihrer Maske, nahm sie ihr ab, und sie wandte sich nach ihm um. Er war im Gegensatz zu ihr immer noch maskiert.

„Offenbar seid Ihr entschlossen, Euer Inkognito noch weiter zu wahren. Oder werde ich Euch heute ohne Maske sehen dürfen?"

„Ihr wisst, weshalb es unmöglich ist, *madame*", flüsterte er.

Laura machte den Mund zum Widerspruch auf, wandte sich nach kurzer Überlegung jedoch ab und ging neugierig zur Tür, die in den nächsten Raum führte. Sie erblickte dahinter verborgen ein riesiges Bett. Die schweren roten Samtvorhänge waren zurückgezogen und gaben den Blick auf weiche Kissen und eine bestickte Seidendecke frei. Sekundenlang starrte sie mit errötenden Wangen darauf und fühlte, wie ihre Knie weich wurden.

„Gefällt Euch dieser Raum?" Seine Stimme klang leise, aber belustigt, und Laura spürte, wie sie noch tiefer errötete.

Er trat näher an sie heran, löste die Haarnadeln, mit denen sie ihr Haar hochgesteckt hatte, und machte sich daran, die dicken Strähnen mit den Fingern auszufrisieren, bis ihre Haare wie ein dichter Schleier um ihre Schultern lagen. „So sehe ich Euch am liebsten", flüsterte er. „Ihr seht wundervoll aus."

„Meint Ihr das wirklich?"

„Hat Euch das noch niemals jemand gesagt?"

„Ich habe es nie geglaubt", erwiderte Laura verlegen. „Es gibt so viele schöne Frauen in Venedig …" Sie unterbrach sich. Mit dem

Argwohn schien sich ein schwarzer Schatten über dieses Zimmer zu legen. „Steht dieser Palazzo immer zu Eurer Verfügung?"
„Ach, ja, gewiss." Er sagte das lässig, wegwerfend.
Laura schluckte. Dann war sie also nicht die Einzige, mit der er hier Liebesstunden verbrachte. Der Gedanke tat weh. Es war dumm gewesen, überhaupt zu fragen.
„Was tut Ihr?", fragte sie erstaunt, als er ein Tuch aus der Tasche zog.
„Euch die Augen verbinden, meine Schönste, damit ich die Maske abnehmen kann. Sie stört Euch offenbar ebenso wie mich."
„Aber ..."
„Wir werden jetzt speisen." Er band ihr das Tuch um den Kopf, verknotete es fest, aber nicht zu streng am Hinterkopf.
„Aber ich sehe doch nichts!"
„Das müsst Ihr auch nicht, ich werde Euch füttern."
Er legte den Arm um sie, führte sie zum Tisch zurück und schob ihr einen der vergoldeten und mit rotem Samt bezogenen Sessel zurecht. Sie hörte, wie er sich ebenfalls einen Sessel neben sie zog, und dann fühlte sie, wie er mit einem Tuch über ihre Wangen strich.
„Was tut Ihr?!"
„Ich ziehe es vor, Euer süßes Erröten zu sehen, anstatt weißen Puder und Rouge." Sein Mund fuhr schmeichelnd darüber. „So ist das viel besser."
„Aber ..." Laura unterbrach sich, weil er ihr etwas in den Mund steckte.
„Was ist das?"
„Eine Olive, *mon amour.*"
Laura kaute, dann setzte er ein Glas an ihre Lippen.
„Was ..."
„... Wein", aber ich bitte Euch, fragt ab nun nichts mehr, vertraut mir einfach. Ich schwöre, ich werde Euch weder Gift geben noch etwas, das Euch nicht mundet."
Laura gehorchte lächelnd und bereute es auch nicht. Die köstlichsten Speisen wurden ihr gereicht, teilweise mit seinen Lippen, dazwischen immer Wein und kleine zarte Küsse auf ihre Wangen, ihren Hals, ihren Nacken und ihre Hände.
Als das Mahl beendet war, zog er sie zu sich hoch. Laura tastete nach seiner Jacke, hielt sich daran fest. Sein Arm lag um ihre Taille und an seinem Atem spürte sie, dass sein Gesicht dicht über ihrem sein musste. Das zärtliche Essen und der Wein hatten sie erregt, hatte

ihre Sinne bereit gemacht für weitere Freuden. Seine Finger strichen über ihre Schultern, glitten unter den Stoff ihres Kleides und spielten mit den zarten Spitzen ihrer Brüste. Seine Lippen folgten und hinterließen eine zarte feuchte Spur auf ihrer Haut. Sie gab sich seinen Händen und Lippen hin und fühlte Vertrautheit, ein angenehmes „Sich-Auflösen" alles Fremden zwischen ihnen beiden.

Sie zierte sich nicht, als er sich an dem Mieder ihres Kleides zu schaffen machte, es öffnete, ließ es zu, dass er den kostbaren Stoff von ihren Schultern schob, jedes freie Fleckchen mit Küssen bedeckte, immer weiter und weiter hinab. Es war so natürlich, von ihm so gehalten zu werden. Und hatte sie es sich nicht in ihren einsamen Träumen immer wieder vorgestellt, genauso verführt zu werden?

Hitze stieg in ihr auf und ein ganz verschwommener Gedanke, hier etwas Unrechtes zu tun. Nun, vielleicht nicht gerade Unrechtes, aber auch nichts, was einer anständigen, wohlerzogenen Frau einfallen sollte. Jedenfalls nicht nach dem, was ihr die Nonnen erklärt hatten. Dennoch wehrte sie sich nicht. Auch nicht, als der Stoff endlich herabglitt. Er hatte mit wenigen gekonnten Handgriffen den Verschluss des Rockes geöffnet und zog ihn nun gleichzeitig mit dem Mieder fort, sodass sie nur im Unterrock und Korsett vor ihm stand.

Es tat ihr leid, dass sie sein Gesicht und seine Augen nicht sehen konnte und den Blick, mit dem er sie ansah, hoffte jedoch, dass er voller Verlangen war. Als er endlich seine Hand um ihre Brust legte, mit seinem Daumen über die dunkelrote, über dem Korsett herauslugende Warze strich, sie neckte, streichelte, entrang sich Lauras Kehle ein ihr unbewusstes kleines Stöhnen. „Was tut Ihr nur mit mir?"

„Alles, was mir notwendig erscheint, um Euch zu verführen", erwiderte er mit einem leisen Lachen. Seine Hand glitt unter den reichen Unterrock, schob den Reifrock beiseite und wanderte an der Außenseite ihres Schenkels weiter hinauf, während seine Lippen an ihren Brüsten spielten, sie mit feuchten Küssen bedeckten. „Aber nur, wenn Ihr mir versprecht, mir eine gehorsame Geliebte zu sein."

Sie genoss seine Berührungen, seine Küsse und vor allem seine Hand, denn er begnügte sich schon längst nicht mehr damit, die weiche Haut ihrer Hüften zu streicheln, sondern war bereits zwischen ihre Schenkel geglitten. Dort, wo es am erregendsten kribbelte. „Ich will Euch eine gehorsame Geliebte sein", flüsterte sie zurück. Ihre Stimme wollte ihr kaum gehorchen, als sie seine Finger zwischen ihren Beinen fühlte, die den einen Punkt suchten, dessen Berührung ihr so viel Vergnügen bereitete, und sie schrie leise auf, als er begann, ihn zu massieren.

„Gefällt Euch das?"

„Ja ..."

„Dann werden wir jetzt beginnen."

Sie tastete nach ihm, als er sich zurückzog. „Womit ...?"

„Mit dem Spiel des Gehorsams."

Ein erregtes Zittern durchlief sie. „Was habt Ihr mit mir vor?" Seine Stimme klang plötzlich ernst. „Ich werde Euch jetzt zeigen, dass Ihr mir gehört, dass ich mit Euch machen kann, was ich will. Ganz wie ich es Euch gesagt habe. Aber zuerst sollt Ihr Eure Schönheit nicht vor mir verdecken. „Ich möchte Euch nackt sehen."

Laura atmete schnell ein. Sie spürte, wie diese Worte und alleine diese Vorstellung sie schon erbeben ließ. Es war genau das, was sie auch wollte. Sie wollte seine Hände spüren, seine Haut auf ihrer. Es war ihr selbst völlig unfassbar, wie sehr sie ihn begehrte.

Domenico schob die Röcke über ihre Hüften und ließ seine Hände über die weichen Schenkel gleiten. Ihre Brüste bebten bei jedem Atemzug und ihre weichen Lippen lächelten feucht und verführerisch. Es war eine hervorragende Idee von ihm gewesen, ihr dieses Tuch um die Augen zu binden. Zum einen erregte es ihn, sie so hilflos blind vor sich zu haben, und zum anderen konnte er sich diese lästige Maske ersparen, die ihm bei seinen Liebkosungen sehr schnell hinderlich geworden wäre. Er suchte mit den Lippen abermals nach den dunklen harten Brustspitzen und bemerkte mit Genugtuung das Zittern, das durch Lauras Körper ging. Welch ein reizvolles Spiel, seine eigene Gattin zu verführen.

„Seit ich Euch auf dem Ball das erste Mal im Arm hielt, konnte ich an nichts anderes denken als daran, diese wunderbaren Brüste zu streicheln, sie zu liebkosen und sie in mich hineinzusaugen, bis Ihr vor Lust schreit", murmelte er, völlig vertieft in diesen Anblick und die Berührung ihres Körpers.

„Dann tut das bitte", hauchte Laura.

„Nur wenn Ihr mir völlig und in allen Dingen gehorcht." Er sah, dass sie schneller atmete. Unter seinen geschickten Händen fielen die Unterröcke und er hielt sekundenlang die Luft an, als er sie endlich – bis auf das Korsett – nackt vor sich hatte. Auch dieses Korsett würde bald fallen. Schließlich wollte er sie ja völlig hüllenlos in seinen Armen liegen haben, aber vorerst wollte er sich am Anblick dieser schmalen Taille, den vom Korsett hochgepressten, hervorquellenden Brüsten, dem durch die Schnürung so unnatürlich breiten Becken und diesem wunderbar weichen, üppigen Hinterteil ergötzen. Sie stöhnte leise unter seinen Händen, während er die Nachgiebigkeit seiner Gattin gegenüber ihrem geheimnisvollen Cavaliere weidlich ausnutzte. Seine Hände glitten genussvoll über ihre Hüften, er schob sie näher zur Wand, wo sie sich mit den Händen abstützen konnte, während er diese festen Backen massierte, sie knetete, bis sie gerötet waren, und dabei mit den Lippen über ihre Schultern und ihren Nacken fuhr und ihren Duft in sich einsaugte.

Schließlich öffnete er die enge Schnürung des Korsetts. Jetzt war sie nicht mehr so schlank, sondern hübsch mollig und ungemein anziehend in ihrer Weichheit. Er ließ seine Hände über ihren Bauch und ihren Rücken gleiten, massierte die Druckstellen des engen Korsetts und wurde gewahr, wie erleichtert und tief sie einatmete. Er hatte es bisher immer als Nachteil empfunden, eine Frau ganz auszupacken, weil diese engen Dinger Striemen und hässliche Druckstellen auf der weichen, weißen Haut hinterließen, die die Schönheit der Frauen trübten. Dieses Mal empfand er zu seiner Überraschung anders: Er war verärgert darüber, dass sich seine Gattin dieser Marter unterzog. „Das nächste Mal will ich Euch ohne dieses teuflische Mieder sehen", murmelte er an ihrem Nacken.

„Aber ich brauche das Korsett. Keine Dame würde ohne Korsett auf die Straße gehen. Ganz abgesehen davon, dass mir meine Kleider nicht mehr passen würden!"

„Dann schnürt Euch eben nicht so eng und lasst Euch neue Kleider machen", erwiderte er ungeduldig. Seine Frau hatte doch wahrhaftig genügend Nadelgeld zur Verfügung, um sich jeden Tag ein neues Kleid anmessen zu lassen!

„Wie Ihr wünscht ...", kam es nach einem leichten Zögern.

Zufrieden zog er sie in die Mitte des Raumes, um sie ausgiebig zu betrachten. „Ihr habt einen wunderbaren Körper, *mon amour*", murmelte er, sich wieder auf seine Rolle als Franzose besinnend. „Einen Körper, der einen Mann verrückt nach Euch machen kann." Er ging um sie herum ohne sie zu berühren und genoss jedes Stückchen ihres Körpers, schon völlig begierig darauf, sie in Kürze nicht nur mit den Augen, sondern auch mit seinen Händen und Lippen genießen zu können. Er ließ sich Zeit. Viel Zeit. Er war zwar ungeduldig, brannte darauf, sie endlich so zu besitzen, wie ihm das schon seit längerem vorschwebte, aber gleichzeitig wollte er es genießen, sie zu verführen. Und ihr dabei auch die Gelegenheit nehmen, später behaupten zu können, er wäre gegen ihren Willen über sie hergefallen. Er wusste nur zu gut, zu welch haarsträubenden Ausreden Frauen, die man beim Treuebruch erwischte, fähig waren. „Ihr seid nackt und könnt nichts sehen. Aber ich sehe Euch, meine schöne Geliebte. Und ich möchte, dass Ihr genau das tut, was ich von Euch verlange." *„Zuerst eine gehorsame Geliebte und dann eine gehorsame Gattin",* dachte er entschlossen. Hatte er sie erst einmal als seine Geliebte fest in seiner Hand, war es gewiss auch leichter, eine folgsame Ehefrau aus ihr zu machen, die sich – wie es sich gehörte – ihrem Gatten in allen Dingen unterordnete.

„Und was ist es, was Ihr von mir verlangt?" Laura drehte sich nach ihm um und streckte die Hände nach ihm aus. Es war erregend, ihn nicht sehen zu können, sie fühlte sich ganz in seiner Gewalt und genoss es. Sie ertastete den weichen Stoff seiner Jacke, glitt an seiner Brust höher bis zu seinem Hals, der noch von der Schleife verdeckt war, weiter hinauf bis zu seinem energischen Kinn. Sie zeichnete mit dem Finger die Konturen seines Gesichts nach, seine Lippen, lachte zärtlich, als er begann, zart an einem ihrer Finger zu saugen, und trat dann einen Schritt näher. Seine Lippen senkten sich auf die ihren, bevor er sie unter den Knien und unter den Armen fasste und hochhob und einige Schritte trug, bis er sie sanft hinlegte. Das Holz knisterte heimelig im Kamin. Draußen, vor dem Fenster, hörte sie die Rufe eines Gondolieres, der sich den Weg frei schrie, und die Glocke von San Marco klang herüber.

Sie zog erschrocken die Luft ein, als ihre Beine plötzlich höher waren als ihr Kopf. Ihre Hände ertasteten weichen Samt. Er hatte sie tatsächlich mit dem Kopf nach unten auf den Lehnsessel neben dem Kamin gelegt und zwar so, dass ihre Waden oben auf der Lehne ruhten und ihre Gesäßbacken die Rückenlehne berührten. Der Sessel war zwar breit und bequem, sehr weich, aber doch so kurz, dass ihr Kopf nach unten hing, ihr Körper durchgebogen wurde und ihre Brüste schamlos hinauffragten. Sie rückte ein wenig herum. Sie kam sich lächerlich vor in dieser Haltung, ein wenig hilflos. Welch ein seltsamer Einfall ihres Cavalieres!

„Legt Euch behaglich hin, meine Geliebte, Ihr werdet längere Zeit so bleiben."

Laura legte den Kopf zurück, ihr Haar floss über dem weichen Samt zu Boden und breitete sich dort aus wie ein dunkler, im Schein der Kerzen und des Feuers glänzender Wasserfall. Sie wusste, wie offen und verletzlich sie in dieser Pose war und legte wie schützend die Arme über ihre Brüste. Sie lauschte seinen Schritten. Er ging um sie herum. „Bedeckt nicht Eure Brüste, meine Schönheit. Ich will Euch sehen. Und ich will, dass Ihr wisst, dass ich zusehe, wenn Ihr sie streichelt."

Laura legte ihre Arme noch fester um den Körper. Was er da verlangte, war völlig unmöglich! Sich vor ihm zu streicheln, als wäre sie alleine mit ihren Fantasien! Sie horchte, aber es war nur Stille um sie herum. Sie hörte nichts weiter als ihren eigenen Atem. „Seid Ihr noch da ...?"

„Gewiss, meine reizvolle Geliebte. Und ich warte ..."

Laura biss sich auf die Lippen. Dann, unendlich langsam öffnete sie die Arme, ließ sie neben ihren Körper sinken. Sie lauschte, aber er sagte nichts mehr. Und schließlich hob sie zögernd die Hände, strich über die Seiten ihrer Brüste. Dann weiter hinauf, ihre Finger ertasteten die harten, hochstehenden Spitzen, umkreisten die zusammengezogenen Höfe. Es war trotz des Kamins kühl in diesem Raum, aber diese fremde Lust, der Reiz etwas zu tun, das ihr bisher niemals eingefallen wäre, erhitzte ihren Körper. Ihre Finger tanzten auf ihren Brüsten, hauchzart, sinnlich erregend. Berührungen, die ihre Leidenschaft erwachen ließen.

Sie hörte plötzlich seinen Atem – er musste jetzt ganz in der Nähe stehen und ihr zusehen.

Ob das, was sie jetzt machte, wohl sonst Mätressen für ihre Geliebten taten? Ob die schöne Nicoletta dies für Domenico getan hatte? Der Gedanke stieß sie ab und erregte sie zugleich. Hatten die großen Kurtisanen der vergangenen Jahrhunderte ihre Freier auf diese Art erfreut? Vielleicht. Vielleicht war eine von ihnen sogar auf einem Sessel wie diesem gelegen und hatte sich sinnlichen Spielen hingegeben. Aber hatten sie es auch so gerne getan wie sie? Hatten sie die Männer, die sie für ihre Dienste bezahlten, geliebt? Nein, wohl nicht. Aber sie tat es. Sie liebte ihren Cavaliere nur um den Lohn seiner Leidenschaft und seiner Liebe, die sie sich noch erringen wollte. Ihr Kopf sank tiefer, als sie ihren Körper nach oben bog, ihren eigenen Händen entgegen.

Sie seufzte leise, als sie begann, ihre Brüste fester zu streicheln, ihren Körper, ihren Bauch, ihre Hüften. Ihre Hände glitten wie von selbst bis zu ihren Schenkeln, als eine Sehnsucht nach mehr sie erfasste. Sie wollte, dass er sie ebenfalls streichelte, sie küsste, sie wollte seine Hände auf ihrem Körper und zwischen ihren Beinen fühlen. Seine Lippen spüren. „Bitte ..."

„Ich warte, meine Geliebte ..." Seine Stimme klang zärtlich, aber es lag zugleich ein befehlender Ton darin, dem sie sich nicht entziehen konnte. Laura atmete schwer, als ihr bewusst wurde, was er meinte. Worauf er wartete. Wie konnte er das von ihr verlangen?! „Ich kann nicht ..." Schweigen antwortete ihr. Er schien es nicht einmal für nötig zu erachten, sie zu überreden. Es war selbstverständlich für ihn, dass sie ihm zu Willen war. Sekundenlang dachte sie daran, das Tuch hinunterzureißen und fortzulaufen, aber das hieße, auf etwas verzichten zu müssen, das sie selbst ersehnte, und die Leidenschaft, die ihren Körper erfasst hatte, zügeln zu müssen. Trotz der Kühle fühlte sie kleine Schweißperlen zwischen ihren Brüsten, als sie sehnsüchtig mit ihren Fingern über ihren Bauch aufwärts strich, zwischen den vollen Hügeln hinauf bis zu ihrer Kehle. Feuchte Kühle auch zwischen ihren Beinen, vermengt mit Hitze und einem unwiderstehlichen Pochen. Sie wartete, aber er rührte sich nicht. Endlich ließ sie ihre Hand abwärts gleiten, tiefer hinunter. Sie zog das rechte Bein ein wenig an, wie um sich vor seinen Blicken zu schützen, wenn sie ihre letzte Scheu fallen ließ.

Es war nicht neu für sie, sich selbst zu erfreuen und zu befriedigen. Wie oft hatte sie es schon getan, wenn sie alleine in ihrem kalten Bett gelegen war, voller Sehnsucht nach einer warmen Männerhand, nach heißen Lippen und einem harten Körper, an den sie sich schmiegen konnte. In ihren Träumen und Fantasien war sie dabei niemals alleine. Ihr Geliebter lag ganz dicht bei ihr, seine Arme hatten sie umfasst gehabt und dann, kurz vor dem Höhepunkt hatte sie sich vorgestellt, wie er sich über sie legte, sein Glied in sie stieß, und sie sich in seine Arme hinein aufbäumte.

Dieser Traum war beinahe wahr geworden mit dem ersten Brief ihres Cavaliere d'Amore. Ihr ‚Cavaliere', dessen Blicke sie nun auf ihrem Körper fühlte, auch wenn sie nicht wusste, wo er stand. Ihre Hand glitt tiefer, sie war sich seiner Gegenwart so sehr bewusst, als wäre es nicht ihre Hand, sondern seine, die sie jetzt streichelte, die über den weichen Venushügel fuhr. In ihrer Vorstellung waren es seine Finger, die die Lippen teilten, in die Feuchtigkeit ihrer Scham griffen. Sie suchte die Perle ihrer Lust, die geschwollen und pochend nach Berührung verlangte, und stöhnte leicht auf, als sie den Druck verstärkte, so wie er das vor einigen Tagen im Theater getan hatte. Sie ahmte seine Bewegungen nach, die Art, wie er sie gestreichelt und massiert hatte, spielerisch, neckend, dann wieder fester, besitzergreifend. Ihre linke Hand, die bisher auf ihrer Brust geruht hatte, glitt tiefer, und während sie mit der Rechten glühende, schmerzhaft lustvolle Kreise um ihre Klitoris zog, schob sie zwei Finger ihrer linken Hand in die heiße Spalte.

Er musste ganz nahe stehen, denn sie hörte seinen schweren, raschen Atem. Ganz nahe bei ihr, so nahe, dass sie ihn fühlen konnte. Plötzlich lag seine Hand auf ihrer. Er zog sie an sich, küsste sie, saugte an den Fingern, die feucht waren von ihrer Lust, leckte sie ab. Keine Fantasie war es dieses Mal, sondern die Wirklichkeit, ihr Geliebter. Sie lächelte. *„Mio Cavaliere d'Amore ..."* Ihr Lächeln erstarb jedoch, als er seine Hand über ihre Spalte legte. Einer seiner Finger glitt hinein, massierte ihr Inneres.

Plötzlich ergriff er wieder ihre Hand, umfasste sie mit seiner, legte seinen Finger auf ihre beiden ausgestreckten Finger. „Oh ..." Laura bog sich ihm entgegen, als er ihre Finger, geführt von seinem, tief hineingleiten ließ. Sie fühlte das schnelle, fast erschrockene Zusammenziehen ihrer Vagina, als er sie hineinschob. Ihr feuchtes Fleisch presste sich um sie, aber er schob weiter. Ihre Vagina dehnte sich, pulsierte um ihre Finger. Dann ließ er sie wieder hinausgleiten. Er musste wohl neben ihr knien. Sie wandte ihm ihr Gesicht zu, den Mund leicht geöffnet, wie eine Bitte um einen Kuss. Tatsächlich spürte sie gleich darauf seine Lippen, ein sanftes Streicheln, seinen vertrauten Atem.

Seine Hand schob ihre verschlungenen Finger wieder tief hinein, leitete sie und presste sie gegen ihre inneren Wände. Welch ein unglaubliches Gefühl! Er hielt sie darin fest, verstärkte den Druck, bis sie immer tiefer rutschte, sie sich immer tiefer selbst fühlen konnte. Das hatte sie niemals getan, und sie hatte nicht gewusst, wie feucht und heiß ihre Scham werden konnte.

„Ich möchte, dass Ihr wisst, wie wunderbar es sich in Euch anfühlt." Sein Flüstern war heiser. „Wie warme Seide. Eine heiße, feuchte Enge, die ich heute betreten und fühlen werde. Spürt Ihr es?"
„Ja ..."
„Streichelt Euch jetzt wieder."
Und während er ihre vereinten Finger immer wieder von Neuem in ihre Vagina führte, begann Laura ihre Klitoris zu streicheln. Ein heißes Lippenpaar umschloss ihre Brustwarze, seine Zunge kreiste um die harte Spitze wie ihr Finger um ihre Klitoris. Sie versuchte, sich diesem immer schneller werdenden Rhythmus anzupassen. Bald begann sie sich zu winden, ihr Atem wurde lauter, unregelmäßiger und

flacher. Sie spürte, wie sich die Bewegung ihrer Vagina verstärkte, wie sie sich enger um ihre Finger schloss. Das Pulsieren wurde heftiger, schien auf ihren ganzen Körper überzugehen. Der lustvolle Drang und die Sehnsucht nach Erlösung wurden immer stärker, ihre Klitoris wurde schmerzhaft empfindlich und immer wieder stieß er ihre Finger in sie hinein, fest und doch behutsam.

Laura bäumte sich auf, ihr Becken presste sich an seine Hand. Sie fühlte, wie er den anderen Arm unter ihre Schultern schob, sie festhielt, damit sie nicht vom Sessel glitt, während ihr Höhepunkt sie förmlich durchschüttelte, ihr für Momente alle Sinne raubte und sie dann in einem wohligen Aufstöhnen der Erleichterung wieder zurücksinken ließ. Für einige Augenblicke lag sie völlig bewegungslos da, wartete, bis der Nebel aus Farben wieder verging.

Seine Lippen fuhren über ihre, bedeckten ihre Wangen, ihr Kinn und ihre Nase mit tausend kleinen Küssen, einer zärtlicher und leidenschaftlicher als der andere. Er hielt sie immer noch fest und geborgen, ihr Kopf ruhte in seiner Armbeuge, seine Finger streichelten über ihre Seite.

„Ich möchte jetzt so gerne in Eure Augen sehen", flüsterte sie zitternd.

„Ach, *mia cara*." Er ließ ihre Hand los, die, gehalten von seiner, müde zwischen ihren Beinen ruhte, strich ihr über die Wange und schob eine Haarsträhne aus ihrer Stirn. „Wer weiß, ob Euch gefiele, was Ihr seht."

„Und wenn ich überzeugt wäre davon?"

„Ein andermal, meine Liebe, aber nicht heute." Er küsste jede weitere Entgegnung von ihren Lippen und ließ sie erst nach langer Zeit zögernd und langsam los.

Sie hörte, wie er sich erhob und an seiner Kleidung zu schaffen machte. Dann trat er so dicht hinter ihren Kopf, dass er ihr Haar berührte. „Streichle mich, Laura."

Als sie begriff, was er wollte, hob sie die Arme über den Kopf. Der harte pulsierende Schaft, den sie vorfand, ließ sie vor Überraschung sekundenlang innehalten, bevor sie ihn wieder ergriff und ihn abtastete. Er war erregt. Stark erregt. Sein Glied pochte und als sie mit den Fingern darüberstrich, zuckte es bei ihrer Berührung. Sie tastete sich von den prallen, empfindlichen Hoden, dem gekrausten dichten Haar aufwärts, bis sie den geschwollenen Kopf erreichte. Die Spitze war, wie vor wenigen Tagen in der Gondel, feucht. Es hatte ihn fast ebenso erregt, ihr zuzusehen und ihre Hand nach seinem Willen zu führen, wie sie, von ihm auf diese Weise genommen zu werden.

„Und jetzt küsse mich, meine Geliebte."

Sie atmete schneller. Das wollte er also. Soeben war sie noch müde und befriedigt gewesen, aber nun war es, als wären ihre Glieder und ihr Leib wieder zu neuem, pulsierenden Leben erwacht. Vorsichtig rutschte sie ein wenig tiefer, sodass ihr Kopf noch weiter hinunterhing. Dann atmete sie tief durch, schob alle Schamhaftigkeit von sich und öffnete ihren Mund.

Sie tastete nach seinen Hüften, zog ihn näher, dann umklammerte sie sein Glied mit der Hand und versuchte es mit ihrem Mund zu erreichen. Es ging nicht. Sie lag zu tief unten.

Er kniete hinter ihr nieder und schob beide Hände unter ihre Schultern, um sie zu halten, als sie mit den Lippen die Spitze seines Gliedes umfasste. „Laura ..." Seine Stimme war reine Zärtlichkeit und Sehnsucht.

Ihre Zunge ertastete die heiße Spitze, umrundete sie, kostete die Feuchtigkeit. Ein Zittern ging durch seinen Körper. Sie öffnete ihren Mund noch ein wenig weiter, seine Hände griffen fester zu und zogen sie näher. Laura presste die Lippen um seinen Schaft, während er sich zu bewegen begann und seinen Körper sachte vor und zurück schaukelte.

Er bewegte sich schneller, aber rücksichtsvoll. Sie wusste, dass sie in dieser Haltung völlig hilflos gewesen wäre, hätte er den Wunsch verspürt, sie grob zu behandeln und einfach in ihren Mund hineinzustoßen. Aber sie vertraute ihm ja vollkommen. Sonst wäre sie nicht hier auf diesem Sessel, ja, vielleicht nicht einmal in diesem Palazzo. Sie presste ihre Lippen enger zusammen und dann spürte sie, wie ein Zucken durch seinen Körper ging. Er stöhnte auf, wollte sich aus ihr zurückziehen, aber sie schlang die Arme um seine Hüften, hielt ihn fest, als er sich in sie ergoss. Sie wollte ihn spüren, ihn kosten. Sie wollte ihn ganz haben, ihren Cavaliere d'Amore. Den Mann, den sie liebte.

Domenico zog sich sanft aus ihr zurück, blieb jedoch noch minutenlang regungslos hinter ihr knien. Er blickte auf ihren weißen, nach hinten gestreckten Hals, die vollen Brüste, die Wölbung ihres Bauches und das dunkle Dreieck ihrer Scham. Er hatte sehen wollen, wie weit sie ging. Wie weit ein geheimnisvoller Fremder sie verführen und zu Dingen verlocken konnte, die er bei seiner zurückhaltenden Frau niemals vermutet hätte. Hatte seine Macht über sie demonstrieren wollen, seine untreue Frau unterwerfen und gleichzeitig verführen.

Und sie war bezaubernd gewesen. Hinreißend und hingebungsvoll. Er neigte den Kopf und ließ seine Lippen über ihren Hals gleiten. Laura regte sich nicht, sie lächelte nur, strich sich mit der Zunge über die Lippen. Sie hatte ihn abermals gekostet, diesmal sogar in sich eingesaugt. Er rieb sein Gesicht an der Weichheit ihrer Brüste. Eine dunkle Spitze glitt über seine Wange, er legte seine Lippen darum und saugte zart. Sein Glied, eben noch zufrieden, begann sich wieder zu regen.

Er hatte noch bei weitem nicht genug von ihr. Noch lange nicht. Das, wozu er sie jetzt getrieben hatte, war nur ein Spiel gewesen. Nun wollte er sie richtig besitzen. Völlig. Wollte in sie hineingleiten, dort sein, wohin er ihre Finger und seinen geleitet hatte, wollte die heiße Enge mit seinem ganzen Körper erspüren können.

Er stand langsam auf, beugte sich herab und hob sie hoch. Ihre Arme schlangen sich um seinen Hals und sie schmiegte sich vertrauensvoll an ihn, als er sie hinüber ins Schlafzimmer trug und dort auf das Bett legte.

Sie wollte sich aufsetzen, tastete nach ihm, aber er hielt sie zurück, während er sich die beengende Jacke auszog und sie fortwarf. „Bleibt ganz ruhig liegen und bewegt Euch nicht. Ich möchte Euch ansehen, Euch streicheln und Euch kennenlernen." Wie ein Stein war sie in der Hochzeitsnacht unter ihm gelegen, hatte sich geweigert, ihn auch nur ihren Nabel oder die hübsch gerundeten Ansätze ihrer Brüste näher betrachten zu lassen, und hatte nicht die geringsten Anstalten gemacht, seine vorsichtigen und zurückhaltenden Liebkosungen zu erwidern. Schlimm genug, dass er jetzt als ein unbekannter Geliebter all das genießen durfte, was sie ihrem Ehemann damals verwehrt hatte.

Seine Hand wanderte über ihren Hals, ihre Schultern, ihre Arme. Seine Fingerspitzen schwelgten in der Weichheit ihrer Haut, er fuhr ihre Schlüsselbeine entlang und dann tiefer zum Ansatz ihrer Brüste. Er hatte schon im Theater bemerkt, wie empfindlich sie dort reagierte. An welchen anderen Stellen wohl noch? Er glitt weiter hinunter, streifte die aufgestellten Brustspitzen, was sie tiefer einatmen ließ, und fuhr dann über ihren Bauch, ihre Hüften, ihre Taille. Wie mollig weich sie doch überall war. Wie gut sich ihr Fleisch in seine Hände schmiegte. Es erregte ihn, dass sie tatsächlich ruhig dalag, ihm und seinen Händen erlaubte, sie zu ertasten. Ihre Brüste hatten die richtige Form für seine Hände, waren wie für ihn geschaffen. Er schob ihre linke Brust ein bisschen hoch und bemerkte mit Entzücken ein bezauberndes Muttermal darunter. Es gab viele Frauen, die sich Schönheitspflästerchen ins Gesicht und an andere, oft noch interessantere Körperteile klebten, aber dieses Schönheitsmal war echt. Er hauchte einen Kuss darauf. Die rote Brustwarze mit dem dunklen Hof stand steil empor, und er fühlte Laura erbeben, als er mit dem Daumen darüberfuhr, bevor er sie mit der Zunge berührte. An dem drängenden Verlangen zwischen seinen Beinen wusste er, ohne auch nur hinsehen zu müssen, dass noch etwas anderes steil empor stand und ungeduldig darauf wartete, zum Ziel zu kommen. Aber noch war es nicht so weit.

Seine Lippen senkten sich auf ihre Brust, er saugte zuerst zart, dann fester. Schließlich ließ er seine Lippen weitergleiten, umrundete ihre Brüste, glitt auf ihren Bauch. Er spürte ihre Hände auf seinem Kopf, ihre Finger, die mit seinem Haar spielten, das er am Hinterkopf zusammengebunden hatte, fühlte ihre Fingerspitzen auf seiner Kopfhaut. Er glitt weiter an ihr hinab. Er wollte sie schmecken, wollte wissen, ob die Vorstellung, die ihn seit Tagen nicht mehr losließ, auch der Realität entsprach. Seine Gedanken streiften seine diversen Mätressen und insbesondere Sofia mit ihrer aufreizenden roten Perle, aber er konnte sich nicht erinnern, jemals so sehr von der Vorstellung besessen gewesen zu sein, die Lippen zwischen den Beinen einer Frau zu berühren und zu kosten wie ausgerechnet bei seiner eigenen Ehefrau. Er hatte es getan, um sich an ihren Reaktionen zu ergötzen, aber niemals, weil sein eigenes Verlangen ihn so leidenschaftlich dazu gedrängt hatte wie jetzt.

Sie wehrte sich kurz, als er ihre Beine weiter auseinanderdrückte.

„Ich will Euch ansehen."

Sie gab langsam nach und öffnete ihm ihre rosige Scham. Der Vergleich mit einer Blüte kam ihm in den Sinn. Einer Rose, deren Blätter innen dunkler und vom Tau befeuchtet waren. Dunkles Haar umhüllte die glänzenden Lippen, die bei seiner Berührung zuckten. Er fühlte ihr Zittern, als er sie betrachtete und dabei ihre Beine noch weiter auseinanderbog, bis alles frei vor seinen Augen lag.

„Was tut Ihr ...?"

„Ich sehe Euch an. Bleibt ruhig liegen."

Es fiel ihm schwer, bei diesem Anblick daran zu denken, seine Stimme zu verstellen, aber er klang jetzt so heiser, dass sie ihn vermutlich ohnehin nicht erkennen konnte. Ihre feuchten fleischigen Lippen schienen unter seinem Blick noch aufzuschwellen. Er ließ seine Finger von ihrem Nabel abwärts laufen bis in die feuchte Spalte hinein, dann zog er sanft mit Zeigefinger und Daumen die weiche Haut auseinander. Eine dunkelrote wunderschöne Perle lag vor ihm.

Sie krallte ihre Finger in das Betttuch unter ihr. Er griff hin und löste sie sanft, legte ihre Arme weit neben ihren Körper. Offen, ganz offen wollte er sie haben. Eine liebende, vertrauende Frau, die bereit war, ihren Geliebten zu empfangen. Anders als damals in ihrer ersten Nacht. Er vergaß völlig, weshalb er sie hier traf, weshalb er ihr diesen Brief geschrieben hatte, die Lehre, die er ihr erteilen wollte. Sie war so schön, so sinnlich. Er beugte sich hinab und fühlte, wie sie zusammenzuckte, als er seine Lippen von ihrem Bauch tiefer wandern ließ, vorbei an dem dunklen Dreieck, über ihren Schenkel und dann tiefer hinein. Seine Finger strichen zart an der weichen Innenseite entlang, brachten sie dazu, ihre Beine noch etwas weiter zu öffnen. Sie roch nicht parfümiert wie Nicoletta oder Sofia, sondern nur ganz nach sich selbst, nach Frau, ein herber und zugleich süßlicher Duft, der ihn betörte. Sie gab dem leichten Druck seiner Hand nach einigem Zögern nach, sagte kein Wort, gab keinen Laut von sich, aber daran, wie ihre Brüste zu beben begannen und ihr Atem heftiger ging, spürte er, wie überrascht sie war, als seine Zunge zwischen die weichen Lippen glitt.

Sie schmeckte köstlich, zartbitter. Er vergrub sein Gesicht zwischen ihren Schenkeln und spürte gleichzeitig die schmerzliche Begierde zwischen seinen eigenen Schenkeln. Sein Glied war steinhart, pochte, pulsierte, verlangte schon dringend nach Aufmerksamkeit und nach diesem weichen, heißen Fleisch, das so herrlich warm und feucht war unter seinen Lippen, Aber zuerst wollte er sie abermals zucken sehen, sich winden, ehe er selbst so von seinen eigenen Lustgefühlen hinweggerissen wurde, dass er keine Zeit mehr hatte, auf sie zu achten. Ja, das wollte er. Wollte sehen, wie sein abweisendes Eheweib, das ihn zurückgestoßen hatte, jetzt unter den Händen und Lippen eines vermeintlich Fremden vor Lust verging.

Er tastete die rosigen Lippen entlang, weiter hinein, spürte, wie sich ihr Eingang unwillkürlich erregt verengte, als seine Zunge tiefer stieß, glitt dann wieder hinauf, umkreiste diese neckische rote Perle, die in den letzten Minuten merklich angeschwollen war. Als er seine Lippen darum schloss und zu saugen begann, bäumte sich Laura auf und packte ihn so heftig an den Haaren, dass er mit einem kleinen Schmerzenslaut innehielt und ihre verkrampften Finger zu lösen versuchte.

„Meine Liebe, das ist keine Perücke ..."

„Oh ... natürlich nicht ... Verzeihung ..." Es war nur ein Hauch, nicht mehr als ein Stöhnen. Sie ließ ihn zu seiner Erleichterung los und krallte ihre Hände stattdessen in seine Schultern, als er wieder seine Lippen auf sie senkte. Das war zwar nicht viel besser, aber zum Glück hatte er sein Hemd angelassen.

„*Dio mio*", dachte er beeindruckt, „*wer hätte gedacht, dass in meiner Frau so viel Leidenschaft steckt.*"

Er machte mit Bedacht weiter, fand heraus, was sie erregte, was sie dazu brachte, sich zu winden, zu stöhnen, mit den Beinen zu zucken, die er festhalten musste, um in Ruhe weitermachen zu können. Er stieß abwechselnd hart mit seiner Zungenspitze auf den kleinen Hügel, ließ sie darum kreisen, saugte dann wieder. Laura warf den Kopf herum, zerrte an seinem Hemd und noch viel früher, als er das vorgesehen gehabt hatte, bäumte sie sich mit einem unterdrückten Schrei auf. Die hervorquellende Feuchtigkeit ihrer Scham benetzte sein Kinn, und der kostbare Seidenstoff seines Hemdes gab endlich ihrem Zerren nach und zerriss.

Laura blieb regungslos liegen und versuchte wieder zu Atem zu kommen. Sie spürte, wie er an ihr hochglitt, fühlte seinen Atem auf ihrer Brust, als er mit seinen Lippen zart über die erregten Warzen strich. Er lag so dicht bei ihr, dass sie sein Glied fühlen konnte, das sich in ihren Schenkel bohrte und noch weiteren Lustgewinn versprach. Sie gab willig nach, als er ihre Knie hochschob und sich über sie legte. Offenbar hatte er es jetzt, nachdem er sich zuvor so unendlich lange Zeit gelassen hatte, sehr eilig, denn kaum, dass er auf ihr lag, drang er auch schon in sie ein. Laura fühlte wie seine geschwollene Eichel, die sie zuvor mit Händen und Lippen so neugierig ertastet hatte, sich mit einem harten Stoß ungeduldig den Weg in ihr Inneres bahnte. Sie bäumte sich in den Armen ihres Cavalieres auf, der sich über sie beugte und ihr den Mund mit seinen Lippen verschloss. Ein unbeschreibliches Gefühl durchflutete Laura, als sie ihn in und auf sich fühlte. Liebe, Lust, Geborgenheit, Leidenschaft und die Sehnsucht, sie möge abermals Gelegenheit haben, innerlich zu verbrennen.

Domenico hatte nur ein einziges Mal mit ihr geschlafen, und da war sie nur starr vor Furcht vor ihm und dem, was er mit ihr tat, im Bett gelegen, weit davon entfernt gewesen, es zu genießen. Sie hatte zwar eine ungefähre Vorstellung davon gehabt, wie der Ehestand beginnen würde, aber was dann gekommen war, hätte ihr wohl besser gefallen, wäre da nicht immer die Angst und die Überzeugung gewesen, er könnte sie mit seiner schönen Geliebten vergleichen und sich über ihre Unerfahrenheit mokieren.

Aber was sie jetzt empfand war etwas völlig anderes. Das war auch nicht ihr gleichgültiger Mann, der auf ihr lag, sondern ihr Liebhaber. Sein pochendes Glied begann sich zu bewegen, sie zu reiben, als ihr Geliebter sich zuerst langsam, dann immer schneller aus ihr zurückzog und dann wiederkehrte. Sie spürte seine harten Schenkel zwischen ihren Beinen, seine Hüften, seinen Atem, der stoßweise über ihr Gesicht strich, seine Lippen, die immer wieder die ihren suchten, sie küssten, bis sie glaubte, keine Luft mehr zu bekommen, und endlich wieder dieses unglaubliche Gefühl der Lust, das durch sie hindurchraste, jede Faser ihres Körpers ergriff, jeden Gedanken erstickte, sie sich in seinen Armen aufbäumen und dann endlich die Erfüllung finden ließ. Einige harte, unbeherrschte Stöße, und dann sank er auf sie, sich gerade so viel auf den Ellbogen aufstützend, dass er sie nicht zu sehr in die Kissen unter ihr presste.

Er ruhte sichtlich erschöpft einige Minuten, bevor er begann, ihr Gesicht zu küssen und sie zu streicheln. „Es war wunderbar", hauchte sie, während sie ihre Arme um ihn legte, um ihn festzuhalten. „Einfach wunderbar."

Ganz anders, als sie es in Erinnerung gehabt hatte ...

Aus einem Spiel wird Ernst

Laura saß vor ihrem Ankleidespiegel und nippte an ihrer Morgenschokolade. Sie trug nur die *andriè*, jenes über dem Korsett getragene lockere Kleid, das sie so liebte, mit dem sich eine Dame jedoch nur in den eigenen vier Wänden sehen ließ, während sie außer Haus immer mit Reifrock angetan war. Anna, ihre Zofe, legte gerade letzte Hand an ihre kunstvolle Frisur, steckte einige Löckchen hoch, ließ andere neckisch herabfallen und kicherte dabei heimlich über die beiden morgendlichen Besucher, die in eine lebhafte Diskussion über den richtigen Ort eines *mouches*, dieses so modernen Schönheitspflästerchens, verwickelt waren. Während Patrizio Pompes, Lauras treuer ältlicher *cicisbeo*, heftig dafür plädierte, es auf dem Backenknochen ihrer linken Wange zu platzieren, um „die vollendete Rundung" hervorzuheben, war Ottavio fest davon überzeugt, dass der einzige passende Ort für diesen schwarzen Samtpunkt, in dessen Mitte ein kleiner Brillant blitzte, gerade über jenem Grübchen lag, das immer erschien, wenn Laura lächelte.

Die Diskussion der beiden Männer wurde immer heftiger und lauter, bis Laura dem Streit ein Ende machte und Ottavio mit einem amüsierten Lächeln erlaubte, das künstliche Schönheitsmal an jenem von ihm bevorzugten Ort anzubringen. Anna, die ihr Werk vollbracht hatte, trat kichernd einen Schritt zurück. Ottavio stellte sich neben Laura, beugte sich hinunter und wollte gerade mit einem verführerischen Lächeln und tiefen Blick in ihre Augen das Samtpflästerchen platzieren, als die Tür aufgerissen wurde. Laura blickte in den Spiegel und sah hinter sich Domenico, der im Türrahmen stand und mit schmalen Augen auf die trauliche Szene sah. Sie vergaß Ottavio, der soeben dabei gewesen war, das kleine künstliche Mal anzukleben, und wandte sich verlegen um, weil ihr Ehemann sie bei einer derart intimen, wenn auch durchaus gesellschaftlich akzeptablen Beschäftigung ertappt hatte. Sein finsterer Blick glitt über sie hinweg und blieb an Ottavio haften, der irritiert aufsah, dann jedoch gequält lächelte: „Sieh da. Mein lieber Vetter. Welch eine Überraschung."

„Überrascht sollte wohl eher ich sein, dich so knapp neben meiner Frau vorzufinden." Domenicos Stimme war nicht nur kühl, sie war kalt. Er trug im Gegensatz zu dem in Samt und Seide gekleideten Ottavio nur eine einfache, jedoch perfekt sitzende dunkelblaue Jacke mit einer cremefarbenen Kniehose, wirkte in Lauras Augen aber wesentlich eleganter und eindrucksvoller.

Ottavio lächelte weiter, wenn auch ein wenig gezwungener. „Um ehrlich zu sein, Domenico, du störst im Moment ein wenig. Ich war nämlich soeben dabei", er sah auf Laura, die leicht errötete, „die Schönheit dieser wunderbaren Züge noch mit dem Anbringen dieses *mouches* zu unterstreichen."

„*Mouche*?" Domenicos Stimme wurde noch einige Grade kälter und gleichzeitig ironischer.

„Ja. Hier." Ottavio hielt seinen Zeigefinger hoch. Er war leer. „Oh, es muss heruntergefallen sein." Sein Blick blieb an Lauras Dekolleté hängen. „Hier ist es ja!" Er wollte sich vorbeugen und den kleinen Samtpunkt, der sich selbst einen molligen Platz zwischen den beiden vollen Hügeln ausgesucht hatte, aufnehmen, aber eine gefährlich ruhige Stimme hinderte ihn daran.

„Wage es nicht."

„Drohst du mir etwa?" Ottavio fühlte sich ungemütlich unter dem Blick seines Vetters, der früher den Ruf eines Draufgängers und Hitzkopfes gehabt hatte und trotz aller Verbote schnell mit dem Degen zur Hand gewesen war. Auch wenn er in der letzten Zeit so bieder und langweilig war, dass man – wie Ottavio immer im Freundeskreis behauptete – schon bei seinem Anblick einschlief. Jetzt war Ottavio allerdings nicht einmal zum Gähnen zumute.

„Scheint fast so, nicht wahr?" Domenico klang mild amüsiert, was Ottavios Unbehagen noch verstärkte. „Und jetzt wird es Zeit, dass ihr beide euch verabschiedet."

Patrizio Pompes, der sich schon längst schnaufend erhoben hatte, beeilte sich, aus der Tür zu kommen, nachdem er vor Laura einen hastigen Kratzfuß gemacht hatte. Ottavio hätte es ihm gerne nachgemacht, hatte vor seiner Angebeteten jedoch den Schein zu wahren. Er nahm trotz Domenicos wütendem Blick Lauras Hand und hauchte einen Kuss darauf. „Bis zum nächsten Mal, meine Angebete. Wir sehen uns wieder, wenn ..."

Er konnte seinen Satz nicht beenden. Lauras Hand wurde mit einem Ruck aus seiner gerissen, und sie sah verblüfft, wie Domenico seinen Vetter am Kragen packte und aus der Tür schob. Draußen sagte er noch etwas zu ihm, aber so leise, dass sie es nicht genau verstehen konnte. Es hörte sich jedoch an wie: „... Treppe ..." und „... Kanal ...".

Sie war immer noch erstaunt, als Domenico wieder zurückkam. Nicht, dass dieses plötzliche Temperament sie wirklich verwundern konnte, von dem sie bereits am Tage seiner Ankunft in Venedig ein so überraschendes Beispiel bekommen hatte, aber sie war doch über die harsche Art verblüfft, mit der er sich ihrer Verehrer entledigt hatte. Er winkte Anna ebenfalls aus dem Zimmer, kam näher und lehnte sich lässig mit der Schulter an die Wand neben dem Spiegel, um seine Frau, die mit geröteten Wangen dasaß, eingehend zu betrachten. Laura hatte in der Zwischenzeit schon gedacht, ihn gut zu kennen, aber nun konnte sie aus seinem Blick nicht klug werden. Sie senkte die Lider über die Augen und spielte verwirrt mit dem weichen Stoff ihres gestickten Unterkleides.

„Wofür machst du dich so schön?" Domenicos Stimme klang nicht unfreundlich, und sie blickte wieder hoch. Immer noch musterte er sie so eindringlich, aber es lag kein Ärger in seinem Blick, sondern Bewunderung. Sie atmete tief durch, das Gefühl zittriger Unsicherheit und Erregung unterdrückend. „Es ist später eine Messe in San Marco. Dorthin wollte mich Patrizio begleiten."

Er hob die Augenbrauen. „Und dafür muss er sich schon Stunden vorher in deinem Ankleideraum aufhalten? Gemeinsam mit diesem ..."

„Aber Domenico", sagte sie rasch, „da ist doch nichts dabei. Das tun doch alle! Es gibt Frauen, die fünf Verehrer in ihrem Boudoir sitzen haben!"

„So?" Sein Blick wanderte wie eine körperliche Berührung über sie, bis er an ihrem weißen Busen hängen blieb. Sie hielt den Atem an, als er sich von der Wand abstieß und an sie herantrat. Seine Hand streckte sich nach ihr aus. Ein kleiner Schwindel erfasste sie und sie schloss unwillkürlich die Augen, als sie seine Finger auf ihrer Haut fühlte. Genau dort, wo die vollen Brüste einander trafen, bevor sie von den Spitzen des Unterkleides verdeckt wurden. Es war nur eine kurze Berührung. Als sich jedoch nichts weiter tat, öffnete sie wieder die Augen. Vor ihrer Nase war Domenicos Zeigefinger. An seiner Spitze klebte der Samtpunkt.

„Sehr elegant", murmelte er, „mit einem Brillanten."

„Das ist die letzte Mode." Lauras Stimme war nur ein Hauch. Er stand so nahe, dass sie die Wärme seines Körpers fühlen konnte. Als sie den Blick hob, traf er direkt auf seinen. Sie schluckte und spürte eine erregte Hitze durch ihren Leib wandern. Wie er sie nur ansah. Voller Begehren. Sie seufzte leicht.

Domenico lächelte und beugte sich zu ihr hinab, was alleine schon kleine Schauer auslöste. Ganz zu schweigen von seiner Stimme, die so dunkel und weich klang. „War das der Schönheitspunkt, den Ottavio hatte anbringen wollen?"

Sie nickte nur, ohne einen Ton herauszubringen.

„Wo wollte er ihn hintun?"

Laura hob eine zittrige Hand und versuchte ein noch zittrigeres Lächeln. „Hier, auf die Wange."

Domenicos Blick glitt über ihr Gesicht, studierte eingehend jeden ihrer Züge.

„Der Mann ist ein Hohlkopf", sagte er dann. Seine Stimme klang

noch dunkler, ein wenig rau. „Er hat keine Ahnung." Laura schloss die Augen, als Domenicos Finger sich ihr näherte. Eine zarte Berührung genau oberhalb ihres rechten Mundwinkels. Domenicos Hand fasste unter ihr Kinn. „Sieh in den Spiegel."
Sie öffnete die Augen und sah im Spiegel ihr eigenes Gesicht, die geröteten Wangen. Dicht daneben, über sie gebeugt, war Domenico. So dicht, dass sie seinen Atem auf ihrer Haut spüren konnte. Wenn sie den Kopf ein wenig wandte, dann konnte sie mit den Lippen über sein Kinn streicheln. Die Versuchung, genau das zu tun, wurde beinahe übermächtig. Er fasste jedoch mit zwei Fingern ihr Kinn und drehte ihren Kopf so, dass sie sich im Spiegel betrachten konnte. Über ihrem rechten Mundwinkel war der kleine schwarze Punkt. Ein warmer Finger strich über ihre Wange und über ihre Lippen.

„Genau dort ist der richtige Platz", murmelte Domenico, während er keinen Blick von ihrem Gesicht ließ. „Genau dort, wo jeder Mann mit Verstand beginnen würde, diese Lippen zu küssen."

Laura wandte atemlos den Kopf und sah ihn an. Sein Mund war nur eine Handbreit von ihr entfernt und sie wünschte sich nichts sehnlicher, als dass er sie küsste. Sie küsste, in die Arme nahm, streichelte und dann hinüber ins Schlafzimmer trug. Warum tat er es nicht endlich? Was hatte er mit ihr vor?

Sein Finger strich leicht über ihre Wange. „Wie schön du bist ohne all den Puder und die Schminke. Du solltest immer so sein, Laura, deine Haut ist so zart, so weich ... überlass es den anderen Frauen, ihre natürliche Schönheit durch lächerlichen Putz zu verbergen." Domenico hasste es, wenn er die Lippen voller Puder und Rouge hatte. Und diese weichen Wangen aus diesem Grund nicht zu küssen und zu liebkosen, war schier unmöglich.

„Du ... Du findest mich schön?"

„Ja." Er sagte nur dieses Wort, aber es klang in Laura nach wie die Glocken von San Marco.

Er lächelte, als er ihr Gesicht betrachtete und sein Zeigefinger blieb auf dem *mouche* ruhen. Laura sah, dass er es plötzlich stirnrunzelnd fixierte. „Ich kann mich nicht erinnern, so etwas jemals in Venedig gesehen zu haben."

„Es ist auch nicht aus Venedig." Laura, völlig verzaubert von seiner Nähe und seiner Liebenswürdigkeit, vergaß alle Vorsicht. „Ottavio hat es aus Paris kommen lassen." Sie hätte sich, kaum dass diese Worte draußen waren, am liebsten die Zunge abgebissen, aber es war zu spät. Domenicos Gesichtsausdruck veränderte sich schlagartig. Er warf ihr einen grimmigen Blick zu, zupfte dann das Schönheitspflästerchen mit spitzen Fingern herunter, öffnete eines der Fenster, die auf den Kanal führten – und schnippte den kostbaren Samtpunkt verächtlich hinaus.

„Du wirst in Zukunft keine Geschenke von Ottavio mehr annehmen, ist das klar?" Er beachtete sie nicht weiter, sondern wandte sich zum Gehen. „Ich werde dich anstelle von Patrizio in die Messe begleiten." Seine eben noch so verführerische Stimme klang jetzt wieder kühl und zurückhaltend. „Und dir nun Anna schicken, damit sie dir beim Ankleiden hilft. Ich erwarte dich dann unten im Hof."

„Und noch etwas, Laura", sagte er, bevor er den Raum verließ, „ich möchte in Zukunft weder meinen Onkel noch meinen Vetter dabei erwischen, wie sie sich in deinem Ankleideraum aufhalten und über Schönheitspflästerchen streiten. Und auch sonst niemanden", fügte er nach kurzer Überlegung hinzu.

„Das ist aber so üblich!", erwiderte Laura, verwirrt über seine Reaktion und zugleich erbost über den befehlenden Tonfall. „Jede Frau, die auch nur ein bisschen etwas auf sich hält, hat zumindest einen *cicisbeo*, der sie hofiert, ihr das Puderdöschen bringt, ihr Taschentuch aufhebt, sie bei ihrer Kleidung berät, ja ihr sogar das Mieder schnürt!"

Domenico nickte. „Durchaus möglich. Bei anderen können Ottavio und Patrizio meinetwegen Mieder schnüren, bis sie wunde Finger davon haben. Aber nicht in meinem Haus und schon gar nicht bei meiner Frau." Dann fiel die Tür hinter ihm ins Schloss.

„Ich denke, dieses neue Luxusgesetz ist nicht mehr als ein Anlass für den Senat, um von den anderen, weitaus wichtigeren Dingen abzulenken!"

„Ganz zweifellos." Domenico klang ebenfalls abgelenkt, als er seinem alten Freund antwortete. Sie hatten Paolo nach der Messe vor der Kirche getroffen, und dieser hatte die Gelegenheit sofort genutzt, um Domenico auf die Seite zu ziehen. In der Nähe der Buden, die sich um den Campanile schmiegten, wollte er mit ihm über die letzten Entscheidungen des Senates und des Rates der Zehn, jener mächtigen Instanz, sprechen. Die Urteile des Rates und die letzten haarsträubenden Gesetze interessierten Domenico – sofern er nicht davon betroffen war – nur marginal. Besonders in diesem Moment, wo ihm ganz andere, wesentlichere Dinge durch den Kopf gingen. Laura zum Beispiel.

Seine Frau hatte während der Messe kein Wort zu ihm gesagt, war nur still neben ihm gestanden und hatte zu Boden geblickt. Und er hatte den gesamten Gottesdienst hindurch an nichts anderes denken können, als an Ottavio und die Szene in ihrem Ankleideraum, als der sich vertraulich über Laura gebeugt hatte, und sie es mit einem entrückten Lächeln hatte geschehen lassen. Und daran, wie unverschämt Ottavio es dann noch gewagt hatte, ihr vor seinen Augen die Hand zu küssen!

Er hatte es sogar noch gewagt, ihr vor der Kirche aufzulauern, wo er am Eingang nach ihr Ausschau hielt – wohl in der Hoffnung, sie käme in Begleitung ihres *cicisbeos* Patrizio und nicht in der ihres Gatten. Domenico hatte jedoch mit einer gewissen Zufriedenheit bemerkt, dass seine Drohung nicht auf taube Ohren gestoßen war. Ottavio hatte sich bei seinem finsteren Blick sofort auf die andere Seite begeben, war in der Menge – die sich zur Karnevalszeit hier noch heftiger drängte als sonst – untergetaucht und nicht mehr gesehen worden. Es war wohl nicht falsch gewesen, ihn freundlich darauf hinzuweisen, dass er ihn das nächste Mal die Treppe hinunterstoßen und anschließend im Kanal ersäufen würde, sollte er es wieder wagen, seiner Frau auf diese Art Avancen zu machen. Verdient hätte er dieses Schicksal ohnehin schon lange. Zumindest seit jenem Abend im Palazzo Pisani, wo er es gewagt hatte, Laura zu küssen. Dazu kam noch die Frechheit, seiner Frau geschmacklose Geschenke zu machen! Die Erinnerung daran stieg mit einem so plötzlichen Aufwallen von Ärger und Eifersucht in Domenico hoch, dass er Mühe hatte, durchzuatmen, während er Paolo einsilbige Antworten gab.

Laura war ebenfalls nicht sehr gesprächig. Sie hatte Paolo zwar freundlich begrüßt, war dann aber wieder in jene Schweigsamkeit zurückgefallen, die sie nach ihrer Hochzeit ihm gegenüber zur Schau getragen und gottlob in den vergangenen Wochen abgelegt hatte. Und nun stand sie schon seit Minuten still neben ihm, blickte nur seltsam verträumt um sich, beobachtete das sich auf dem Platz drängende Volk, sah zu den auf der Galerie der Kirche stehenden Bronzepferden hinauf und betrachtete dann wiederum das Pflaster des Platzes, dessen Muster seit der neuen Bepflasterung vor über dreißig Jahren aus dunklen und hellen Steinen gebildet wurde. Ein ganz annehmbares Muster, fand er, wenn er auch nicht ganz begriff, was

Laura daran so übermäßig faszinieren mochte.

Paolo unterbrach plötzlich sein Gespräch und verneigte sich leicht vor Laura. „Verzeiht, wenn wir Euch langweilen, Laura. Es ist äußerst unhöflich von uns, uns über Politik und wirtschaftliche Belange zu unterhalten, anstatt mit Euch über Dinge zu sprechen, die Euch weit mehr interessieren müssen." Er lächelte sie mit jener Wärme an, die ihm schon die Herzen vieler Menschen geöffnet hatte. Da jedoch nicht die leiseste Tändelei darin lag, konnte Domenico der Wirkung auf Laura mit Ruhe entgegensehen. Außerdem wusste er mit einiger Sicherheit, dass Paolos eigenes Herz schon anderweitig vergeben war.

Laura hob den Blick und erwiderte das Lächeln, bevor sie ihren Blick über den Platz schweifen ließ. In Venedig herrschte seit Oktober Karneval, aber seit er am 26. Dezember durch einen der Diener des Rates auch offiziell eröffnet worden war, drängten sich hier die Marktbuden, Marionettentheater, Zauberer, Artisten und Schaulustigen. Laura liebte den Trubel, der ihr die schöne Umgebung noch reizvoller machte. „Aber ich langweile mich nicht im Mindesten. Wie wäre das auch möglich unter all diesen Leuten und auf diesem Platz." Sie wandte sich Domenico zu, der trotz aller Eifersucht erleichtert feststellte, dass sie ihm offenbar sein etwas harsches Benehmen zuvor nicht übel genommen hatte. „Wunderbar ist es hier. Es tut mir immer noch leid um all die Jahre, die ich im Kloster auf dem Festland verbracht habe – abgeschirmt von den Schönheiten dieser Welt. Ist es anderswo auch so schön wie hier?", richtete sie dann die Frage an Paolo.

„Nein." Paolos Antwort kam ohne Zögern. „Wäre es anderswo so schön, würden nicht Fürsten, Künstler und Gelehrte aus allen Ländern kommen, um sich hier zu vergnügen."

„Vergnügen?" Laura nickte nachdenklich. „Ja, vergnügen kann man sich hier wohl im Schutz der Masken. Aber ich hörte, dass auch viele Künstler Venedig verlassen haben, weil es anderswo großzügigere Mäzenen gibt. Was sehr schade ist. Mir will oft scheinen", fuhr sie nachdenklich fort, „dass unsere Republik mehr in der Vergangenheit lebt und davon zehrt, als in der Gegenwart. Alles, was hier noch Bedeutung hat, ist eben dieses Vergnügen. Die Lust am Leben."

„Nun ...", Paolo runzelte die Stirn und musterte Laura eingehend, „ich glaube nicht, dass ich bisher eine Frau getroffen habe, die sich darüber Gedanken macht, ob die Vergnügungen, denen sie hier in so reicher Zahl nachgehen kann, wirklich von Bedeutung sind."

„Oh", rief Laura lachend aus, „glaubt nicht, dass ich mich deshalb beschweren will! Ich liebe es, auf Bälle zu gehen und halbe Nächte im Ridotto zu verbringen, liebe die Musik, das Theater, Aber weshalb seid Ihr verwundert, dass ich mir Gedanken mache? Ihr haltet es wohl auch mit den Leuten, die der Meinung sind, Bildung wäre schlecht für die Keuschheit einer Frau?", blinzelte sie vergnügt. „Ich kann Euch beruhigen", fuhr sie mutwillig fort, „ich bin nicht im Geringsten gebildet. Fragt meinen Gatten, der wird Euch das freudig bestätigten." Sie konnte bei diesen Worten Domenico förmlich nach Luft ringen hören.

„Nun ...", Paolo war sichtlich verwirrt über ihre direkte Art, „vielleicht sollte ich mich auch nicht wundern, solche Überlegungen bei einer Namensvetterin der berühmten Laura zu finden, die den großen Petrarca zu solch glühenden Versen inspiriert hat."

„Meine Mutter hat mich tatsächlich nach ihr benannt", erwiderte Laura lächelnd. „Sie liebt Petrarcas Verse, auch wenn mir scheinen mag, dass es kein gutes Vorzeichen ist, nach einer Frau genannt zu werden, die einen Dichter nur durch Entsagen zu solcher Poesie inspirieren konnte. Ich habe seine ‚Canzoniere' ebenfalls gelesen, fand sie wunderbar, aber auch sehr traurig."

Paolo griff in übertriebener Verehrung nach ihrer Hand. „Dann erlaubt mir, schönste Laura, Euch ein neuer Petrarca zu sein und Euch meine schönsten Verse zu widmen. Auch wenn sie wohl nicht dem Original gleichkommen werden, so werde ich mein Bestes geben und sie weitaus heiterer gestalten."

„Oh, das wäre schön, aber ihr müsstet dazu erst meinen Gatten fragen, ob er mir die Annahme dieser Verse überhaupt gestattet. Er ist in dieser Hinsicht sehr streng, und es könnte sein, dass die kostbare Poesie im Kanal landet."

Domenico bemerkte mit Verwunderung, dass seine sonst so stille Frau nicht nur überraschender Temperamentsausbrüche fähig war, sondern auch über eine bemerkenswert spitze Zunge verfügte. Er hatte zwar vollkommen richtig gehandelt, als er den Samtpunkt weggeworfen hatte und bereute es, mit Ottavio nicht das Gleiche gemacht zu haben, aber plötzlich war ihm sehr daran gelegen, das gute Verhältnis zu Laura wieder herzustellen. Er räusperte sich. „Nun, solange er aus der Ferne dichtet, wäre Paolo wohl ein Verehrer, den ich akzeptieren kann."

„Aber nicht, wenn er in meinem Ankleideraum säße und mein Mieder schnüren wollte?"

Paolo begann tatsächlich zu grinsen und blinzelte Domenico

amüsiert zu. „Donna Laura, Ihr zeichnet hier ein Bild, dem ich kaum widerstehen kann. Sagt mir, wann darf ich mich bei Euch einfinden? Gleich morgen früh vielleicht, um Euch den Morgen mit meinem kühnen Witz zu versüßen und Euch dienen zu können, meine schönste Laura – ‚engelgleiches Wesen, so himmlisch eine Schönheit, auf der Welt so einzig ...‘"?

„Du solltest deine Zeit nicht damit verschwenden, meiner Frau Petrarcas Verse zu zitieren, mein lieber Freund", mischte sich Domenico ein, der sich unbehaglicherweise von Paolo durchschaut sah, „sondern dir ein passenderes Ziel suchen. Nämlich eines, vor dem nicht gerade ein Gatte steht, der seinen Degen auch zu gebrauchen versteht."

Zu seinem größten Ärger brach Paolo in schallendes Gelächter aus. „Wohl dem Gatten, der seinen Degen zu führen versteht!" Er verbeugte sich vor Laura. „Ich muss leider erkennen, dass hier jeder Liebesdienst, den Euch ein anderer erweisen könnte, zu spät kommt, und ich muss meine neue Liebe dem Degen des Gatten überlassen, der – wie er selbst sagt – ihn auch zu gebrauchen versteht. Aber auch hier scheint Petrarca nicht zu irren: ‚Mit seiner Kraft siegt Amor über Menschen, Götter ... , wie man in Prosa und in Versen liest und ...‘"

„Genug jetzt damit!" Domenico warf seinem Freund einen gereizten Blick zu, während Laura die Hand vor den Mund hielt und kicherte. Er hätte Paolo für diese Frechheit am liebsten geohrfeigt. Seine Worte waren als Warnung für Laura und ihre vermuteten Verehrer gedacht gewesen, aber durch sein absichtliches Missverstehen hatte Paolo alles ins Lächerliche gezogen.

„Ach, lass mir doch die Freude, mit einer so reizenden Frau zu sprechen", wandte Paolo, nicht im Mindesten eingeschüchtert, ein. „Und Ihr, Laura, sagt mir, wie es kommt, dass Ihr Euch Gedanken über die Serenissima, die ‚Allerdurchlauchtigste Republik', macht."

„Das tue ich nicht. Ich denke lediglich über die Dinge nach die ich sehe und frage mich, weshalb in einer Stadt, die so schön ist und so viel Vergnügen bietet, so viele Arme leben, die keine Arbeit mehr finden. Und so viele Adelige, die sich verschulden, um in Luxus zu schwelgen, als gäbe es kein Morgen. Mir will das alles etwas seltsam erscheinen."

„Seltsam ... Ja, in der Tat." Paolo begann sich zu Domenicos Leidwesen für dieses Thema zu erwärmen. „Mehr als seltsam sogar, wenn man sieht, wie sehr sich alles verschlechtert. Nehmt alleine den Hafen!" Er wies auf die winterlich leeren Anlegestellen, die wahrlich einen traurigen Anblick geboten hätten, wären nicht doch noch kleinere Boote und eine große Anzahl von Gondeln unterwegs gewesen. Es waren noch weniger Schiffe im Hafen als zur warmen Jahreszeit und viele davon waren mit Planen überdeckt zum Schutz gegen Regen und Kälte. „Hier lagen in meiner Kindheit noch weitaus mehr Galeeren. Und jetzt wird uns von anderen Hafenstädten der Rang abgelaufen. Uns! Der Serenissima! Wahrhaftig, wir können stolz auf uns sein!" Er wies in die Runde. „Hier, eine wachsende Anzahl von Krüppeln, Kranken, die kaum mehr versorgt werden können, weil es sich niemand leisten kann, zu spenden. Wogegen es jedoch fast ebenso viele verarmte Adelige gibt, die Pensionen beziehen, damit sie überhaupt leben können. Aber diese Gecken", er wies abfällig auf einen gepuderten, geschminkten und sehr verweichlicht aussehenden Kavalier, der sich soeben mit gezierten Bewegungen und einem parfümierten Tüchlein vor der Nase durch die Menge drängte, „machen sogar Schulden, um am Abend im Casino hohe Summen verspielen zu können!"

„Du solltest vorsichtiger mit deinen Worten sein, mein Freund", mahnte ihn Domenico. Aber zumindest hatte Paolo jetzt sein Lieblingsthema aufgegriffen und war von Laura abgelenkt. „Oder nur dort sprechen, wo du sicher sein kannst, nicht von einem Spion belauscht zu werden. Hier drängen sich zu viele Leute, und es ist leicht, angeklagt und verurteilt zu werden, wenn man zu laut Kritik übt."

„Das stimmt! Wo man hinsieht Polizei und Spione! Ich glaube, so beliebt und genutzt wie jetzt waren die Bocca del Leone im Dogenpalast und all die anderen Briefkästen, in denen Denunzianten ihre Briefe deponieren, noch nie, um Leute zu verleumden und den Rat der Zehn zu einer Anzeige zu veranlassen. Es geht nur noch darum, sich anzupassen und den Mund zu halten. So zu tun, als wäre alles in Ordnung", erwiderte Paolo hitzig. „Aber hast nicht du selbst bei der letzten Sitzung des großen Rates davon gesprochen, dass unsere Bauern auf der Terraferma unzufrieden sind und weder auf ihrem Land noch in den Städten genug verdienen, um davon leben zu können? Dass die Bevölkerung immer unzufriedener wird? Dass es kein Zufall ist, wenn immer mehr Verbrechen geschehen, es immer zahlreichere Hinrichtungen gibt und immer mehr Verurteilungen zum Galeerendienst?!"

„Doch, das habe ich. Und kein Gehör gefunden, sondern mir bestenfalls Feinde unter den armen Adeligen gemacht, die Angst um ihre vom Staat bezogenen Gelder haben. Aber jetzt verzeih, ich glaube nicht, dass meine Frau dieses Gespräch ähnlich unterhaltsam findet wie du. Der Tag ist zu schön und die Sonne zu freundlich, um über Hinrichtungen zu sprechen." Laura schien zwar nicht im Mindesten gelangweilt, aber er nahm entschlossen ihren Arm und zog sie fort, nachdem sie sich von Paolo verabschiedet hatten. Ihm lag viel mehr daran, mit Laura zusammen zu sein, als mit Paolo über politische Dinge zu sprechen oder Gefahr zu laufen, dass sein Freund weitere Verse zitierte und damit Laura den Hof machte. Er wollte selbst ihre Gegenwart genießen und gleichzeitig mehr über ihre Beziehung zu Ottavio erfahren. Dass dieser in Laura verliebt war, war nicht zu übersehen, und er argwöhnte wohl zu Recht, dass sein Bemühen um sie noch mehr beinhaltete als den richtigen Ort für ein unschuldiges Schönheitspflästerchen zu finden.

„Dein Freund Paolo scheint ein kluger Mann zu sein", sagte Laura, als er sie hinter seinem Diener Enrico, der auch zugleich einer seiner Gondolieri war, durch die Menge führte. Sie schien diesen Trubel zu genießen – er jedoch hasste es, sich durch die Leute zu drängen, und hätte es viel eher vorgezogen, mit ihr jetzt an einem einsamen Ort zu sein.

„Ja, das ist er. Und dabei in vielerlei Hinsicht auch ebenso unklug. Er macht sich Feinde."

„Feinde?" Laura sah ihn groß an.

„Ja, die wenigsten Adeligen mögen es, wenn man ihnen einen Spiegel vorhält, der sie nicht so edel zeigt, wie sie erscheinen wollen – oder der an ihren Privilegien kratzt. Er wäre nicht der Erste, der unter Hausarrest gestellt würde oder in den Bleikammern landet." Er hatte verärgert gesprochen und sah erstaunt zu Laura hinunter, als er ihren festen Griff auf seinem Unterarm fühlte.

„Tust du das auch? Machst du dir auch Feinde?"

„Nein." Er nutzte die Gelegenheit, seine Hand auf ihre zu legen. Wie gut sie sich anfühlte, zart und doch kräftig, lebendig unter seinem Griff.

„Aber du hast doch soeben gesagt, dass du vor dem Senat gesprochen hast und ..."

„Nicht vor dem Senat, dort komme ich nicht hin. Nein, vor der großen Versammlung, dem großen Rat – wo aber ohnehin kaum jemand zuhört, sondern nur alle darauf warten, dass sie wieder den Saal verlassen und ihren Vergnügungen oder Geschäften nachgehen können." Er drückte ihre Hand. „Aber nun lass uns über andere

Dinge sprechen. Ich habe mir zum Beispiel sagen lassen, dass du ziemlich oft hier im Dom zu finden bist", sagte er leichthin, so als würde er einen Scherz machen, „und hatte fast schon angenommen, dass es ein heimlicher Geliebter ist, der dich hier anzieht." Er blickte ihr bei diesen Worten scharf ins Gesicht. Sie trug ihre Maske in der Hand, und er konnte ihr Mienenspiel genau beobachten.

Laura sah ihn bei seinen Worten nur überrascht an und blieb unwillkürlich stehen. „Aber nein!", rief sie dann lachend aus. „Ich muss allerdings zugeben", fügte sie dann mit einem Anflug von Verlegenheit hinzu, „dass ich nicht allein der Andacht wegen hier in die Kirche komme."

Domenicos Blick verschärfte sich. „Sondern?" Vor seinem geistigen Auge sah er hinter jeder Säule und in jeder Nische Scharen unbekannter Verehrer lauern, allen voran Ottavio.

Lauras Lächeln war offen und arglos. „Des Bodens wegen. Wegen der wunderschönen Mosaike auf dem Boden, auf denen die anderen Leute nur achtlos herumtrampeln."

Domenico starrte sie verständnislos an. „Da sind Mosaike? Ich dachte nur oben an der Decke und an den Wänden."

Sie verzog indigniert den Mund. „Du bist eben auch nur der typische arrogante Patrizier, Domenico. Du magst dich vielleicht über die anderen amüsieren, sie tadeln, aber im Grunde siehst du hochmütig wie all die anderen über alles, was wirklich schön und von Bedeutung ist, hinweg."

Ihr Gatte rang zum zweiten Mal innerhalb einer Stunde nach Atem. „Wie war das?"

„Ich sehe keinen Grund, es zu wiederholen", erwiderte sie freundlich.

Domenico starrte sie sekundenlang schweigend an, dann machte er auf dem Absatz kehrt und strebte mit seinen typischen energischen und langen Schritten wieder der Kirche zu. Sein dunkler Umhang wehte hinter ihm her, er hatte seinen Dreispitz abgenommen, trug ihn in der Hand und sein schwarzes Haar glänzte in der kalten Wintersonne. Laura überwand ihre Verblüffung und lief ihm, Enrico im Gefolge, nach. Was hatte er denn jetzt wieder? Ihr Gatte war wirklich der launenhafteste Mann, der ihr jemals begegnet war!

Die Leute in der Kirche hatten sich schon verlaufen, nur noch einige wenige standen in kleinen Gruppen beisammen. Domenico ging langsam im Dom herum. Bunte Mosaike – komplizierte Muster – Tiere – geometrische Formen. Weshalb war ihm das noch nie zuvor aufgefallen? Nun, er war noch nicht oft hier in der Kirche gewesen, nur bei öffentlichen Veranstaltungen, zumeist den Prozessionen des Dogen, deren unzählige im Jahr stattfanden. Aber da hatte er mehr oder weniger gelangweilt ins Leere gestarrt – oder die Leute beobachtet. Wobei ihm die nächtlichen Prozessionen besonders lästig und unangenehm gewesen waren.

Er betrachtete die Mosaike. Die Menschen, die das geschaffen hatten, hatten sich wohl etwas dabei gedacht, aber er hätte noch bis vor Kurzem nicht geargwöhnt, dass dies auch bei seiner Frau der Fall sein könnte. Er wandte sich um, als er ihren leichten Schritt hörte. Sie lächelte, als sie auf die Bilder deutete.

„Sind sie nicht wunderschön?" Sie nahm zu seiner angenehmen Verwunderung seine Hand und zog ihn mit sich zum linken Kirchenschiff hinüber, während Enrico dezent neben dem Eingang stehen geblieben war. „Siehst du hier? Diese hier habe ich am liebsten."

Domenico studierte die Mosaike. Ineinander verschlungene Linien, in deren Mitte sich rosettenartige Muster befanden.

„Die anderen sind natürlich auch herrlich", sprach Laura weiter, „besonders jene, bei denen man das Gefühl hat, als wären sie nicht flach, sondern erhaben, oder als würde man auf einem Gitter stehen. Dabei sind es nur schwarze Steine, die einem aber das Gefühl geben, man könnte hindurchgreifen. Oder diese Sterne mit den vielen Spitzen, die man aufheben möchte, um sie davonzutragen ..." Sie lächelte. „Sie sind alle schön. Die Tiere – dieses wuchtige Tier hier drüben, das ein Horn auf der Nase trägt wie jenes, das man einmal wirklich in Venedig bewundern konnte. Die bunten Steine ... Aber dieses Muster hier mag ich am allerliebsten." Sie begann, mit kleinen Schritten einer der Linien, die sich in verschlungenen Kreisen den Weg durch das Kirchenschiff bahnte, zu folgen. Dabei entfernte sie sich von ihm.

Domenico blieb ruhig stehen, verfolgte den Weg der Linie und Lauras. Er wusste, es würde nicht lange dauern, bis das Muster sie zu ihm zurückführte. Und tatsächlich war sie nach einigen Kreisen, Drehungen wieder bei ihm und fasste ihn abermals an der Hand.

„Siehst du?" Laura war etwas atemlos. Nicht vom Gehen, sondern vor Aufregung, weil ihr Gatte ihr tatsächlich ernst zuhörte, ohne sie wie sonst zu belächeln.

„Ist das nicht wunderbar? Ich gehe oft diese Muster entlang, wenn mich niemand beobachtet, oder stehe nur einfach da und verfolge

diese Kreise mit den Blicken. Sie erinnern mich an etwas. Man geht einfach einen Weg, denkt, man entfernt sich, und dann kommt man doch wieder an den Punkt zurück. Wenn ich sie ansehe, denke ich an die Liebe, die mich verschlungene Pfade geführt hat, um ..."
Sie unterbrach sich tief errötend und verbarg ihre Hand wieder im Muff. Schließlich war sie drauf und dran gewesen, ihm eine Liebeserklärung zu machen. Es lag ihr ja auch so sehr auf der Zunge, ihm ihr Herz zu öffnen. Ihm einfach in die Arme zu fallen, ihm ihre Liebe und ihre Sehnsucht zu gestehen und ihn zu bitten, auf all die anderen Frauen zu verzichten und nur bei ihr zu bleiben. Aber noch war es wohl nicht so weit. Was war, wenn er sich dann wieder von ihr abwandte, abgestoßen durch diese Aufdringlichkeit? Dieses Mal würde die Kränkung weit tiefer schmerzen als je zuvor.

„... um dich dann doch wieder an einen ganz bestimmten Punkt zurückzubringen", vollendete Domenico ihren Satz. Er holte ihre Hand aus dem Muff und sah nachdenklich darauf. Dann zog er sie zu ihrer Verlegenheit an seine Lippen.

„Aber Domenico ..." Laura sah sich errötend um. „Das ... das tut man doch nicht."

„Doch, das sieht man in Venedig an jeder Ecke", erwiderte er ungerührt. Seine Lippen waren warm auf ihren Fingern, die trotz des kostbaren Muffpelzes kalt waren.

„Aber nicht in der Kirche. Und schon gar nicht von Ehemännern."

„Nein, vermutlich nicht." Er drehte ihre Hand um, strich mit den Fingerspitzen über die Handfläche, fuhr die Linien nach. Es kitzelte und heiße Ströme – von ihrer Hand ausgehend – durchliefen Laura. Sie wollte sie ihm entziehen, aber er hielt sie zu fest, betrachtete sie so lange, als hätte er alle Zeit der Welt und als wären sie völlig allein in der Kirche. In Wahrheit jedoch waren um sie herum immer noch genug Leute, und als Laura hochsah, blickte sie in ein kühles, helles Augenpaar, das zu einer strahlenden Schönheit gehörte, die soeben ihre Maske abnahm und herübersah. Das blonde Haar wurde nur unzureichend von der Kapuze des Mantels verdeckt, es leuchtete sogar im Schein der Kerzen. Nicoletta Martinelli.

Es war hier in dieser Kirche gewesen, als sie diese Frau zum ersten Mal gesehen hatte. Einen Tag vor ihrer Hochzeit und vor der Erfüllung all ihrer Wünsche hatte Laura begreifen müssen, dass die raue Wirklichkeit nichts mit ihren Träumen zu tun hatte. Sie war in der Begleitung von Sofia, einer entfernten Cousine der Familie ihres Bräutigams, hier gewesen, als das junge Mädchen sie auf eine strahlende Schönheit aufmerksam machte, die wie eine Königin einherschritt, umgeben von mehreren Verehrern, die sich um sie scharten, sie hofierten und mit Liebenswürdigkeiten überschütteten. Laura hatte diese Schönheit während der Messe von Ferne bestaunt, bis Sofia ihr zugeflüstert hatte, dass eben diese Frau Domenicos Mätresse wäre. Und nicht nur seine Mätresse, sondern auch gleichzeitig seine große Liebe, die er nur deshalb nicht zu seiner Gattin hatte machen können, weil es unmöglich war, dass ein Patrizier, dessen Namen schon seit vielen Generationen im Goldenen Buch der venezianischen Adelsfamilien verzeichnet war, die Tochter einfacher Eltern heiratete.

Laura war wie vom Schlag gerührt gewesen, und sie wusste bis heute nicht, wie sie es geschafft hatte, ein gleichmütiges Gesicht aufzusetzen, zumal diese Sofia auch noch einige sehr treffende und schmerzhafte Bemerkungen über sie selbst hinzugefügt hatte. Zuckersüß verbrämte Bemerkungen, die sich hinter einem Lächeln verbargen, die sie jedoch zutiefst gedemütigt hatten. Noch jetzt fühlte sie deutlich das Gefühl der Beschämung, als ihr der Unterschied zwischen der schönen Nicoletta Martinelli und ihr selbst zu Bewusstsein gekommen war. In diesen Minuten war ihr klar gemacht worden, dass die Ehe ihrem zukünftigen Mann nur einen Vorwand bot, weiterhin seinen eigenen Vergnügungen nachgehen zu können, und sie hatte erkannt, dass sie bei Domenico Ferrante nichts von dem finden würde, was sie sich in diesen engen Klostermauern, in denen sie ihre Kindheit und Jugend verbracht hatte, erträumt hatte. Keine große Liebe, keine Romantik und keine Leidenschaft. Nur einen Mann, der die Augen verdrehte, als sie versucht hatte ihm zu sagen, dass sie seine Liebe wollte.

Laura presste die Lippen aufeinander. Ausgerechnet diese Frau musste jetzt hier anwesend sein und den Zauber stören. Ob Domenico ihre Hand ebenfalls so gehalten und geküsst hatte wie er das jetzt tat? Ein kleiner Schauder überlief sie, als sie jetzt seine Lippen fühlte, die sich zart auf ihre Handinnenfläche drückten.

Er bemerkte Lauras angespannten Ausdruck und sah sich um. Nicoletta hatte jedoch schon längst die Maske wieder aufgesetzt, sich umgedreht und war in der Schar ihrer Verehrer verschwunden.

„Wir sollten jetzt gehen", flüsterte Laura. Sie brachte ein zittriges Lächeln zustande. Einerseits triumphierte sie, dass die Rivalin Domenico dabei gesehen hatte, wie er seiner Frau die Hand küsste – noch dazu auf diese sehr intime Art – und andererseits hatte sich die

Helligkeit dieses Tages für sie ein wenig getrübt. Warum nur immer diese Frau? Warum musste sie genau dann auftauchen, wenn Laura die Hoffnung hatte, glücklich sein zu können?
Domenico lächelte sie ebenfalls an. Es war nicht das flüchtige oder ironische Lächeln, das sie sonst kannte, sondern warm und liebevoll. Er drückte ihre Hand, dann streifte er den Muff wieder fürsorglich darüber und nahm ihren Arm.

Auf dem Heimweg konnte Domenico keinen Blick von seiner Frau lassen. Sie hatte tatsächlich Eigenschaften an sich, die ihm bisher nicht bewusst geworden waren. Als sie diese ineinander verschlungenen Kreise betrachtet und ihm ihre Bedeutung erklärt hatte, hatte sich ihr Gesicht verändert. Das Lächeln war so warm und innig geworden, sehnsüchtig – so sehnsüchtig wie seine Gefühle für sie.

Die letztere Erkenntnis überraschte ihn.

Er hatte Laura als ein so vollkommen anderes Wesen kennengelernt, nicht zu vergleichen mit diesem verschreckten und widerspenstigen Geschöpf, das er damals als seine Braut heimgeführt hatte. Was hatte diese Frau nur an sich, dass er plötzlich nicht genug von ihr bekommen konnte? Er war wie besessen von ihr und ihrem Körper und hatte sich bei ihrem geheimen Zusammensein vor einer Woche förmlich darin verloren. Eine Woche, die ihm endlos lang erschienen war, weil das Verlangen nach ihr mit jedem Tag stärker und unerträglicher geworden war.

Eine Woche, in der er keinen Brief mehr geschickt hatte, um sie zu ihrem geheimen Liebesnest zu bestellen. Er musste erst nachdenken. Dieses Spiel gefiel ihm zwar, reizte ihn. Vielleicht sogar etwas zu sehr. Es war erregend, sich heimlich mit der eigenen Frau zu treffen, als Fremder ihre Lust und ihre Hingabe zu erwecken und zu genießen, aber es gab ihm auch zu denken. Konnte es sein, dass er sich in seine eigene Frau verliebt hatte? War es etwa so, dass ihm diese lächerlichen romantischen Vorstellungen, die ihn an Laura so gestört hatten, jetzt selber zu schaffen machten? Ähnliche Dinge sollten schon vorgekommen sein, und wenn er es auch immer für ein Märchen gehalten hatte, dass aus einer aus Vernunft geschlossenen Ehe eine heiße Liebesbeziehung entspringen würde, so konnte er die Tatsache nicht ganz von der Hand weisen, dass seine Gefühle für Laura – wenn schon nicht Liebe – so doch einer sehr leidenschaftlichen Zuneigung gleichkamen.

Jetzt saß er dicht neben ihr in der Gondel, hatte den warmen Pelz behutsam über ihre Beine gelegt und spürte wieder den bekannten Druck zwischen seinen Beinen bei der Erinnerung an die Gondelfahrt, die sich dem Theaterbesuch angeschlossen hatte. Wie reizvoll müsste es jetzt sein, die Vorhänge zu verschließen, dann hinüberzugreifen und ... Er zuckte zusammen, als sie ihn anlächelte und die Hand auf seine legte. Die Berührung fuhr wie ein Blitz in alle seine Körperteile.

„So düstere Gedanken, Domenico?"

Ihr Lächeln war zuviel. Diese Lippen, von denen er wusste, wie unendlich weich und zärtlich sie sein konnten, diese Grübchen in den Wangen. Er zog kurzentschlossen die Vorhänge vor die Schiebefenster und beugte sich hinüber. Ihre Lippen kamen immer näher, aber das Lächeln darauf hatte sich verändert. Es war ernster geworden, erwartungsvoller, und als er in ihre Augen blickte, sah er auch hier diese Erwartung und eine Sinnlichkeit, die ihm den Atem nahm. Eine unsinnige Hoffnung stieg in ihm hoch, die er nicht einmal zu Ende denken wollte. Was hatte sie gesagt über die verschlungenen Pfade der Liebe, die sie wieder zurückgeführt hätten? Zurück zu ihm etwa? Sprach denn nicht ihr verändertes Benehmen dafür, dass sie ahnte, mit wem sie sich heimlich traf? Oder wollte sie ihren Ehemann nur damit in Sicherheit wiegen, wie die anderen Frauen dies taten? Aber nein, es war unvorstellbar für ihn, dass seine Laura tatsächlich eine solche Lügnerin sein konnte.

In diesem Moment hielt die Gondel an. Enrico trat an die Tür der *felze*. „Wir sind angekommen, *sior patrone*. Und vor uns ist der Diener von Donna Marina und winkt uns. Er sagt, Donna Marina möchte mit Euch sprechen."

Domenico erstarrte in der Bewegung. Nur noch eine knappe Handbreit trennte ihn von diesen feuchten Lippen. Eine Handbreit und seine Schwester. Er wandte sich mit einem stillen Fluch ab und zog den Vorhang zurück. „Sag ihr, dass ich komme."

Er ergriff Lauras Hand, zog sie hoch und schob Enrico fort, der ihr beim Aussteigen helfen wollte. Wenn er sie schon nicht küssen konnte, dann wollte er sie wenigstens berühren. Er ließ ihre Hand auch nicht los, als er die Steinstufen hinüberging, dort wo der Gondoliere seiner Schwester die Gondel eng ans Ufer hielt.

Marina hatte das Fenster zurückgeschoben, lächelte Laura zärtlich zu und wandte sich dann an ihn. „Ich habe nicht viel Zeit, Domenico. Ich wollte dir nur schnell Bescheid sagen, dass ich Sofia soeben bei euch abgesetzt habe."

„Wie bitte!?" Der Schock fuhr Domenico in alle Glieder.

„Sofia. Sofia Bandello. Du kennst sie doch!" Marinas Lächeln wurde unter dem Blick ihres Bruders etwas fahrig.

„Sie kann nicht hier bleiben." Seine Stimme klang gereizt. Im ersten Moment war er versucht gewesen, das als schlechten Scherz abzutun, aber jetzt wurde ihm klar, dass Marina den Verstand verloren haben musste. Sofia hatte er in den vergangenen Tagen völlig vergessen. Was fiel ihr nur ein, hierher zu kommen und auch noch hier wohnen zu wollen! Hatte sie sein Schreiben nicht erhalten, in dem er sie dringend gebeten hatte, in Paris zu bleiben? Seine Geliebte und seine Frau, die er verführen wollte, unter einem Dach! War Sofia wirklich so bar jeden Anstands? Nicht, dass ihm ein gewisser Mangel an Anstand in den Wochen, in denen sie seine Geliebte gewesen war, nicht gefallen hätte, aber hier – in Venedig – war er daheim. Und hier war Laura.

„Es ist ja nur für einige Tage. Sie ist gestern angekommen, das kleine süße Ding, ohne vorher Bescheid zu sagen. Aber ich kann sie im Moment unmöglich bei mir aufnehmen – jetzt, zur Karnevalszeit! Wir haben fast ständig Gäste. Bei uns ist es unruhig, und außerdem ist dieses Treiben nicht der richtige Ort für ein junges Mädchen. Bei euch ist es ruhiger, Mutter veranstaltet keine Feste. Sie wird die richtige Gesellschaft für Laura sein. Ein nettes, munteres Ding!"

„Ich sagte nein!"

„Mutter hat bereits ihr Einverständnis gegeben." Marina sprach hastig, um die offensichtliche Schwäche ihrer Argumente zu verbergen und Domenico keine Zeit zu geben, allzu heftig zu widersprechen. Und ehe ihr Bruder, dessen Gesichtsausdruck sich gefährlich verdunkelt hatte, tatsächlich noch etwas antworten konnte, winkte sie auch schon ihrem Gondoliere und warf ihrer Schwägerin eine Kusshand zu. „Leb wohl, Laura! Du kommst doch nächste Woche zum Ball, nicht wahr?!"

Laura sah der rasch davoneilenden Gondel nach und wandte sich dann Domenico zu.

„Sofia ist die Nichte von Marinas Mann", brummte er. „Du hast sie schon getroffen. Sie hatte uns besucht, als wir geheiratet haben. Ich möchte schwören, dass Marina sie nur deshalb bei uns untergebracht hat, damit sie nicht ihrem Sohn den Kopf verdreht."

Laura konnte sich nur allzu gut an diese Bekanntschaft erinnern!

Noch heute brannte die Demütigung über dieses süffisante Lächeln und die freundlich-ironischen Worte wie Feuer in ihr. Sie dachte an Nicoletta Martinelli, die ihr soeben über den Weg gelaufen war. Und jetzt auch noch diese Sofia. *„Ein Unglück kommt eben selten allein"*, dachte sie verstimmt. *„Die Leute, die das sagen, haben schon Recht."*

„Aber Pasquale ist doch erst fünfzehn!", erwiderte sie laut.

„Eben." Domenico, der sich weigerte, ihre Hand loszulassen, zog sie mit sich die Stufen zum Portal hinauf. Der Diener hatte die Tür bereits geöffnet, und Laura trat vor Domenico in die Eingangshalle. Ein Mädchen nahm ihnen den warmen Umhang ab und sie schritten gemeinsam die breite Treppe empor, die in den *portego* mündete, jenen zentralen Raum des Palazzos, von dem aus man Zugang zu den Salons und intimeren Räumlichkeiten hatte. Einen Raum, den Laura sonst mochte, weil an den Wänden die Gemälde sämtlicher Vorfahren Domenicos hingen und sie Stunden damit verbringen konnte, von einem Bild zum anderen zu gehen und nach Ähnlichkeiten zu suchen. Dieses Mal näherte sie sich jedoch diesem Raum mit dem Gefühl, dass Unheil drohte. Sie hatten auch kaum den Fuß auf die letzte Treppenstufe gesetzt, als schon eine hell klingende Stimme an ihr Ohr drang.

„Hat da nicht soeben Domenicos Gondel angelegt?" Ein Rascheln von Kleidern, ein Trippeln und dann erschien vor Lauras Augen ein Geschöpf aus Seide, Rüschen, Spitzen, weiß gepudertem Haar und großen, unschuldig blickenden himmelblauen Augen. Als dieses zauberhafte Wesen jedoch mit einem Aufschrei Domenico an die Brust flog und die roten Lippen auf seine presste, wurden Lauras Augen schmal.

Domenico machte sich ungeduldig frei und wischte sich unwillkürlich über den Mund. „Sofia, ich bitte dich!" Ihm war in den letzten Minuten aus verschiedenen Gründen heiß geworden. Zum einen aus Angst, Laura könnte entdecken, was zwischen ihnen beiden war, und zum anderen war Sofia ja alles andere als reizlos. Die Erinnerung an all die heißen Liebesnächte, die sie miteinander geteilt hatten, stieg unweigerlich in ihm hoch. Sofia war eine Nymphe, ein kindlich-sinnliches Geschöpf, das seine gespielte Unschuld dazu verwendete, Männern den Kopf zu verdrehen. Er hatte diese Beziehung damals nicht von selbst begonnen – auch wenn sie ihn gereizt hatte – und er wusste, dass dieses „unschuldige junge Mädchen" schon so manchem Mann vor ihm mit ihrem Körper und ihrer Liebe beglückt hatte. Sie hatte ihn in Paris aufgesucht, und als er sie eines schönen Abends in seinem Bett vorgefunden hatte, hatte er nicht die Kraft gehabt, sie wegzuschicken. Aber nun kam sie mehr als ungelegen.

Laura entging nicht, dass Domenicos Stirn sich bei dieser liebevollen Begrüßung gerötet hatte, und sie hätte schwören mögen, dass es nicht vor Ärger war. Ihrer Abneigung gegen Sofia gesellte sich nun auch noch Eifersucht hinzu. Deren blaue Augen hingen anbetend an Domenico und sie machte einen niedlichen Schmollmund, den Laura ihr am liebsten mit ihrem Muff aus dem Gesicht geschlagen hätte. Sie war erstaunt über sich selbst. Sie war sonst ein umgänglicher Mensch, der versuchte, jeden zu mögen – aber dieses Ding hier hatte sie vom ersten Moment an gehasst. Nämlich von jenem Moment an, als sie ihr mit diesem spöttischen Lächeln Nicoletta, Domenicos Mätresse, gezeigt hatte. Und jetzt ... was sollte sie nur davon halten? Diese Begrüßung ging weit über alles hinaus, was zwischen Leuten, die nicht einmal miteinander verwandt waren, üblich und akzeptabel war.

Domenico legte seine Hand unter ihren Ellbogen. Es war eine beschützende, liebevolle Geste. „Laura, du kannst dich doch an Sofia erinnern, du hast sie bei unserer Hochzeit kennengelernt."

Nur zu gut. Laura schluckte die heftige Abneigung hinunter und lächelte kühl. „Ja, gewiss. Sofia war sogar so nett, mir die Sehenswürdigkeiten von Venedig zu zeigen." „*Vor allem die weiblichen*", dachte sie bitter.

Sofias Blick glitt abschätzend über Laura, dann verstärkte sich das reizende Lächeln und sie reichte ihr beide Hände. „Laura, meine Liebe, fast hätte ich dich nicht wiedererkannt! Was für ein reizendes Kleid! So etwas ähnliches habe ich in Paris gesehen! Das war vor fast einem Jahr dort die große Mode! Ach, Paris! Wie schön war es dort!"

Laura lächelte höflich, aber in Gedanken kratzte sie dieser bösartigen Schlange quer über das Gesicht.

„Weshalb bist du dann nicht in Paris geblieben?" Domenicos Stimme klang kühl.

„Weil ich Sehnsucht nach euch hatte!" Zu Lauras Ärger hakte sie sich bei ihr unter und zog sie weg von Domenico.

„Domenico meint das nicht so, er tut nur immer so brummig. Hat er dir nicht erzählt, dass wir uns in Paris getroffen haben? Ach, meine liebe Laura, wie sehr freue ich mich, dich wiederzusehen!"

Domenico blieb stehen, ballte die Hände zu Fäusten und überlegte, ob fünf rasche Ave-Maria hintereinander einen Mann wirklich vor einem Wutausbruch retten konnten, so wie Pater Antonio – sein alter Lehrer – ihm das immer glaubhaft versichert hatte. Diese Frau war genau das, was er im Moment am wenigsten brauchen konnte. Ausgerechnet jetzt, wo er sich überlegte, ob er Laura nicht endlich alles sagen und einen Neubeginn mit ihr machen sollte.

Er war gerade beim zweiten Ave-Maria angekommen, als sich leicht eine Hand auf seinen Arm legte. Seine Mutter stand vor ihm. „Es tut mir leid, Domenico. Ich sehe, dass es dir nicht recht ist, wenn sie hier wohnt. Aber Marina war so viel daran gelegen, sie aus dem Haus zu haben."

„Das kann ich mir vorstellen", erwiderte Domenico trocken. Es war ihm noch weniger als ‚nicht recht', dass Sofia ausgerechnet hier wohnte. Er schluckte eine scharfe Antwort hinunter, als er den Blick aus einer Mischung aus Verlegenheit und Reue bemerkte, mit dem seine Mutter ihn ansah. Wenn sie wüsste, wen sie hier unter ihrem Dach hatte, wäre sie sofort in Ohnmacht gefallen. Vor allem, da sie nie den geringsten Zweifel darüber ließ, wie sehr sie Laura mochte und schätzte. „*Zu Recht*", dachte er, wobei er sich mit mehr als einem Anflug von schlechtem Gewissen daran erinnerte, wie oft gerade seine Mutter ihn in ihren Briefen gemahnt hatte, seiner Frau die nötige Aufmerksamkeit und den ihr zustehenden Respekt zu zollen.

„Sie bleibt ja nur wenige Wochen, bis zum Ende des Karnevals." Seine Mutter tätschelte ihm die Wange, etwas, das er keiner anderen Frau jemals gestattet hätte. Und auch sie tat es zögernd, als fürchtete sie, er würde sich ihr entziehen. In Domenico stieg etwas völlig Unerwartetes hoch. Zum ersten Mal seit langer Zeit wurde ihm klar, wie viel sie ihm bedeutete. Er war zwar wie üblich mit Amme, Kindermädchen und Lehrer aufgewachsen und hatte seine schöne Mutter immer nur kurz gesehen. Meist dann, wenn sie sich am Abend von ihm verabschiedete, um auf eine Festlichkeit zu gehen. Nach dem frühen Tod seines Vaters hatte sich das jedoch geändert, sie hatte sich zurückgezogen und war eine stille, ruhige Frau geworden. Erst jetzt, wo ihn ähnliche Gefühle plagten, begriff er, dass sie seinem Vater mehr Zuneigung entgegengebracht haben musste, als er bisher angenommen hatte. Ohne lange nachzudenken streckte er die Arme aus und zog seine erstaunt lächelnde Mutter in seine Umarmung. Sekundenlang grübelte er über seine plötzliche Sentimentalität nach, aber dann beschäftigten sich seine Gedanken, während er liebevoll mit der Hand über den schmalen Rücken seiner Mutter streichelte, wieder mit Laura.

Bis zum Ende des Karnevals war er bestimmt schon von einer Katastrophe in die andere geschlittert und hatte sich die Liebe seiner Frau endgültig verscherzt. Vielleicht war es das beste, mit Laura abzureisen. Allerdings, sie hatte sich so sehr auf die Bälle gefreut, hatte sich, durch ihn ermuntert, einige neue Kleider anmessen lassen – womit er versucht hatte, diesen ersten, wütenden Einfall in ihre Garderobe wiedergutzumachen. Er konnte jetzt nicht abreisen und ihr diese Freude nehmen, nicht ausgerechnet jetzt, wo er bemerkt hatte, dass sie sich ihm gegenüber veränderte.

Vom Salon her klang Sofias glockenhelles Lachen und er schloss gequält die Augen. Bis zum Ende des Karnevals würde er allerdings wohl noch viele Ave-Marias und eine gehörige Portion Glück benötigen.

Eine Woche später hatten sich Domenicos Probleme immer noch nicht gelöst. Er hatte sich – wie so oft in den vergangenen Tagen – in sein Arbeitszimmer zurückgezogen, saß über seine Bücher gebeugt und versuchte, sich von Sofia und viel mehr noch von Laura abzulenken. Obwohl er die Tür geschlossen hatte, konnte er von Zeit zu Zeit Sofias Zwitschern hören, das durchs Haus klang. Sie schien überall zu sein, jagte die Bediensteten und am meisten ihre Zofe herum, war einmal im Hof, dann ganz nahe vor seiner Tür und dann wieder kaum hörbar. Er hatte versucht, mit ihr zu sprechen, hatte ihr klar machen wollen, dass sie abreisen sollte, da er gedachte, seiner Frau in Zukunft ein besserer Gatte als bisher zu sein. Er hatte zwar nichts von seiner wachsenden Leidenschaft zu Laura gesagt, das wäre Sofia gegenüber äußerst unklug gewesen, aber er hatte versucht, überzeugend zu sein, sich bei ihr entschuldigt und ein kostbares Abschiedsgeschenk versprochen. Sein Gewissen der jungen Frau gegenüber war nicht gerade rein. Sie hatte sich ihm zwar an den Hals geworfen, aber immerhin hatte er sie auch nicht gerade weggestoßen, und ihre Beziehung hatte etliche Wochen gedauert.

Sie hatte ihm zugehört, ein bisschen geweint, ihn angeklagt und war dann überraschend verständnisvoll gewesen. Als er sie jedoch gebeten hatte das Haus zu verlassen, war sie ihm ausgewichen. Und ihm war klar geworden, dass Sofia sich nicht so einfach zur Seite schieben lassen würde. Nicht ohne einen Skandal.

101

Mit einem nicht zu unterdrückenden Seufzen wandte er sich wieder den endlosen Zahlenreihen in seinem Geschäftsbuch zu. Sein Großvater hatte auf großem Fuß gelebt und hatte seinem Sohn, als er im letzten Krieg gegen die Türkei gefallen war, wo er als einer der Admiräle mehrere Schiffe kommandiert hatte, hauptsächlich Schulden vererbt. Domenicos Vater, von weniger abenteuerlicher und mehr kränklicher Natur, war ein weitaus besserer Kaufmann gewesen als seine Vorfahren und hatte es geschafft, die Schulden zu begleichen und seinem einzigen Sohn, Domenico, ein kleines, hauptsächlich in Landbesitz angelegtes Vermögen zu vererben.

Domenico, der zwar früher schnell mit dem Degen gewesen war und sich auf so manche Eskapade eingelassen hatte, war nach dem frühen Tode seines Vaters zur Meinung gelangt, dass es besser wäre, seine Kräfte nicht für Abenteuer, sondern für geschäftliche Dinge zu verbrauchen. Er hatte begonnen, kleine Teile seiner Landgüter zu verkaufen, um damit Teilhaberschaften bei den Manufakturen auf dem Festland zu erwerben. Sein Instinkt hatte ihn nicht getrogen, und bald schon konnte er sich an einem hübschen Zuwachs seines Vermögens erfreuen. Viele der alteingesessenen, von ihrer edlen Herkunft überzeugten Patrizier hätten es wohl belächelt, hätten sie gewusst, dass einer von ihnen seinen doch manchmal recht aufwändigen Lebensstil durch die Herstellung und dem Verkauf von Wachs, Glaswaren und Seide bestritt. Aber damit hatte er nicht nur die früher verkauften Ländereien wieder zurückerworben, sondern auch noch zusätzliche dazugekauft und seinen Lieblingslandsitz, der stromaufwärts an der Brenta lag, weiter ausgebaut. Er hatte ihn dazu bestimmt gehabt, einmal seine Familie zu beherbergen, seine Frau und seine Kinder, während er ungestört seinen Geschäften und seinen Vergnügungen nachgehen konnte. Aber wenn er jetzt daran dachte, dann sah er sich selbst dort, gemeinsam mit Laura. Laura, wie sie mit offenem Haar und in einem einfachen Kleid mit nackten Füßen durch das hohe Gras lief. Laura, wie er sie gegen den Stamm eines alten Olivenbaumes presste und küsste, bis sie beide atemlos waren. Laura, nackt in seinem Bett, der Blick verhangen vor Lust und vor Liebe zu ihm, mit Lippen, die von seinen Küssen rot und geschwollen waren, auf ihrer weißen Haut die Male seiner saugenden Lippen.

Laura. Immer und überall nur Laura. Er hatte sie in dieser Woche nur einmal als Cavaliere gesehen, einige sehr leidenschaftliche und innige Stunden mit ihr verbracht, sich dann jedoch darauf beschränkt, ihr als Ehemann vorsichtig den Hof zu machen und ihre Gefühle für ihn auszuloten.

Schließlich nannte er sich selbst einen Esel, dem seine eigene Frau nicht aus dem Kopf ging, schlug das Buch zu und erhob sich. Es war vielleicht eine gute Idee, sie zu einer kleinen Spazierfahrt aufzufordern, weg von Sofia, wo er sie für sich alleine hatte und vielleicht sogar versuchen konnte, sie zu verführen.

Er verließ seinen Arbeitsraum und traf zu seiner Überraschung im *portego* auf Laura, die einen Mantel umgelegt hatte und etwas in der Hand trug. „Du gehst fort?" Er bemühte sich, seine Stimme nicht scharf oder argwöhnisch klingen zu lassen. Es war ihm schon aufgefallen, dass sie oft alleine ausging, und er hatte sich bereits seine Gedanken darüber gemacht. Da sie jedoch meist ohne Maske das Haus verließ, schien ihm das nicht ein Zeichen dafür zu sein, dass ihre Unternehmungen das Licht des Tages scheuten, auch wenn es ungewöhnlich war, dass eine Dame unbegleitet, unmaskiert und in einem schlichten Kleid durch die Straßen lief. Dieses Mal würde sie allerdings nicht so davonkommen. Jedenfalls nicht ohne seine Begleitung.

Laura nickte nur verlegen. Sie hatte Sofia und ihrer allgegenwärtigen Präsenz im Palazzo entkommen wollen und als Vorwand ein Buch genommen, um es in die Bibliothek zurückzubringen. Sie ging dort des Öfteren hin, verbrachte oft Stunden damit, in Büchern zu blättern, phantasievoll ausgeführte Landkarten und alte Stiche zu bewundern. Sie hatte das in ein Tuch gewickelte Buch hinter ihrem Rücken versteckt. Einerseits war sie sehr in Versuchung, Domenico zu beeindrucken, andererseits jedoch war es durchaus möglich, dass er sie wieder auslachte. Das Buch, das sie diesmal gewählt hatte, war sehr schwierig zu lesen gewesen, und er würde vielleicht sagen, dass sie sich die Mühe hätte sparen können. So, wie er das schon früher einmal getan hatte, als sie neugierig geworden, womit sich ihr Mann beschäftigte, ihre Nase in eines seiner Bücher gesteckt hatte. Und dann hatte er sie noch ausgelacht, weil sie die schönen Bucheinbände gelobt hatte. Dabei hatte sie ihm nur eine Freude machen wollen.

Domenico, dem die Verlegenheit seiner Frau, mit der sie etwas hinter ihrem Rücken verbarg, nicht entgangen war, wurde misstrauisch. Seine seit seiner Ankunft in Venedig stets wache und – wie man an den Treffen mit dem Cavaliere ja auch sah – nicht unberechtigte Eifersucht, ließ ihn gebieterisch die Hand ausstrecken. „Was hast du da?"

Laura schüttelte den Kopf. „Nichts weiter."

„Du versteckst doch etwas vor mir!"

„Es ist nichts." Sie versuchte, an ihm vorbeizukommen, aber er hielt sie auf.

„Ist es ein Liebesbrief?", fragte er spöttisch.

„Nein!" Trotzig starrte Laura ihm ins Gesicht. „Natürlich nicht!"

„Dann kannst du mir ja zeigen, was du in der Hand hältst." Domenico hasste sich selbst für seine unfreundliche Art, aber er vertrug es nicht, wenn seine heimliche Geliebte Geheimnisse vor ihm hatte.

Laura funkelte ihn an, dann hielt sie ihm wütend das Paket hin. Er nahm es in die Hand, wickelte es aus dem Tuch und sah erstaunt auf das Buch.

„Bist du nun zufrieden? Ich hatte es mir aus der Bibliothek geliehen und wollte es jetzt zurückbringen!"

Er blinzelte ironisch. „Ein etwas anzügliches Werk vermutlich, wenn du es so versteckst? Von Aretino wohl gar? Seine ‚Kurtisanengespräche'?" Die Sache amüsierte ihn. Sein Liebchen hatte sich also tatsächlich ein erotisches Werk geliehen – vermutlich, um ihrem Cavaliere d'Amore beim nächsten Schäferstündchen mit gewissen neuen Einfällen zu beeindrucken. Eine seiner früheren Mätressen hatte das getan und es hatte ihn damals amüsiert, als er gewisse Szenen und Stellungen hatte nachlesen können. Nun, solange er selbst in den Genuss von Lauras neu erwachtem Interesse kam, konnte es ihm nur recht sein.

Um sie ein wenig zu necken, schlug er das Buch auf. „Dante?", fragte er nach einigen Sekunden des Erstaunens, als er nicht ein schlüpfriges Werk des „göttlichen Aretino" erblickte, sondern vielmehr die „Göttliche Komödie". Es war ihm damals, als er sie aus dem eiskalten Bad gezerrt hatte, schon aufgefallen, dass Laura Bücher bekannter Dichter auf dem Nachttisch liegen hatte. Er hatte sich an diesem Tag darüber amüsiert, aber nun gewann er immer mehr den Eindruck, dass seine Frau diese Bücher tatsächlich las. „Weshalb hast du es vor mir versteckt?"

„Weil … weil du dich immer über mich lustig gemacht hast", erklärte Laura vorwurfsvoll und zugleich ein bisschen stolz, weil sie ihn hatte verblüffen können. „Du hast mich ausgelacht, als ich deine Bücher ansah und mir gesagt, es wäre für mich nicht der Mühe wert, sie für einen anderen Zweck als zum Abstauben aus den Regalen zu nehmen."

Domenico spürte deutlich eine leichte Röte der Scham in seine

Wangen steigen, etwas, das ihm schon seit vielen Jahren nicht mehr passiert war. Im Grunde genommen seit seinen frühesten Jugendtagen nicht mehr. „Habe ich das wirklich gesagt?", murmelte er verlegen. Er gab Laura das Buch zurück und strich zart über ihre Wange. „Das tut mir leid, meine Li ...", er hatte „meine Liebste" sagen wollen und verbesserte sich schnell, „... meine liebe Laura."

„Ich habe dir nichts zu verzeihen", erwiderte Laura. „Du musst mich ja wirklich für sehr ungebildet und dumm halten." Sie senkte lächelnd den Blick. „Was ich ja auch bin, im Vergleich zu dir."

Domenico bemerkte, dass er immer noch über die weiche Wange streichelte, und es ihm unmöglich war, seine Hand zurückzuziehen. Was hatte seine Geliebte nur für eine zarte, weiche Haut. Er trat einen Schritt näher. Laura kam ihm zu seiner Genugtuung entgegen, und als er seinen Arm um sie legte, ließ sie einfach das Buch fallen. Alles andere trat zurück, und da war nur noch dieses Rauschen in seinem Kopf, Lauras weicher Körper, der sich an ihn schmiegte. Eine vertraute Hitze stieg in ihm hoch, alles in ihm drängte sich danach, sie fester zu umfassen. Jetzt war wohl genau der richtige Moment, ihre Nachgiebigkeit auszunutzen, sie in sein Zimmer zu tragen und dort all das mit ihr zu machen, was er bisher nur unter dem Mantel der Verkleidung getan hatte.

Ein helles, etwas gekünsteltes Lachen in seinem Rücken unterbrach seine lustvollen Absichten.

Laura fuhr erschrocken zurück. Sie wollte sich freimachen, aber Domenico lockerte lediglich ein wenig seinen festen Griff, ohne sie ganz loszulassen. Er war schließlich der Herr in diesem Haus und wenn es ihm gefiel, seine Frau hier, mitten im *portego* – wo jeder der Hausbewohner sie sehen konnte und seine Vorfahren aus ihren Bilderrahmen starrten – im Arm zu halten, so war das allein seine Sache.

Es war Sofia, sie stand in der Tür zu einem der Salons. Ihre Stimme klang zuckersüß, auch wenn aus ihren Augen Blitze schossen. „Welch ein reizender Anblick. Wir sollten das traute Ehepaar besser nicht stören."

„Stimmt." Domenico hätte seine ehemalige Geliebte am liebsten auf der Stelle rausgeworfen. Und hinter ihr erschien noch dazu zu seinem größten Missfallen Ottavio, der Laura mit seinen Blicken zu verschlingen drohte. Wieder fiel Domenico auf, dass sein Vetter – trotz seiner Drohung – viel zu oft im Haus anzutreffen war. Es war wohl Zeit, ihm einen neuerlichen Hinweis zu geben, dass sein

Aufenthalt hier unerwünscht war. Solange seine Besuche Sofia galten, mit der er, wie alle wussten, schon früher ein Verhältnis gehabt hatte, konnte es ihm gleichgültig sein, aber der Ausdruck in seinen Augen, als er Laura ansah, erinnerte Domenico zu sehr an einen halbverhungerten Hund, der ein schmackhaftes Stück Wild witterte.

Sofia musterte Laura ebenfalls, wenn auch mit einem wesentlich anderen Blick. „Wolltest du ausgehen, Laura?" Sie warf einen kurzen Seitenblick auf Ottavio und drohte neckisch mit dem Zeigefinger. „Und wieder ohne Zofe, nicht wahr? Das solltest du nicht, meine Liebe. Die Straßen sind zu unsicher. Überall treiben sich Bettler herum, sodass es eine Dame kaum mehr wagen kann, sich ohne Schutz sehen zu lassen. Zum Glück wollte Ottavio ebenfalls gerade gehen. Ich bin sicher, er wird dich gerne begleiten."

Laura hatte den süffisanten Unterton und den Seitenblick auf Ottavio sehr wohl bemerkt. „Die Straßen sind sicher genug", erwiderte sie ungeduldig. Sie hatte keine Angst vor dem Volk oder den Bettlern. Sie wollte nur fort von hier, weg von Domenicos scharfem Blick, der zwischen Ottavio und ihr hin und her wanderte. Wieder fiel ihr dieser Kuss auf dem Ball ein, und sie schämte sich immer noch dafür, dass sie Ottavio hatte gewähren lassen. Sie bückte sich nach dem Buch, aber da war schon Ottavio zur Stelle und hob es auf.

Er legte seine schwarze Maske, die er in der Hand gehalten hatte, auf den kleinen Tisch an der Wand und wog das Paket in den Händen. „Ist das denn nicht zu schwer für Euch, Laura? Es wäre mir eine Freude, diese Erledigung für Euch zu machen oder Euch dabei zu begleiten." Er vermied wohlweislich Domenicos Blick. Jetzt, vor Sofia und Laura, würde sein Vetter wohl nicht gleich handgreiflich werden, auch wenn er ihm sonst nicht über den Weg traute. Außerdem konnte er sich gerade vor Laura nicht die Blöße geben, Angst vor Domenico zu zeigen. Er hatte wieder ein längeres Gespräch mit Sofia gehabt und hatte von ihr einiges erfahren, das ihn vermuten ließ, dass er bald am Ziel war. Er wusste nicht genau, was Sofia plante, aber dass sie fest entschlossen war, Domenico von Laura zu trennen und für sich zu gewinnen, war offensichtlich. Und dann war seine Stunde gekommen, um als Retter aufzutreten und die traurige, verlassene Gattin in seine Arme zu schließen.

„Ich will Euch nicht bemühen."

Noch schien sie widerspenstig zu sein, aber das mochte auch an einer gewissen Angst vor ihrem unwirschen Gatten liegen, dessen Augen mit jeder Minute wütender und schmäler wurden.

„Kein Dienst für Euch wäre ein Bemühen", erwiderte Ottavio galant. „Da ich mich ohnehin schon verabschieden wollte, könnte ich Euch in meiner Gondel ..."

Domenico stand schon längst die Zornesröte auf der Stirn. „Du kommst zu spät mit deinem Vorschlag, Ottavio. Ich werde Laura begleiten – wir hatten soeben darüber gesprochen." Er riss Ottavio das Paket aus der Hand und ergriff Lauras Arm. Um nichts in der Welt hätte er zugelassen, dass ausgerechnet sein Vetter Laura einen Gefallen erwies und seine sinnlichen Pläne mit seiner Gattin störte.

„Domenico?"

Er wandte sich nach seiner Mutter um, die soeben aus einem der Zimmer trat. Ihr immer noch hübsches Gesicht unter dem ungepuderten, natürlich grauen Haar, wirkte angespannt. „Was kann ich für dich tun, Mutter?"

„Es ... gibt da ein Problem mit den Dienstboten. Vielleicht hättest du ein wenig Zeit? Nur einige Minuten? Es tut mir leid, wenn ich dich aufhalte, aber ..."

„Nun, ich ..." Er wollte schon ablehnen und seine Mutter auf später vertrösten, da ihm die Gegenwart seiner Frau reizvoller erschien als Ärger mit einem Dienstmädchen, aber dann fiel sein Blick auf Laura. Sie sah ihn drängend an, eine stumme Bitte, der er sich nicht entziehen konnte. Er wusste, wie sehr Laura an seiner Mutter hing und diese an ihr. Das war offensichtlich durch die liebevolle Art, wie sie einander behandelten und auch durch die Briefe seiner Mutter, die immer voll des Lobes für ihre Schwiegertochter gewesen waren. Bevor er heimgekehrt war, hatte er angenommen, dass dies ein geschickter Schachzug seiner Mutter war, ihm seine Frau schmackhaft zu machen, aber in der Zwischenzeit hatte er festgestellt, dass die beiden Frauen tatsächlich eine große Zuneigung verband. Überraschend war allerdings die Genugtuung gewesen, die er bei dieser Erkenntnis empfunden hatte. Aber es war schließlich nicht die einzige Überraschung gewesen, die ihm seine eigenen Gefühle in den letzten Wochen beschert hatten.

„Du hältst mich nicht auf." Seine Stimme war nicht höflich und zuvorkommend wie früher, wenn er mit seiner Mutter sprach, sondern eine Wärme klang mit, die er sonst nie gezeigt und auch lange nicht mehr empfunden hatte. Seine neue Neigung zu Laura hatte ihm wahrhaftig mehr eröffnet als nur verwirrende Gefühle für seine Frau. Sie hatte ihn damit vermutlich auch verletzbarer gemacht, aber darüber wollte er im Moment nicht nachdenken, sondern nur genießen, was Lauras Lächeln, ihre Gegenwart, ihr Körper in ihm auslöste. Er räusperte sich. „Laura, meine Liebe, ich werde dich dann begleiten. Bitte, warte ein wenig. Ich werde Befehl geben, dass die Gondel uns vor der Tür erwartet." Er warf Ottavio einen Blick zu, der diesem nahe legte, sich schleunigst zu verabschieden, legte das Buch auf ein Tischchen und hielt dann seiner Mutter die Tür zu seinem Arbeitszimmer auf. Aus dem Augenwinkel sah er, wie Laura nach dem Buch griff, ihm flüchtig zulächelte und dann die Treppe hinuntereilte, um den Palazzo durch die Hintertür zu verlassen.

Widerspenstiges Ding. Wohin hatte sie gewollt? Zur Bibliothek. Nun gut, diesen Weg kannte er ebenfalls.

Laura kuschelte sich in den warmen Stoff ihres dunklen Umhangs. Es war kalt und feucht, die Luft war schwer von den Gerüchen der Kanäle, der Fischabfälle und der vielen Menschen um sie herum, aber sie hatte einfach aus dem Haus müssen, ein bisschen herumlaufen, bevor die Dämmerung hereinbrach. Der Besuch in der Bibliothek war schließlich nur ein Vorwand gewesen, um alleine zu sein und in Ruhe nachdenken zu können.

Trotz der Kälte hatte sie sich einige Stunden davor in der kleinen Loggia aufgehalten, die Domenicos Vater oben auf dem Dach hatte ausbauen lassen. Im Sommer war es dort sehr schön. Anfangs hatte sie die starke Sommersonne dazu benutzt, ihr Haar zu bleichen, so wie es schon Generationen von Venezianerinnen vor ihr getan hatten. Dann jedoch hatte sie eingesehen, dass ihr Haar eben zu dunkel war, um dieses sinnliche Blond zu erlangen, hatte sich unter das schattige Sonnendach zurückgezogen und lediglich den Ausblick bewundert. So manches Mal war sie schon im Morgengrauen die steile Treppe emporgestiegen, um den Sonnenaufgang zu genießen, zuzusehen, wie sich die ersten Strahlen durch den Dunst brachen und auf der gegenüberliegenden Seite des Canalazzos die obersten Stockwerke der Palazzi golden färbten. Domenicos Haus lag zwar nicht direkt am Canal Grande, aber es war hoch genug, um diesen von ihrer Loggia aus über die Dächer der beiden dazwischenliegenden Palazzi sehen zu können, wenn sie sich ein wenig auf die Zehenspitzen stellte. Sie hatte sich sogar einen kleinen Garten hier oben angelegt. Keinen Kräutergarten, wie Domenicos Mutter ihn unten, in einem der Höfe, pflegte, sondern einen mit blühenden Topfblumen. Jetzt im Winter sahen diese Pflanzen natürlich sehr dürftig aus, aber sie freute sich schon auf das kommende Frühjahr, wenn wieder alles wuchs, grün wurde und blühte.

Zu ihrer Überraschung hatte sich ihre Schwiegermutter zu ihr gesellt. Ihre Zofe hatte der alten Dame ihren kostbaren Pelz hinaufgebracht, sie fürsorglich eingehüllt und dann waren sie beide einmütig nebeneinander gesessen und hatten über die Dächer geblickt. Alles war grau, nur ein Dunstschleier – zartrosa – lag über den Dächern, wenn man Richtung Canal Grande blickte. Vor allem aber war es friedlich hier oben, wo Sofia gewiss nicht hinaufkommen würde.

Domenicos Mutter hatte begonnen, sich dafür zu entschuldigen, dass Sofia im Haus wohnte. Sie musste bemerkt haben, wie unangenehm Laura die Gegenwart dieser Frau war, auch wenn Laura immer versuchte, einem Gast ihrer Schwiegermutter und ihres Mannes höflich und zuvorkommend entgegenzukommen. Auch jetzt hatte sie sich beeilt, die Bedenken der alten Dame zu zerstreuen, schon aus Furcht, Clarissa Ferrante würde ihr die Angst und Eifersucht ansehen, die sie Sofias und Domenicos wegen hatte. Sie hätte sich nicht nur lächerlich damit gemacht, sondern auch der liebenswerten Schwiegermutter eine Kränkung oder Sorge mehr zugefügt. Und die hatte ohnehin schon genug unter Sofias Gegenwart zu leiden. Sie hatten danach – natürlich – über Domenico gesprochen, und Laura hatte mit stiller Genugtuung gehört, dass er sich verändert hätte, liebenswürdiger geworden sei, nachgiebiger und aufmerksamer. Clarissa Ferrante schien diese Veränderungen ihrem, Lauras, wohltuenden Einfluss zuzuschreiben und ging sogar so weit, schon davon zu sprechen, welchen Raum sie als Kinderzimmer umgestalten wolle, welche Frauen als Ammen in Frage kämen und wen sie als Lehrer des zukünftigen Nachfolgers des Hauses Ferrante ins Auge fasste. Laura hatte nur still und mit heißen Wangen zugehört und sich gefragt, was ihre Schwiegermutter zu ihrem doch leicht sündigen Verhältnis zu ihrem Cavaliere sagen würde. Und dabei hatte sie innerlich gebetet, dass all diese Dinge einmal Wirklichkeit würden und gehofft, dass die Freude ihrer Schwiegermutter nicht verfrüht sei. Domenico hatte sich ihr gegenüber verändert, das war offensichtlich. Aber seit Sofia im Haus war, hatte die alte Furcht wieder von ihr Besitz ergriffen.

Während sie langsam durch die Straßen ging, wiederholte Laura in

Gedanken das Gespräch mit ihrer Schwiegermutter und alles, was Domenico ihr in den letzten Tagen und Wochen gesagt hatte. Sie dachte auch über diese zärtliche Art nach, mit der Domenico sie in den Arm genommen hatte, bevor Sofia und Ottavio das trauliche Zusammensein gestört hatten und sie davon gelaufen war, weil sie die Blicke der beiden nicht ertragen hatte.

Sie hatte schon längst das vornehme Viertel um San Marco, wo sich Domenicos Haus befand, verlassen und war über die Rialto-Brücke hinüber zum Fischmarkt gegangen. Jetzt, gegen Abend, war hier üblicherweise weniger Trubel, da die meisten Händler am Morgen hier waren, um ihre Waren zu verkaufen. Aber im Karneval waren viele der Stände und Botteghe bis in die frühen Morgenstunden geöffnet. Sie ging weiter zur Erberia, dem ehemaligen Gewürzmarkt, wo die Bauern jetzt tagsüber ihr Gemüse und Obst verkauften, und wo sie sich in jene vergangenen Zeiten zurückversetzen konnte, von denen sie gelesen hatte. Jene Zeiten, wo sich hier Händler aus aller Herren Länder getroffen hatten, um Waren aus fernen Landen feilzubieten. Es war die Zeit gewesen, wo die Serenissima noch der Mittelpunkt des Handels war, wo sie an allen Küsten Niederlassungen gehabt hatte und die meisten Waren, die für die übrigen europäischen Staaten bestimmt waren, zuerst hier gelandet waren.

Jetzt war diese Zeit schon lange vorbei, aber Laura mochte es dennoch, durch die Märkte zu streifen, ein bisschen einzukaufen und sich nur dem Treiben der Stadt hinzugeben, und wäre niemals auf die Idee gekommen, Domenico oder dessen Mutter um die Gondel zu bitten oder sich in einem Tragsessel durch die engen Gassen schleppen zu lassen wie die anderen Damen. Sie hatte nur ein schlichtes Kleid ohne Reifrock an, mit dem Domino darüber, und sie war wie meist, wenn sie in die Bibliothek ging oder den Markt aufsuchte, ohne Maske unterwegs. Sie mochte diese unter den Adeligen übliche Maskerade nicht, wenn sie durch die Straßen lief, mit den Marktweibern und Bauern plauderte und die Stände nach Köstlichkeiten durchsuchte. Lieber war sie einfach gekleidet und fühlte sich wie ein Teil dieser Menschen, des richtigen Venedigs, das hier pulsierte und atmete, lachte und weinte, ohne sich und sein Treiben hinter Masken und maskenartiger Gesichtsschminke zu verstecken.

Als sie sich durch die Leute drängte, ihrem Lachen ebenso lauschte wie ihren kleinen Streitigkeiten, den sprühenden Wortgefechten, die in diesem weichen, außergewöhnlichen Dialekt immer noch freundlich klangen, spürte sie, wie jemand dicht an sie herankam. Sie wollte sich umdrehen, um zu schauen, wer so aufdringlich war. Aber plötzlich wurde sie von hinten von einem starken Arm umfasst und mit einer Leichtigkeit, als wäre sie ein Kind, durch die Menschenmenge auf die Seite gezogen, dann weiter durch zwei Marktstände hindurch bis unter die buntbemalten Arkaden. Laura hatte zuerst erschrocken begonnen sich zu wehren, aber dann hatte sie sich von zwei wohlbekannten Armen umschlungen gefunden, und der Hauch eines unendlich vertrauten Atems strich über ihre Wange und ihren Hals.

„Ein Dummkopf, der sich eine solche Gelegenheit entgehen ließe", flüsterte ihr Cavaliere d'Amore. Er führte sie noch ein Stück weiter aus dem Markt hinaus, bis sie an einem kleinen Platz ankamen und am Eingang eines halbverfallenen und sichtlich unbewohnten Palazzos standen. Das schön geschnitzte Tor war mit rohen Brettern vernagelt. Kein allzu seltener Anblick in einer Stadt, in der sich so mancher Adelige durch seinen Lebensstil in die Armut getrieben hatte. Links neben dem Tor stand der Torso einer ehemals vermutlich sehr hübschen Statue, während rechts nur noch ein Podest übrig geblieben war. Die früher darauf befindliche Figur war wohl schon Räubern oder übermütigen jungen Leuten zum Opfer gefallen. Vor ihnen drängten sich auf dem engen Weg die Menschen, im Kanal darunter lenkten die Gondolieri mit der ihr eigenen Eleganz ihre Gondeln vorbei, Händler transportierten auf flachen Booten ihre Waren. Der Himmel, der am Vormittag noch so klar gewesen war, hatte sich gegen Nachmittag verdüstert. Regen oder sogar Schnee hing in den Wolken über ihnen, und viele der Gondeln waren bereits mit Laternen beleuchtet. Auch in den Fenstern des Palazzos gegenüber war es schon hell. Zwei Männer saßen an einem Tisch und unterhielten sich im Schein eines vielarmigen Kerzenleuchters.

„Welch eine Überraschung", flüsterte sie und schloss für einige Sekunden die Augen, um die Freude über seine Gegenwart zu genießen. Er hatte seinen weiten schwarzen Umhang geöffnet und zog sie nun in die Wärme seiner Umarmung und des festen Wollstoffes, bis sie völlig eingehüllt war und nur ihr Gesicht heraussah.

„Eine erfreuliche, hoffe ich." Er hatte seine Maske ein wenig hochgeschoben und sie fühlte seine Lippen auf ihrem Hals, direkt unter dem Ohr.

„Gewiss." Sie gab sich seiner Umarmung hin, als sein Griff jedoch fester wurde und er unter dem Schutz seines Umhangs unter ihren

Mantel griff und zärtlich ihre Brüste massierte, wollte sie sich irritiert losmachen.

„Aber was tut Ihr?!"

„Ich sagte doch, meine Liebste", flüsterte er, ohne seinen Griff auch nur ein wenig zu lockern, „dass sich nur ein Narr eine solche Gelegenheit entgehen lassen würde. Kommt mit mir in unseren Palazzo. Ich begehre Euch und will Euch besitzen. Euch streicheln, küssen, bis Ihr erzittert, und endlich in Euch vergehen."

Laura schloss sekundenlang die Augen. Diese Vorstellung war wunderbar, aber ... „Es geht nicht", flüsterte sie zurück. „Man wird mich daheim erwarten, ich war schon viel zu lange fort."

„Ihr werdet eine Ausrede finden", schmeichelte er. Der Druck seiner Hände verstärkte sich, sie fühlte, wie er unter dem Mantel nach ihren Brustspitzen suchte.

„Nein." Laura sagte dies halb neckend, halb im Ernst. Sie wollte mit einem Mal keine Ausrede mehr finden. Sie wollte alles. Keine Heimlichkeiten, sondern einen Geliebten, der sich zu ihr bekannte.

„Nein? Soll das heißen, dass Ihr gegen mich aufbegehrt? Obwohl Ihr mir Gehorsam versprochen habt?" Seine Stimme klang immer noch schmeichelnd, aber es hatte sich ein amüsierter Unterton hineingeschlichen. „Nun, wie Ihr wollt. Dann werden wir eben nicht den Palazzo aufsuchen, und ich werde meine Lust gleich hier und jetzt an Euch stillen."

„Das wagt Ihr nicht!"

Ein leises Lachen antwortete ihr. Er zog sich mit ihr tiefer in die Tornische zurück, hob sie trotz ihres Widerstandes hoch und stellte sie auf das leere Podest, sodass sie sich fast in gleicher Höhe mit ihm befand. Jetzt konnte in dem Dämmerlicht niemand, der nicht genauer hinblickte, erkennen, dass jemand hinter ihr stand. Er hatte, wie sie feststellte, heute keine weiße, sondern eine schwarze Maske auf, und zusammen mit dem schwarzen Dreispitz verschwammen seine Konturen mit den Schatten zwischen den Säulen. Dafür war sie umso besser zu sehen. Die Vorbeigehenden warfen ihr jedoch kaum einen Blick zu, hasteten weiter oder waren so in ihre lebhaften Gespräche vertieft, dass sie die Frau im Halbschatten nicht weiter beachteten.

„Und nun würde ich Euch raten, den Mantel fest mit beiden Händen vorne zuzuhalten, damit niemand sieht, was hier vor sich geht, *mon amour*."

„Aber ...!" Sie zappelte, sein Griff war jedoch zu fest.

„Still ... Ganz still ... Oder wollt Ihr die Leute unbedingt auf uns aufmerksam machen?"

Laura klammerte sich an den Mantel und raffte ihn hektisch vor ihrem Körper zusammen. Unter ihrem Arm spürte sie seine Hand, die sanfte Bewegung, als er ihre Brust streichelte und durch den Stoff hindurch die sich aufstellende Spitze suchte. Sie schluckte, als seine andere Hand ihren Mantel hinten hochhob und sich daran machte, dasselbe auch mit ihrem Kleid und ihren Unterröcken zu tun. „Das ist ...", stammelte sie, „äußerst ungehörig, was Ihr da tut, *sior maschera*." Sein Arm lag eng an ihrer Taille, und so sehr sie auch versuchte ihn zu lösen, er hielt sie fest.

In seiner Stimme schwang ein leichtes Lachen mit. „Schon möglich, aber auch sehr reizvoll. Den Mantel fest zuhalten, meine Liebste. Und schön still sein ..."

Seine andere Hand lag bereits auf der nackten Haut ihrer Hüfte, glitt nach hinten, knetete ausführlich und genüsslich ihre Gesäßbacken und schob sich dann tiefer in die Spalte hinein. Laura gab ein kleines Ächzen von sich. Ein alter Mann, der soeben vorbeihumpelte, sah sie kurz an und ging dann jedoch, als sie ihm harmlos zulächelte, weiter. Hätte der Arm ihres Kavaliers nicht so fest um sie gelegen, wäre sie jetzt herabgesprungen und fortgelaufen.

„Auf Geräusche dieser Art solltet Ihr verzichten, meine Liebe."

Seine Stimme klang belustigt, und sie hätte ihn am liebsten dafür geschlagen! Einerseits wollte sie das, war er mit ihr tat. Es erregte sie, war unglaublich, erotisch, verworfen. Aber andererseits starb sie halb vor Scham und Angst, dass jemand dahinterkommen könnte, was hier vor sich ging.

„Es wäre vielleicht einfacher für Euch, trügt Ihr eine Maske, meine schöne Geliebte. Dann müsstet Ihr in den nächsten Minuten nur Eure Stimme im Zaum halten und nicht auch Euer bezauberndes Gesicht."

„Ihr wollt doch nicht wirklich ..." Ihre Stimme war zu einem heiseren Flüstern herabgesunken. Sie wollte sich abermals freimachen, aber um wirklich von ihm loszukommen, hätte sie ihn vermutlich schlagen und treten müssen, und das brachte sie nicht übers Herz.

„Natürlich will ich. Und nichts wird mich daran hindern." Seine Hand war schon längst tiefer gewandert, weit zwischen ihre Beine, wobei es hilfreich war, dass sie auf dem niedrigen Podest stand und er sich nicht hinabbücken musste. Aber natürlich zog sie auf diese Weise noch mehr Blicke auf sich. Seine Hand drängte ihre Beine ein wenig mehr auseinander. Er lachte leise. „Eure züchtigen Bedenken scheinen nur in Eurem Kopf zu bestehen, liebe Laura, denn was ich hier zwischen Euren Schenkeln vorfinde, ist eine sehr erregende Einladung für mich, noch tiefer und weiter vorzudringen." Sie fühlte, wie er tatsächlich tiefer glitt, ganz leicht, und ohne den geringsten Widerstand schoben sich seine Finger durch die Feuchtigkeit. „Aber ich bewundere Eure Gefasstheit. Es gibt nur wenige Frauen, die sich in einer solchen Situation so beherrscht benehmen würden."

Sie schloss verzweifelt die Augen. Er neckte sie nicht nur, er machte sich über sie lustig.

„Lasst mich doch sehen, wie vieler Reize es bedarf, um Eure Beherrschung an die Grenzen zu treiben."

„Nein, nicht." Ihre Hand fuhr hinunter, wollte seine wegschieben, die jetzt über ihre Hüfte nach vorn wanderte. Wenn er sie dort berührte, war es wirklich aus. Er war jedoch kräftiger als sie, und sie musste dulden, dass er verspielt ihr gekraustes Haar kraulte und dann weiter hinabfuhr. Sie spürte seine Finger, die zwischen ihre Schamlippen glitten, tiefer suchten, bis er jenen Punkt erreicht hatte, der sie von den Zehen bis zu den Haarspitzen erbeben ließ. Er streichelte sanft wie ein Hauch darüber.

„Es ist schade, dass ich Euch jetzt nicht betrachten kann", sagte er sinnend. Der Druck seines Fingers wurde stärker. Laura schauderte zusammen.

„Warum tut Ihr das?" Es war fast unmöglich für sie, still zu stehen und einen gleichmütigen Gesichtsausdruck zu bewahren.

„Weil Ihr mir gehört", flüsterte er. „Weil ich Euch begehre und jetzt haben will. Weil ..."

„... es Euch Spaß macht, mit mir zu spielen", fiel sie ihm ins Wort.

„Hm, ja, das auch." Er lachte leise. Es war zum Glück so laut rundum, dass niemand ihr Gespräch mitanhören konnte. Außerdem wurde es zu Lauras Erleichterung zunehmend dunkler. „Aber Euch gefällt es doch auch."

Ja. Es gefiel ihr. Auch wenn sie ihn gleichzeitig dafür verabscheute. „Ihr behandelt mich wie ein Spielzeug!", brachte sie mühsam hervor, denn der Druck seines Fingers, der nun langsame, unerträglich lustvolle Kreise auf ihrer Klitoris zog, wurde zunehmend stärker und machte sie fast wahnsinnig.

„Oh nein, meine schöne Laura, Ihr seid kein Spielzeug für mich", seine Stimme klang ernst, der leichte, ironische Tonfall war daraus verschwunden, unterdrückte Leidenschaft klang darin mit. „Ihr seid die Frau, die ich begehre wie keine andere, die mich allein schon durch ihren Anblick verrückt macht, die mich wünschen lässt, ich könnte sie

Tag und Nacht besitzen." Seine Stimme wurde rauer. „Und genau das möchte ich jetzt auch, hier, in diesem Moment."

Er preßte sie plötzlich so fest an sich, daß sie sein Glied fühlen konnte, das sich hart zwischen ihre Gesäßbacken bohrte. Sie stöhnte leise auf, als er sich wieder von ihr löste und sie an seiner Bewegung erkannte, daß er seine Hose öffnete. Er würde sie tatsächlich jetzt nehmen. Hier, mitten unter den Leuten. Ihre Beine begannen zu zittern, sie hielt den Mantel nur noch mit einer Hand zusammen, während sie sich mit der anderen in seinen Arm krallte, der sie fest um die Taille hielt. Und dann fühlte sie ihn. Wie er an ihr entlangglitt, hart und pochend. Sie beugte sich unmerklich vor, ebenso von dem Wunsch getrieben, von ihm in Besitz genommen zu werden, wie er, sie zu besitzen. Die heiße Spitze grub sich durch ihr feuchtes Fleisch und dann mit einem Stoß den engen Gang entlang. Sie schrie leise auf.

„Nicht! Seid still." Er hatte jetzt beide Arme um sie gelegt, hielt sie für einige Momente lang ruhig, damit sie sich wieder etwas faßte. Und dann begann er sich in ihr zu bewegen. Nicht zu heftig, sondern sanft, vorsichtig, aber nicht minder erregend. Sie fühlte das Reiben, die Leere, wenn er sich aus ihr zurückzog, die volle Dehnung, wenn er zu ihr zurückkam, und dann ...

... dann plötzlich gingen Lust und Leidenschaft mit Laura durch. Es war ihr mit einem Mal gleichgültig, ob man sie sehen konnte, als sie mit lustvoll verzerrtem Gesicht seinen Bewegungen entgegenkam. Sie ließ sich zurückfallen, seufzte, stöhnte, wand sich unter seinen Berührungen, bewegte sich ihm im Rhythmus entgegen. Einige Leute gingen vorbei, blieben dann stehen und sahen neugierig zurück.

„Sei doch still!" Seine Stimme klang entsetzt. Alle Überlegenheit war daraus verflogen.

„Nein, ich will nicht still sein. Fester, fester ...!"

„Laura, um Himmels willen, halt den Mund!" Sie fühlte, wie er sich zurückziehen wollte.

„Wenn Ihr mich jetzt verlaßt, schreie ich so laut, daß die *sbirri* kommen", drohte sie.

„Die Polizei? Hast du den Verstand verloren!?"

„Ja ...!" Sie rieb sich an ihm, bewegte ihre Hüften vor und zurück, obwohl er sie daran hindern wollte.

Er nestelte an ihrer Kapuze, zerrte sie über ihren Kopf und gleich darauf wurde es finster um sie. Er hielt sie fest umklammert, aber Lauras Erregung war schon so weit fortgeschritten, daß alleine der Druck seines Gliedes in ihrer Vagina, das Pochen genügte, um sie zur höchsten Leidenschaft zu treiben. Sie merkte in den lustvollen Krämpfen, von denen sie geschüttelt wurde, wie er sie tiefer in den Schatten zerrte, sie mit beiden Armen umschlang, festhielt. Sein unterdrücktes Stöhnen drang an ihr Ohr, sie spürte seine eigenen Zuckungen, das unbeherrschte, tiefere Hineinstoßen, als auch er seinen Höhepunkt erreichte.

Langsam entspannte sich ihr Körper wieder. Sie fühlte eine angenehme Müdigkeit und zugleich Leichtigkeit in ihren Gliedern, ganz so, als hätte sie zuviel Wein getrunken. Er hielt sie immer noch fest, sein Atem ging schwer. „Ruchloses Frauenzimmer", knurrte er in ihr Ohr.

Laura merkte, wie es um ihre Lippen zuckte, und dann stieg ein unwiderstehliches Lachen in ihr hoch. Ein Lachen, das sie fast ebenso schüttelte wie zuvor ihr Orgasmus, und dessen er ebenso wenig Herr wurde. Er hob sie herunter, sie fühlte sich herumgezerrt, und als sie die Hände ausstreckte, wusste sie, dass er sie gegen die Wand der Nische gedreht hatte, um sie mit seinem Körper vor den Blicken der anderen abzuschirmen.

Hinter ihnen hörte sie die aufgebrachte Stimme einer älteren Frau. „Unglaublich! Jetzt treiben es diese *putas* mit ihren Freiern schon mitten auf der Straße! Was habt ihr hier verloren! Geht in euer Hurenviertel! Zur Ponte delle Tette! Wo ihr hingehört!"

Sie wurde weggezogen. Da die Kapuze aber noch immer tief über ihr Gesicht fiel, sah sie nicht, wohin er sie schleppte, stolperte jedoch, immer noch lachend, mit. Sie bekam kaum noch Luft, ihr ganzer Körper schmerzte. Es ging einige Treppen hinauf über eine Brücke, dann weiter hinunter zu einem Kanal. Sie verlor einen Schuh. Ihr Cavaliere fluchte unterdrückt, hob den Schuh auf, drückte ihn in ihre Hand und nahm sie dann auf die Arme, um sie die letzten Schritte zur Gondel zu tragen.

Eine Stimme hielt sie auf. Wieder eine weibliche Stimme, aber dieses Mal jünger.

„Ottavio?" Die Frau lachte. „Bist du das? Aber natürlich! Unverkennbar in der schwarzen Maske! Und hast dir ein Vögelchen eingefangen, was?"

Das ordinäre Lachen der anderen tönte hinter ihr her, als er sie mit einigen saftigen Flüchen in eine Gondel hob, weiterschob und auf die weichen Kissen drückte. Laura, die sich bereits etwas beruhigt gehabt hatte, lachte nun Tränen.

Ein bellender Befehl zum Gondoliere, dann legten sie ab und sie fühlte die vertraute Bewegung einer sanft und gut geleiteten Gondel.

„Hör endlich auf zu lachen!"

Sie schüttelte nur hilflos den Kopf, krümmte sich, rang nach Luft. Da wurde ihre Kapuze weggerissen. Im nächsten Moment wurde ihr Mund von einem sehr entschiedenen Paar Lippen verschlossen, und Sekunden später war Laura das Lachen vergangen. Sie schmiegte sich an ihn, hielt seinen Kopf fest, als er sie küsste. Er hatte seine Maske abgelegt, aber es war völlig finster in der Gondelkabine, da er wie üblich die Vorhänge zugezogen hatte. Als die Gondel anhielt, küsste er sie immer noch.

Er löste sich nur widerwillig von ihr, und sie lächelte sinnlich. „Wie schade, dass wir schon angekommen sind. Ich wäre gerne noch weiter mit Euch in der Gondel gefahren, durch jeden Kanal ..."

„Da, wo ich dich hingebracht habe, ist es bequemer."

Laura zog den Vorhang fort und sah hinaus. Der Palazzo, den ihr Geliebter gemietet hatte, besaß nicht nur den Vorteil, dass sie sich hier ungestört treffen konnten, sondern hatte auch wie so manch anderes Patrizierhaus einen verschwiegenen Eingang, der sich direkt unter einer Brücke befand, sodass man beim Einsteigen oder beim Verlassen der Gondel kaum beobachtet werden konnte.

„Das geht leider nicht", sagte sie bedauernd. „Ich muss heim." Ein Kichern stieg wieder in ihrer Kehle hoch, als sie weitersprach. „Mein Mann ist dieses Mal nicht verreist und er würde bestimmt misstrauisch werden."

„Über Euren Mann machen wir uns später Gedanken", erwiderte er. Seine Stimme klang dunkel, vielversprechend und ein wenig angespannt, als er ihre Röcke hob und darunter den Fuß suchte, um ihr den fehlenden Schuh darüberzustreifen. Er sprang aus der Gondel, zog einen schweren Schlüssel heraus, sperrte auf und stieß die Tür auf. Dann half er Laura auszusteigen und duckte sich hinter ihr durch das enge und niedrige Tor. Sie gingen eine schmale Treppe hinauf und erreichten die Vorhalle.

Er zog sie rasch die Treppe empor und riss sie, im Schlafzimmer angekommen, in seine Arme. Sie lachte ihn an, als er den Kopf zu ihr hinunterbeugte und dabei mit seiner Maske an sie anstieß. „Vielleicht wäre es doch weiser, auf die Verkleidung zu verzichten, mein geheimnisvoller französischer Gesandter? Vor welchen Blicken habt Ihr hier Angst? Wer außer mir könnte es verraten? Oder habt Ihr etwa einige Spione des Rates oder gar einen Inquisitor hier verborgen?" Sie sah mit einem Seufzen zu, wie er ungeduldig das schwarze Tuch aus seiner Jacke zog. „Mein lieber Cavaliere, wenn Ihr doch auf dieses Spiel verzichten könntet. Es ist nicht nötig, glaubt mir."

„Nur noch dieses eine Mal, meine Geliebte." Seine Stimme klang drängend. „Und danach ..." Das Tuch legte sich um ihre Augen, als er sie jedoch an sich ziehen wollte, trat sie einen Schritt zurück.

„Weshalb unterhaltet Ihr Euch nicht ein wenig mit mir?"

„Unterhalten?" Das klang ungläubig. „Jetzt?! Worüber denn?"

„Ich weiß auch nicht", sagte Laura etwas unsicher. „Aber ... es würde mich freuen ..."

„Mit einer reizvollen Frau im Arm redet man nicht", kam es unduldsam zurück.

Gleich darauf spürte sie wieder seine Lippen auf ihrem Hals, seine Hände glitten über ihren Körper. „Aber ... es ... wäre einmal etwas anderes für mich", stotterte sie, einerseits schon halb überwältigt von seinen Berührungen und ihrer Sehnsucht nach seinen Händen und seinem Körper und andererseits getrieben von dem Wunsch, ihrer beider Beziehung auch in einem anderen Sinn zu vertiefen. „Mein Mann zum Beispiel unterhält sich kaum mit mir ..." Sie hätte jetzt, in diesem Moment, so gerne die Wahrheit von ihm gehört. Wünschte sich so sehr, dass er die Maskerade ablegte.

Seine Lippen waren gerade damit beschäftigt, sich durch den Stoff ihres Kleides an ihrer rechten Brustwarze festzusaugen, und es war nur ein unverständliches Brummen, das ihr antwortete.

„Ich bin ihm zu dumm", setzte sie hinzu, dabei nach seinem Kopf tastend und zart mit den Fingern durch sein Haar fahrend, „das habe ich schon lange gemerkt, aber bei Euch würde es mich schmerzen, wenn Ihr bei der Liebe, die Ihr mir in Euren Briefen geschworen habt, nicht etwas mehr für mich empfinden würdet als ... reine Wollust."

Er hob den Kopf, und sie spürte, wie er sie ansah. „Ich habe Euch nie von Liebe geschrieben", sagte er endlich nach langen Momenten des Schweigens. „Nur von Leidenschaft, und dass ich Euch und Eure Schönheit anbete."

„Ist ... da ein so großer Unterschied?"

Wieder ein längeres Schweigen.

„Das heißt also, dass ich von Euch keine Liebe erwarten darf?", fragte sie schüchtern, als er nicht antwortete.

„Was erwartet Ihr?", fragte er endlich. „Eine Liebeserklärung wie von einem der Komödianten, wie sie auf der Piazza zu finden sind und dort vor dem Volk ihre Vorstellungen geben? Ich bin eben kein Mann, der Euch dumme Dinge ins Ohr flüstert, die Euren romantischen Vorstellungen gefallen, ohne ernst zu sein", fuhr er gereizt fort. „Wenn ich einer Frau sage, dass ich sie liebe, dann ist das die Wahrheit. Eine Wahrheit, die sich nicht mehr ändern wird, solange ich lebe!"

„Und dessen seid Ihr Euch bei mir nicht sicher?"

„Das habe ich nicht gesagt, aber es ist immerhin ein Unterschied, ob ...", fing er heftig an, unterbrach sich dann jedoch.

Laura wartete darauf, dass er weiter sprach. Als er sich jedoch in Schweigen hüllte, wandte sie ihm den Rücken zu und zog das Tuch von ihren Augen. Sie ließ es auf den Boden fallen und griff nach ihrem Mantel, der über einem Stuhl lag, ohne auch nur den Versuch zu machen, ihren Cavaliere anzusehen. „Vielleicht sollten wir uns erst wieder treffen, wenn Ihr eine Antwort habt, die mich nicht verletzt", sagte sie leise.

Seine Hand umfasste ihren Arm. „Warte, Laura. Geh nicht so. Es ist alles ganz anders. Lass dir erklären. Sieh mich an." Er duzte sie, wie er das manches Mal tat, wenn die Leidenschaft ihn packte, aber dieses Mal war es anders. Sein Tonfall war ein anderer, drängend und besorgt. Er wollte sie zu sich herumdrehen, aber sie schüttelte ihn heftig ab. Tränen standen in ihren Augen und sie wollte ihm nicht zeigen, wie gekränkt sie war.

„Nein. Das will ich jetzt nicht. Ich will dich jetzt nicht ansehen." Dann ging sie aus der Tür. Es war das erste Mal gewesen, dass sie ihn ebenfalls geduzt hatte. Als Zeichen, dass das Spiel für sie hiermit beendet war.

Als Laura heimkam, ließ sie sich von Anna helfen, rasch aus den Kleidern zu kommen. Die Hitze ihres erregenden Abenteuers war längst der beißenden Winterkälte gewichen. Sie fror erbärmlich und wünschte nichts sehnlicher, als sich vor ein schönes Kaminfeuer zu setzen, um sich aufzuwärmen. Sie wickelte sich in den von Anna bereit gehaltenen Morgenmantel und sank dann, mit dem Gesicht zum Kamin, in einen bequemen Sessel. Die nackten Füße hatte sie ausgestreckt, hielt sie gegen das Feuer, und bald schon verlor sich ihr Blick in den züngelnden Flammen und die Lider fielen wie von selbst zu. Sie fühlte sich traurig und niedergeschlagen. Ein bisschen schlafen, um für wenige Minuten die Kränkung zu vergessen, die ihr Cavaliere ihr zugefügt hatte.

„Ihr hättet nicht so lange draußen herumlaufen sollen", schalt Anna ihre Herrin, während sie sich daran machte, die zerzausten Locken wieder in eine angemessene Form zu bringen.

„Ich habe die Kälte nicht gespürt, erst beim Heimweg." Laura lag grübelnd und mit halbgeschlossenen Augen da. Was war nur mit ihrem Geliebten los? Zuerst sagte er ihr, dass er sie begehrte wie keine andere Frau, und dann verweigerte er ihr auch nur das kleinste Zugeständnis seiner Zuneigung. Was war sie für ihn? Was sah er wirklich in ihr? Ein Abenteuer neben seinen anderen Geliebten? Oder hatte er Angst, zuzugeben, dass sie ihm etwas bedeutete?

„Zu Fuß vermutlich", sagte Anna mit einem abfälligen Schnaufen, „wie irgendeine Bürgersfrau. Euer Kavalier könnte Euch zumindest mit seiner Gondel daheim absetzen, wenn er Euch schon dazu bringt, bei dieser Kälte draußen herumzulaufen."

Laura blinzelte. Ihr war klar, dass Anna über ihren Cavaliere Bescheid wusste. Schließlich war sie es, die seine Botschaften brachte und sie selbst deckte, wenn sie heimlich das Haus verließ. Aber es war das erste Mal, dass sie ihn erwähnte, und Laura überlegte, ob sie ihre Zofe wegen dieser Vertraulichkeit tadeln sollte.

Anna musste ihr diese Absicht angesehen haben, denn sie kicherte. „Es hört mich ja niemand, *siora patrona*. Und weshalb sollte ich Euren Liebhaber nicht erwähnen? Wo wir doch beide nur allzu gut wissen, wer hinter diesen geheimnisvollen Botschaften steckt."

Laura drehte den Kopf, um ihre Zofe besser ansehen zu können. Diese lächelte nur. Aber es war ein warmes Lächeln, nicht aufdringlich, nicht verschwörerisch, sondern das einer Freundin. Anna hatte nach Lauras Heirat, als ihre Eltern sich auf das Festland zurückgezogen hatten, gebeten, im Haus von Domenico Ferrante und damit bei Laura bleiben zu dürfen. Der Grund dafür war nicht nur, dass sie hier in Venedig einen langjährigen Geliebten hatte, sondern dass sie auch Laura schon seit vielen Jahren kannte und ihr mehr Zuneigung entgegengebracht hatte als ihre eigene Mutter. Sie war es immer gewesen, die einmal im Monat zu dem Kloster gereist war, um das heranwachsende Mädchen zu besuchen und Neuigkeiten von ihrer Familie und Venedig zu überbringen.

„Es ist sehr romantisch, Signora", fuhr Anna fort. „Und ich freue mich für Euch, dass Ihr nicht nur einen wohlhabenden und gutaussehenden Gatten wie Domenico Ferrante gewonnen habt, sondern auch einen so leidenschaftlichen und romantischen

Liebhaber." Ihr Lächeln verstärkte sich. „Eine Frau braucht beides. Und es ist ein wahres Glück, wenn sie beides in ihrem ..." Anna unterbrach sich und sah zur Tür, die sich geöffnet hatte.

Laura blickte ebenfalls hin und sah zu ihrer Verärgerung Sofia. Sie wollte sie in einem ersten Impuls aus dem Zimmer schicken, besann sich dann jedoch anders und bemühte sich um einen freundlichen Gesichtsausdruck. Immerhin war Sofia Gast in diesem Haus – wenn auch ein sehr unbeliebter. Die Dienerschaft wich ihr aus, so gut es ging, um sich nicht ständig von ihren Launen tyrannisieren zu lassen. Laura zog sich ebenfalls zurück und Domenico schloss sich, wenn Sofia und er gleichzeitig im Haus waren, in seinem Arbeitszimmer ein und verbat sich jedwede Störung. Nur seine Mutter, die freundliche und gütige Clarissa Ferrante, wurde regelmäßig das Opfer dieser verzogenen jungen Frau. Laura hatte jedoch keinen Zweifel daran, dass Sofia an diesem Nachmittag der Grund für das Unbehagen ihrer Schwiegermutter gewesen war. Vermutlich war es wieder wegen der Köchin gewesen, die schon einmal gedroht hatte, auf und davon zu gehen, wenn Sofia auch nur ein einziges Mal mehr an ihrem Essen herummäkelte.

Allerdings, fand Laura, war dieses verwöhnte Benehmen nicht alles, was sie an Sofia störte. Es war auch nicht allein ihre so offensichtlich zur Schau getragenen Neigung zu Domenico, sondern etwas anderes. Eine gewisse Falschheit in ihrem Lächeln, die Laura abstieß. Das Gefühl, eine Feindin im Haus zu haben und eine Frau, die Domenico viel besser kannte als seiner Gattin lieb sein konnte. Aber würde er das denn tatsächlich tun? Seine Geliebte ins Haus holen? Sein Ärger über ihr Auftauchen schien so echt gewesen zu sein. Allerdings auch seine Verlegenheit, und nicht zum ersten Mal fragte sich Laura, was alles zwischen den beiden vorgefallen war. Schließlich hatten sie sich beide zur selben Zeit in Paris aufgehalten, und dass Sofia größtes Interesse an Domenico hatte und allzu vertraut mit ihm tat, wäre auch der arglosesten Ehefrau aufgefallen.

Sofia trippelte näher. „Ich wollte nicht stören. Aber ich dachte, du wärst alleine und so wollte ich die Gelegenheit zu einem kleinen Schwätzchen unter Freundinnen nützen."

„*Freundinnen?*", dachte Laura spöttisch, lächelte aber nur nichtssagend. „Gewiss, wenn es dir Freude macht."

„Ich störe dich auch gar nicht, deine Zofe kann ruhig weitermachen."

Anna setzte mit einem schiefen Blick auf den Gast ihre

Bemühungen um Lauras Frisur fort, und die junge Frau nahm auf einem der zierlichen, mit Paradiesvögeln und blühenden Pflanzen bestickten Sessel Platz und sah zu. Laura hätte sie am liebsten weggestoßen, denn der Stuhl war ein Geschenk von Domenico, das er ihr vor einigen Tagen überraschend gemacht, nachdem sie einen ähnlichen bei ihrer Schwägerin so sehr bewundert hatte. Eine sehr kunstvolle Arbeit mit geschnitzten Beinen aus dunklem, kostbarem Holz.

„Schade, dass dein Haar so gar nicht die elegante Farbe hat, die man hier so gerne sieht", sagte Sofia, nachdem sie Laura eingehend gemustert hatte. „Es wäre besser, du würdest immer eine Perücke tragen oder es pudern. Und achte um Himmels willen trotzdem darauf, dass dein Gesicht nicht mit zuviel Sonne in Berührung kommt. Du solltest deine lebhaften Farben überhaupt mit Puder überdecken und statt dessen Rouge auflegen, das wirkt viel eleganter."

Anna schnaufte nur verächtlich und stellte sich so zwischen Sofia und Laura, dass sie ihre Herrin vor der anderen verbarg. Dabei trafen sich ihre Blicke und Anna verzog abfällig den Mund. Sie drängte ihre Herrin zwar auch immer dazu, sich zu schminken, aber Sofia mit ihren bleich gepuderten Wangen, den kohlschwarz nachgezogenen Brauen und den roten Kreisen auf den Wangen war nicht jene Art von Schönheit, in der sie ihre Herrin erstrahlen sehen wollte.

Sofia rückte ein wenig zur Seite. „Ich will mich ja nicht einmischen, Laura, aber du solltest deine Bediensteten besser erziehen. Meine Zofe würde es niemals wagen, sich mir ins Blickfeld zu stellen."

„Anna ist mehr als eine Zofe", erwiderte Laura ruhig. „Und in jedem Fall mehr als eine einfache Bedienstete. Wir kennen uns viele Jahre. Sie hat schon für meine Mutter gearbeitet, als ich noch ein halbes Kind war."

„Ach ja ... deshalb", kam es indigniert zurück. „Nun, das kann ja jeder halten, wie er will. Ich jedenfalls achte sehr auf Disziplin und hätte ich einen Haushalt wie du, würde ich nur die besten Leute beschäftigen."

„Bist du gekommen, um mit mir über Haushaltsführung zu sprechen?", fragte Laura kühl. Sofias Bemerkung hatte sie wieder tiefer getroffen, als sie selbst wahrhaben wollte. Sie hatte nicht einmal einen eigenen Haushalt. Ohne die Zuneigung ihres Gatten fühlte sie sich nicht als Herrin, sondern als Gast in seinem Haus und dem seiner Mutter. „*Verheiratet und doch keine richtige Ehefrau*", dachte sie bekümmert.

„Nein, nein, ich kam, um dir einen Freundschaftsdienst zu erweisen." Ihre Stimme klang selbstgefällig.

Anna drehte sich neugierig um und musterte Sofia ebenso überrascht wie Laura. „Das ist sehr freundlich von dir", erwiderte Laura vorsichtig.

„Unter anderen Umständen würde ich dir raten, deine Zofe jetzt hinauszuschicken, aber da sie ja offenbar weit mehr als nur eine Zofe ist und dein vollstes Vertrauen besitzt, gibt es wohl kein Geheimnis, das ich ihr jetzt verraten könnte."

„In der Tat nicht." Lauras Stimme klang liebenswürdig. Noch vor einem Jahr, als sie das Kloster verlassen und hierher gekommen war, hätte sie ihrer Besucherin ihren Unmut über sie und ihre Worte gezeigt. Aber in der Zwischenzeit kannte sie die Spielregeln dieser Gesellschaft und wusste, wie man mit Leuten wie Sofia am besten umging. Allerdings war Sofia, wie sie nur allzu bald feststellen musste, den gewöhnlichen, meist nur arroganten und durchschnittlich intrigengeneigten Mitgliedern des venezianischen Adels an Bosheit noch weit überlegen. Wie weit, ahnte Laura in diesem Moment noch nicht, andernfalls hätte sie wohl dafür gesorgt, dass diese Frau noch in der selben Stunde das Haus zu verlassen hatte. Und Domenico wäre darüber wohl überaus entzückt gewesen.

Sofia beugte sich vertraulich vor. Der Schein des flackernden Kaminfeuers ließ ihr stark geschminktes Gesicht älter und fast ein wenig dämonisch erscheinen. Aber dieser Eindruck mochte auch an Lauras Abneigung liegen.

„Ich möchte dich warnen, Laura, und dir einen guten Rat geben."

Laura hob die Augenbrauen. „Tatsächlich?"

„Du solltest ein wenig behutsamer sein. Ich muss dir nicht sagen, dass ich um diese Spiele der Gesellschaft genauestens Bescheid weiß. Um *cicisbei*, Liebhaber, Affären, die jede Frau hat. Aber bei einem Mann wie Domenico wäre ich an deiner Stelle vorsichtiger." Sie senkte den Blick und spielte mit einem feinen Spitzentüchlein, das sie in der Hand trug. „Ein Mann wie Domenico ist zwar heißblütig genug, sich neben seiner Frau eine oder sogar mehrere Mätressen zu halten, aber er würde niemals dulden, dass seine Frau ihm Hörner aufsetzt. Und schon gar nicht in dieser ein wenig vulgären, offensichtlichen Art, wie du das tust."

Laura war für einige Momente sprachlos. Sie hatte vieles erwartet, aber nicht diese Impertinenz. „Was fällt dir ein, so mit mir zu sprechen!"

Wenn Sofia sie zuvor schon mit ihrer Bemerkung über den Haushalt hatte treffen können, so saß der Schmerz jetzt noch tiefer und war weitaus heftiger. *Eine oder sogar mehrere Mätressen!* Hatte sie sich einer Selbsttäuschung hingegeben, indem sie angenommen hatte, Domenico hätte das Verhältnis zu Nicoletta Martinelli gelöst? Oder war dies nur eine gezielte Bosheit einer anderen, weiteren Geliebten?

Sofia hob die Lider über ihrem unschuldigen blauen Augenpaar. „Ich meine es nur gut, Laura, das musst du mir glauben! Domenico hat heute, nachdem du das Haus verlassen hast, mehrmals nach dir gefragt." Sie zuckte die hübschen Schultern. „Ich habe natürlich mein Möglichstes getan, um keinen Verdacht aufkommen zu lassen und habe ihm gesagt, dass du zweifellos zu einer lieben Freundin gegangen bist und darüber die Zeit vergessen hast, aber er war sehr ... nun, sehr beunruhigt und ungehalten über dein langes Ausbleiben. Und er wäre zweifellos irritiert über das derangierte Aussehen, mit dem du wieder heimgekommen bist."

Laura fühlte, wie unter der Lähmung, die Sofias vorige Worte in ihr ausgelöst hatten, unbändiger Zorn über diese Unverschämtheit und offensichtliche Lüge in ihr hochstieg.

Sofia merkte oder wollte nichts merken, sie plapperte einfach weiter. „Nicht, dass ich auch nur ein Sterbenswörtchen sagen würde, aber irgendwann muss es ihm auch auffallen, wie vertraut du und Ottavio miteinander seid. Wie oft er hier im Haus zu finden ist, wenn Domenico ausgegangen ist. Ein wirklich reizender Mann, Domenicos Vetter, mit sehr eleganten Manieren, aber ..."

Laura sprang auf. „Ich glaube, du hast schon genug gesagt, Sofia. Mehr als dir zusteht. Und nun verlasse bitte mein Zimmer, ich möchte mich anziehen. Marina holt mich am Abend ab. Wir gehen auf einen Ball."

Sofia erhob sich, ganz gekränkte Unschuld. „Nun ja. Ich hoffe, du weißt, was du tust, Laura. Wir werden uns ja am Ball sehen." Sie wandte sich um und rauschte zur Tür hin. „Viel Spaß beim Glücksspiel." Sie betonte das letzte Wort auf seltsame Weise und Laura brauchte nicht lange nachzudenken, um den Doppelsinn darin zu verstehen.

Sie stand einige Sekunden lang starr da, dann schob sie den Morgenmantel von den Schultern. Anna, die einen sehr grimmigen Gesichtsausdruck aufgesetzt hatte, nahm das zurechtgelegte Mieder in die Hand. „So eine ...", murmelte sie feindselig.

Laura hob die Hand. „Nein, ich will kein Wort mehr darüber hören.

Es ist schon ärgerlich genug!" Sie strich sich eine kleine Locke, die Anna neckisch hatte über die Schläfe fallen lassen, aus dem Gesicht und blickte dabei in den Spiegel. Da sah sie Sofia, die zwar den Raum verlassen, aber die Tür nicht hinter sich geschlossen hatte, sondern noch im Gang stand und hereinblickte. Der Blick der jungen Frau glitt über ihren nackten Körper, langsam, abschätzend, nahm jede Wölbung war. Es war ein Ausdruck darin, der Laura ein Frösteln über den Rücken jagte. Sie legte die Arme um ihren Körper.

Anna drehte sich um, als sie bemerkte, dass ihre Herrin zur Tür starrte. Sie machte ein finsteres Gesicht, ging zur Tür und wollte sie schließen, aber Sofia drückte sie noch einmal auf. „An deiner Stelle, Laura", sagte sie mit einem süffisanten Lächeln, „würde ich Domenico fragen, von wem der parfümierte Brief ist, der zuvor von einem Boten abgegeben wurde. Vielleicht von der Frau, die er jetzt immer heimlich und regelmäßig trifft?"

Anna warf einfach die Tür zu und schob energisch den Riegel vor. Dann kam sie wieder zurück. „Das ist ein ganz durchtriebenes Ding", sagte sie leise. „Nehmt Euch vor der in Acht, s*iora*. Die lügt nicht nur, sondern ist auch intrigant und bösartig." Als Laura keine Antwort gab, sondern sich nur schweigend ins Mieder und die Unterröcke helfen ließ – in Gedanken bei diesem parfümierten Brief – sprach Anna weiter: „Und sie ist irgendwie komisch. Am liebsten hätte ich sie ins Feuer gestoßen, als sie von ihren Bediensteten sprach. Habt Ihr schon ihre Zofe gesehen? Ein kleines, verschrecktes Ding ist das." Anna sah sich um, als fürchtete sie, dass Sofia durch den Türspalt gekrochen kam. „Sie bestraft sie."

„Bestrafen?" Laura fiel etwas am Unterton ihrer Stimme auf.

Anna nickte heftig. „Jawohl! Ich habe das Mädchen einmal nackt gesehen, als sie sich gewaschen hat. Sie hatte Striemen am Rücken und auf ihrem Hintern."

Laura riss die Augen auf. „Sie schlägt sie?!"

Anna zuckte mit den Schultern. „Die ganze Dienerschaft flüstert schon darüber." Ihre um einige Jahre ältere Zofe streichelte mütterlich über ihre Wange. „Vielleicht solltet Ihr den Herrn bitten, mit Euch auf sein Landgut zu fahren, meine liebe Signora. Es soll sehr schön dort sein, hat mir die Zofe der *patrona* erzählt. Friedlich. Und ich habe gehört, wie der Herr zu seiner Mutter gesagt hat, dass er bald wieder einmal dort nach dem Rechten sehen will. Und", fügte sie dann blinzelnd hinzu, „ich finde, Ihr solltet ihn nicht alleine reisen lassen."

Domenico stand an einem der Fenster von Paolos Palazzo und sah aufmerksam hinaus. Schräg gegenüber, auf der anderen Seite des Kanals, befand sich sein eigenes Haus, und er sah im Schein der Fackeln und Laternen Laura, die am Fenster lehnte und etwas beobachtete. Anna, ihre Zofe, trat neben sie. Die beiden lachten, und Domenico fühlte eine Welle der Zuneigung in sich aufsteigen. Wie schön sie war. Sie trug ein sehr elegantes Ballkleid, das dunkle Haar war hochgesteckt, einige Seidenblüten und Perlen waren darin, mehr nicht. Alles ganz schlicht und so überwältigend in der Wirkung. Er drehte nachdenklich die schwarze Maske in der Hand, die er in der Eile seines Aufbruchs, als er Laura hatte folgen wollen, irrtümlich vom Tisch genommen und dabei die Maske seines Vetters erwischt hatte. Er hatte sich jedoch nicht mehr die Zeit genommen, seine eigene zu holen, sondern hatte sie einfach energisch mit einem Tuch abgewischt – als hätte Ottavio eine ansteckende Krankheit – und aufgesetzt. Kein Wunder, dass dieses Frauenzimmer auf der Straße sie beide dann verwechselt hatte. Sie hatten ungefähr die gleiche Gestalt, und Ottavio war in gewissen Vierteln bekannt und berüchtigt und mit seiner schwarzen Maske bestimmt kein unbekannter Anblick.

Er war, nachdem Laura ihn dann einfach hatte stehen lassen, noch ziellos durch die Straßen und über die Brücken gelaufen, um nachzudenken. Er war überrascht gewesen von ihrer Frage und seiner eigenen Reaktion darauf. Denn in diesem Moment war ihm klar geworden, dass er seine Frau nicht nur begehrte, nicht nur ihren Körper wollte und die Leidenschaft suchte, die sie in ihm bewirkte, ihr nicht nur liebevolle Zuneigung entgegenbrachte, wie er bisher angenommen hatte, sondern er sie tatsächlich liebte. Er hatte schon längere Zeit über dieses Gefühl nachgegrübelt, aber die endgültige Erkenntnis war verblüffend und beunruhigend zugleich gewesen. Allerdings hatte er ihr seine Gefühle nicht als ihr Cavaliere gestehen wollen, sondern als ihr Ehemann, und das hatte ihn etwas unwirsch reagieren lassen. Er wollte als ihr Mann vor ihr stehen, wenn er es ihr gestand und nicht als heimlicher Geliebter. Irritiert stellte er fest, dass er tatsächlich so etwas wie Eifersucht auf sich selbst verspürte. Er rieb sich mit einem schiefen Grinsen das Kinn. Anstatt Laura eine Lektion zu erteilen, sah er sich immer mehr in seine Liebe zu ihr verstrickt und seine Lüge und das von ihm ersonnene Spiel war auf ihn selbst zurückgefallen.

„Es ist die beste Lösung", hörte er hinter sich Paolo sagen. Seine Worte brachten ihn wieder aus seinen eigenen Grübeleien zurück und zu dem Grund, der ihn hierher, zu seinem Freund, geführt hatte. „Du weißt selbst, dass es völlig unmöglich ist, sie zu heiraten."

Er wandte sich zu Paolo um und studierte das schwermütige Gesicht seines sonst so lebenslustigen Freundes. „Du würdest tatsächlich wollen, dass ein anderer die Frau heiratet, die du liebst?" Paolo war eben jener Freund, der ihm – ohne viel zu fragen – diese paar Tage, in denen er Laura gegenüber vorgegeben hatte die Stadt zu verlassen, Unterkunft gewährt hatte. Sein Diener hatte ihn getroffen, als er gerade sein Haus betreten wollte, und hatte ihm die Bitte überbracht, ihn zu besuchen. Und als er gekommen war, hatte er seinen Freund in tiefster Niedergeschlagenheit vorgefunden. Schuld daran war natürlich eine Frau, eine heimliche Geliebte. Und eine solche, wurde sich Domenico aus eigener, bitterer Erfahrung plötzlich klar, brachten einem Mann mehr Probleme ein als vermutlich fünf offizielle Ehefrauen.

„Ihre Familie ist nicht standesgemäß, wir würden niemals vom Rat die Erlaubnis zur Hochzeit erhalten", sprach Paolo weiter. „Und wenn ich mich darüber hinwegsetze, verliere ich meinen Stand, meinen Status als Patrizier. Das würde der Familie schaden, und das lässt meine Pflicht ihr gegenüber nicht zu. Auch nicht meiner Pflicht der Republik gegenüber, die jetzt mehr denn je jedes aufrechten Mannes bedarf. Ich bin, was meine Liebe betrifft, ohnehin schon sehr weit gegangen", fügte er leiser hinzu.

„Ich würde das nicht tun", sagte Domenico ruhig. „Ich könnte es nicht ertragen, die Frau, die ich liebe, mit einem anderen verheiratet zu sehen. Mir vorzustellen, dass er das Recht hat, sie jede Nacht in den Armen zu halten und zweifellos auch davon Gebrauch macht." Er warf wieder einen Blick hinüber, wo Laura stand, seine Frau, bei der er schon darauf achten würde, dass ihr niemand zu nahe kam.

„Meine Familie hat nicht den Einfluss der deinen, dass ich es mir leisten könnte, über die Traditionen hinwegzusehen", erwiderte Paolo.

Domenico winkte ungeduldig ab. „Meine Familie hat keinen großen Einfluss, das weißt du sehr wohl. Dazu sind wir nicht reich genug. Aber du irrst dich, wenn du annimmst, ich hätte mich über die Traditionen hinweggesetzt. Laura entstammt einer Patrizierfamilie. Ihre Vorfahren waren keine von denen, die in den letzten Kriegen ins

Goldene Buch eingetragen wurden, nur weil sie in der Lage waren, sich die Erhebung in den Adelsstand einhunderttausend Dukaten kosten zu lassen. Die Familie ist alter venezianischer Adel, auch wenn es ihr Großvater und ihr Vater geschafft haben, das letzte von dem zu verprassen, was sie noch an Reichtum hatten. Und du täuschst dich ebenfalls", fügte er nach kurzem Zögern hinzu, „wenn du annimmst, ich hätte sie aus Zuneigung geheiratet. Es war Berechnung. Ich wollte keine dieser Frauen heiraten, die nur darauf warten, ihren Ehemann mit einem Geliebten zu hintergehen, und darüber hinaus noch Affären neben dem Geliebten haben. Ich wollte eine unverdorbene Frau, deshalb habe ich sie gewählt."

„*Und ich hätte keine bessere Wahl treffen können*", dachte er voller Genugtuung, sie dabei beobachtend, wie sie ein kleines Tüchlein hervorzog und winkte. Stirnrunzelnd trat er näher ans Fenster und blickte in die Richtung. Drunten kam eine hell beleuchtete Gondel vorbei, eine Gruppe junger Leute saß darin und winkte zurück. Domenico musterte sie mit schmalen Augen, bis er eine seiner Cousinen erkannte, die heftig zurückwinkte und etwas hinaufrief.

„Du hast tatsächlich eine bezaubernde Frau", hörte er seinen Freund, der neben ihn getreten war, sagen. „Eine ganz besondere sogar, die nicht nur schön, sondern auch klug ist. Und doch spricht ganz Venedig schon davon, dass du ein sehr leidenschaftliches Verhältnis mit einer anderen hast – eine verheiratete Frau vermutlich, deren Ehemann wiederum *cicisbeo* bei der Gattin eines anderen spielt?"

„Und wie verheiratet! Aber ihr Ehemann hat nicht die geringste Absicht, bei einer anderen als ihr selbst den *cicisbeo* zu spielen. Er hat sich lange genug närrisch aufgeführt und es wird Zeit, dass er Vernunft annimmt." Domenico riss sich nur mit Mühe von Lauras Anblick los und wandte sich seinem um einige Jahre jüngeren Freund zu, der ihn erstaunt betrachtete. „Willst du an meiner Stelle den alten Palazzo Morsini mieten? Er ist sehr günstig gelegen, nahe der Piazza San Marco, du hättest von dort nicht weit, wenn die Glocken den Großen Rat zur Versammlung rufen."

Paolo lächelte müde. „Der alte Palazzo Morsini gar? Nun, ich habe schon davon gehört, du weißt ja, wie schnell sich so etwas in Venedig herumspricht. Mein lieber Freund, du hast dir diese Geliebte einiges kosten lassen. Willst du dich jetzt von ihr trennen? Ist ihr Ehemann mit einem Mal eifersüchtig geworden oder hast du entdeckt, dass deine eigene Frau ebenfalls sehr reizvoll und überaus liebenswert ist?"

Domenico grinste, halb verlegen, halb zufrieden. „Beides."

„Beides?" Paolo hob die Augenbrauen. „Sag nicht ...", sein trübsinniges Gesicht hellte sich bei dieser Vorstellung auf, „... sag nicht, du bist *cicisbeo* bei deiner eigenen Frau!"

Domenicos Grinsen verstärkte sich. „Und wenn es so wäre?" Paolo schlug ihm lachend auf die Schulter. „Dann habe ich also die Wahrheit erraten, als ich vor kurzem Petrarca zitierte: ‚Mit seiner Kraft siegt Amor über Menschen, Götter' – und sogar über Domenico Ferrante! Keine schlechte Wahl, mein Freund, wenn auch eine ungewöhnliche, da es sich um deine Ehefrau handelt!" Er klopfte seinem Freund auf den Rücken, dann seufzte er. „Wahrhaftig, wie sehr ich dich beneide, Domenico. Ich wollte, ich könnte dasselbe auch von meiner zukünftigen Gattin sagen. Diejenige, die die Familie jedoch für mich ausgewählt hat, besitzt keine der Tugenden wie deine Laura."

„Das mag wohl stimmen. Deshalb solltest du es dir noch einmal überlegen, ob du nicht die Liebe über deine Pflicht stellst. In Zeiten, wo man sich die Aufnahme ins Goldene Buch erkaufen kann, wird es wohl auch eine Lösung für Verliebte geben. Lass mich darüber nachdenken, vielleicht fällt mir etwas ein."

Domenico hatte sich wieder dem Fenster zugewandt, in der Hoffnung, schnell einen Blick auf Laura werfen zu können. Zu seiner Verwunderung hatte sich die Szenerie da draußen jedoch grundlegend verändert. Eine mit bunten Lampions beleuchtete Gondel war vorgefahren. Darin saßen zwei Männer mit Mandolinen, einer stand daneben und ein weiterer – mit schwarzer Maske, Dreispitz und Mantel – warf Kusshände zu Lauras Fenster hinauf. Und sie stand – von Kerzen beleuchtet – hinter dem Fenster, lächelte dieses unwiderstehliche Lächeln und winkte zurück. Domenico erstarrte.

„Unverschämter Kerl", knurrte er zwischen den Zähnen. Er riss das Fenster auf, um alle vier zum Teufel zu schicken, aber da hatten die beiden Mandolinenspieler schon begonnen, ihr Liedchen zu zupfen, und der Sänger bemühte sich, den Lärm der anderen zu übertrumpfen.

„Malignazo!", fluchte Domenico, wandte sich um, rannte beinahe seinen sprachlosen Freund um, hinaus aus dem Palast und – da ihm der direkte Weg durch den Kanal versperrt war – eine Gasse entlang, durch eine Schar fröhlicher Masken hindurch, über eine Brücke, bis er zur Rückseite seines eigenen Hauses kam. Verdammter Kerl, dem würde er es schon austreiben, vor dem Fenster seiner Frau Ständchen zu bringen! Er hatte ihn nur zu gut erkannt! Es war Ottavio, sein

nichtsnutziger Vetter, der viel zu viel um seine Frau herumscharwenzelte.

Laura stand kichernd am Fenster und winkte zu Ottavio hinab, als plötzlich ihre Tür aufgestoßen wurde und Domenico hereinstürmte. Er zerrte sie vom Fenster weg, riss es auf und beugte sich hinaus. „Mach, dass du hier verschwindest!", brüllte er hinaus. „Scher dich zum Teufel! Und lass deine bezahlten Schergen vor anderen Fenstern grölen!"

Als der andere keine Anstalten machte das Weite zu suchen, und im Gegenteil noch alle vier höhnisch hinauflachten, musste Laura fassungslos mitansehen, wie ihr ehemals kühler, zurückhaltender Ehemann mit der Hand am Degen aus dem Zimmer stürzte. Sie zog sich das warme Schultertuch enger und lehnte sich aus dem Fenster, um zu sehen, was darunter vor sich ging. Alles, was sie jedoch noch erkennen konnte, war die Bugwelle der Gondel, die schon unter der nächsten Brücke verschwunden war. Die Sänger hatten nicht mehr darauf gewartet, dass Domenico sie erreichte, sondern gemacht, dass sie das Weite suchten.

Dafür sah sie ihren Gatten. Er hielt sich an einer der Säulen, die das kleine Dach über dem Eingang stützten, fest, lehnte sich weit hinaus und sandte den Insassen der Gondel eine Flut von venezianischen Kraftausdrücken nach, die sie bei ihm niemals erwartet hätte. Sie konnte nur hoffen, dass niemand auf die Idee kam, Anzeige gegen ihn zu erstatten. Öffentliches Fluchen galt zwar nicht mehr als kapitales Verbrechen wie noch vor einhundert Jahren, es gab jedoch trotzdem immer noch genug Spione, die sich auf den Straßen herumtrieben und über das Tun und Lassen der Leute Berichte an den Rat der Zehn oder direkt an die drei Inquisitoren ablieferten.

Als Domenico wieder zu Laura zurückkam, war sein Gesicht finster. Er holte tief Luft. „Du wirst nicht mehr ans Fenster gehen, hast du mich verstanden?!" Dieser Befehl war lächerlich, ebenso wie seine Eifersucht, aber so etwas kam eben heraus, wenn ein Mann dumm genug war, sich in seine Frau zu verlieben! Er verlor langsam und sicher seinen Verstand und sein Selbstbewusstsein und machte sich zum Narren. Es war zum Verzweifeln!

Lauras Gesicht drückte blanke Verblüffung aus.

„Und wenn wir schon dabei sind: Ich weiß, dass es in dieser Zeit üblich ist, seinem Ehemann nicht den nötigen Respekt zu zollen, und es als elegant gilt, sich hinter seinem Rücken über ihn lustig zu machen – aber du solltest mich besser ernst nehmen, Laura!"

„Aber, das tu ich doch!", erwiderte sie entrüstet. *„Trotzdem"*, fügte sie in Gedanken hinzu, sah schnell weg und verbiss sich nur mit Mühe ein Kichern bei der Erinnerung daran, wie Domenico dort unten an der Säule hängend der Gondel Flüche nachgeschickt hatte.

Er musterte sie misstrauisch, wie sie da stand, mit gesenktem Kopf, einem verräterischen Zucken um die Mundwinkel. Dann trat sie einige Schritte zum Fenster und sah hinaus. Etwas schräg auf der anderen Seite des Kanals lag der Palazzo von Paolo. Was hatte ihr Blick hinüber zu Paolos Haus zu bedeuten? Ob sie auf irgendeine Weise herausgefunden hatte, dass er dort gewohnt hatte, als er vorgab, die Stadt zu verlassen? Zuzutrauen war es ihr. Schließlich hatte sie sich als weitaus gewitzter und klüger erwiesen, als er noch vor einem Jahr vermutet hätte. Lachte sie ihn jetzt etwa aus?

„Sieh mich an!"

Sie wandte den Kopf. Ein bezauberndes Lächeln erschien und Domenicos Augen saugten sich an diesem lächelnden Mund fest. Erinnerungen an heiße Küsse, an den Moment, wo diese Lippen ihn umschlossen hatten, überwältigten ihn – und seine Eifersucht und sein Zorn lösten sich in nichts auf. Er hörte leichte Schritte hinter sich und das Rascheln von Seidenröcken. Sofia erschien in der Tür. Sie warf einen neugierigen Blick auf Laura, dann wandte sie sich Domenico zu.

„Was war denn nur, Domenico? Warst du das etwa, der sich so erregt hat?"

Domenico würdigte sie keiner Antwort, bemerkte aber sehr wohl den Blick voller Widerwillen, den Laura ihr zuwarf. Laura, die immer zu allen Leuten so liebenswürdig war, musste einen besonderen Grund haben, ihren Gast nicht zu mögen. Ob sie wohl ahnte, wer diese junge Frau tatsächlich war? Er spürte, wie sich seine Kehle zuschnürte. Er trat auf sie zu und nahm ihre Hand, damit sie ihn ansah und er in ihren Augen lesen konnte. Der dunkle Ausdruck darin verschwand zu seiner Erleichterung, als sie sich ihm zuwandte.

„Marina holt mich in einer Stunde ab, um mich zum Ball zu begleiten. Willst du nicht mitkommen, Domenico? Ich weiß, du machst dir nicht viel daraus, aber ich würde mich freuen."

Er hatte zwar ursprünglich nicht auf den Ball gehen wollen, da ihm solche Festivitäten zuwider waren, aber nun war der Gedanke, mit ihr zu tanzen, vielleicht hinter ihr an einem der Spieltische zu stehen, von den anderen unbemerkt über ihre Schultern und ihre Arme zu streifen, sich heimlich an sie anzulehnen und sie dabei zu beobachten, wie sie ganz im Spiel und der Aufregung aufging, plötzlich verführerisch. Außerdem schien sie es tatsächlich zu wollen, und das war schon Grund genug für ihn, es zu tun. Er fühlte plötzlich den unerwarteten wie unwiderstehlichen Drang in sich, ihr jeden Wunsch von den Augen abzulesen, sie auf Händen zu tragen, alles zu tun, um sie glücklich zu machen.

Er musste zweimal tief durchatmen und sich räuspern, bevor er antworten konnte. „Ich gehe gerne mit, Laura, wenn es dir Freude macht. Aber wenn Marina dich abholt, dann werde ich dich dort auf dem Ball erwarten, da ich zuvor noch etwas Wichtiges zu erledigen habe. Ich verspreche dir, ich werde keinen Moment später dort eintreffen als du." Er griff nach ihrer Hand, hauchte einen Kuss darauf und versank für Sekunden in ihren Augen, bevor er sich energisch von ihr löste, um sie für die nächsten Stunden zu verlassen. Je eher er seine alten Angelegenheiten regelte, desto besser.

„Wir sehen uns gewiss ebenfalls auf dem Ball." Er machte eine höfliche Verbeugung Richtung Sofia, aber die trippelte zu seinem Ärger neben ihm her und die Treppe hinunter.

„Laura scheint eine sehr lebenslustige Frau zu sein, nicht wahr? Und sie muss überglücklich sein, gleich von mehreren Männern so hofiert zu werden wie von ihrem eigenen Gatten. Aber sie ist auch ein wenig zu eifersüchtig für eine Dame, die sich zu benehmen weiß. Es schien ihr gar nicht recht gewesen zu sein, dass Ottavio heute Abend mein Begleiter sein soll." Sie beendete ihren Satz mit einem kleinen, amüsierten Lachen, aber Domenico hielt mitten im Schritt inne, packte sie am Arm und zerrte sie einige Stufen hinauf bis in sein Arbeitszimmer. Er schloss die Tür, wandte sich ihr zu und fragte in scharfem Ton: „Wie darf ich das verstehen?"

Sofia lächelte unschuldig. „Ach, ganz harmlos, mein Lieber. Aber es ist doch so, dass wir Frauen so unsere kleinen Geheimnisse haben. Und ich bin dennoch erstaunt, wie schnell sie sich der eleganten Art des Lebens angepasst hat. Wie sie selbst mir erzählt hat, war sie bis vor eurer Heirat ja noch in einem Kloster."

„Mir gefällt die Art nicht, wie du über meine Frau sprichst, Sofia. Lauras Lebenswandel und ihr Benehmen sind über jeden Zweifel erhaben. Und wenn diese Ansicht für mich gilt, dann auch für alle anderen." Er musterte sie eingehend. „Habe ich mich klar genug ausgedrückt?"

Sofia fächelte sich mit ihrem kleinen Tüchlein Luft zu. „Gewiss, Domenico. Aber ich verstehe nicht deinen Ärger, ich habe doch nichts gegen Laura und Ottavio gesagt und ..."

„Du hast meine Meinung dazu gehört. Richte dich bitte danach. Und abgesehen davon erwarte ich ernsthaft, dass du deine Sachen packst und abreist oder wieder zu Marina ziehst. Ich werde heute Abend am Ball mit ihr darüber sprechen. Ich weiß wirklich nicht, was dir dabei eingefallen ist, hierher zu kommen und sogar hier zu wohnen!" Die Erwähnung von Ottavio und ihr Hinweis darauf, dass es zartere Bande zwischen seinem Vetter und Laura geben könnte, ließ heftigen Zorn in ihm aufwallen, deshalb fuhr er sie schärfer an, als er es sonst getan hätte. Sie traf damit jenen wunden Punkt, der ihm schon die ganze Zeit zu schaffen machte und seine Eifersucht nicht einschlafen ließ.

„Das wäre ich auch nicht, wenn ich auch nur geahnt hätte, mit welcher Lieblosigkeit du mich begrüßt! Mich, die fast zwei Monate lang deine Geliebte war ..."

„Ich habe dir einen Brief geschrieben und alles erklärt."

„Ich habe keinen Brief bekommen!"

Er fasste sie an ihren Schultern und sah sie eindringlich an. „Es tut mir leid, Sofia. Aber ich habe schon am ersten Tag versucht, dir alles klarzumachen. Es war immer nur ein Verhältnis – eine Affäre – zwischen uns, und es konnte nie mehr werden. Das hast du gewusst, als du mich in Paris aufgesucht hast. Schließlich war ich damals schon verheiratet. Du kanntest sogar meine Frau und warst bei der Hochzeit." Er lächelte reumütig. „Es war mein Fehler, ich hätte deinen Reizen nicht nachgeben dürfen. Aber bitte, tu uns beiden einen Gefallen und verlasse das Haus."

Sofia machte sich los, trat einen Schritt zurück und betrachtete ihn lauernd. „Meinst du, ich würde dir nicht ansehen, was los ist? Du hast eine Schwäche für dieses Klostermädchen entwickelt. Wenn es nicht so traurig wäre, würde ich darüber lachen."

„Ich kann absolut nichts Lustiges dabei finden, wenn ein Ehemann seine Frau schätzt", erwiderte Domenico scharf.

Sie warf mit einem spöttischen Lachen den Kopf zurück. „Hast du keine Angst, ich könnte Laura etwas sagen? Was glaubst du wohl, wie dieses dumme Ding reagieren würde? Ob es dich dann immer noch so anhimmeln würde? Dich verliebt anstarren, wenn du nicht hersiehst? Oder würde sie dir in Zukunft ihre Tür versperren?"

Genau diese Angst hatte Domenico tatsächlich. Er atmete tief ein und versuchte ruhig zu bleiben. „Es bleibt dabei, Sofia. Du wirst das Haus verlassen. Ich werde den Diener anweisen, dich zurück zu Marina zu bringen. Immerhin bist du Carlos Verwandte und nicht unsere. Und ich würde dir nicht raten, Laura auch nur zu beunruhigen. Glaube mir, du würdest es bereuen."

Domenico wandte sich ab und ließ sie einfach stehen. Er war zornig auf Sofia, musste aber auch über etwas nachdenken, was er soeben gehört hatte. Was hatte sie gesagt? Laura würde ihn verliebt anstarren, wenn er nicht hinsah? Ein Lächeln erschien auf seinen Lippen. Es wurde Zeit, sein Leben und seine Ehe in Ordnung zu bringen. Und damit musste er bei seiner ehemaligen Geliebten anfangen, die ihm täglich Briefe sandte und offenbar dachte, sie könnte die Vergangenheit wieder lebendig werden lassen. Und dann musste er mit aller Entschlossenheit dafür sorgen, dass Sofia abreiste, falls seine Aufforderung immer noch auf taube Ohren gestoßen war.

Unfassbar, in welchen Schwierigkeiten er mit einem Mal steckte. Er, der seine Mätressen und sein Leben immer so mühelos in der Hand gehabt hatte. *„Das kommt eben davon"*, dachte er gereizt, *„wenn man sich in seine eigene Frau verliebt."*

Missverständnisse und Intrigen

Marina hatte Laura nicht nur abgeholt, um mit ihr gemeinsam zum Ball zu gehen, sondern brachte sie danach auch heim. Laura hatte gehofft, mit Domenico fahren zu können, aber diesen Gedanken hatte Marina ihr schnell vertrieben. Nichts war uneleganter und lächerlicher, als mit seinem Ehemann bei einem Ball aufzutauchen und ihn wieder mit ihm zu verlassen! Das war ja fast so, als wäre eine Frau zu hässlich oder zu dumm, um einen Verehrer zu finden! Laura hatte gedacht, dass es weitaus weniger Ehre einbrachte von einem bezahlten Patrizio Pompes zum Ball geleitet zu werden als von einem gutaussehenden Ehemann wie Domenico, hatte sich jedoch dreingefunden. Und nun saß Pompes mit Marinas Begleiter in einer anderen Gondel, da Marina einiges mit ihrer Schwägerin zu bereden hatte.

Die Gondeln glitten an teilweise prächtigen, beleuchteten Patrizierhäusern vorbei, die neben halb verfallenen Häusern standen, deren bunte Bemalung schon abblätterte und deren Fensterscheiben zerschlagen waren. Laura mochte das nächtliche Venedig, wenn überall an den Haustoren die Fackeln und Laternen brannten, und die Gondeln beleuchtet waren. Dunkle Gassen, die selbst am Tag düster waren, deren Häuser so eng beieinander standen, dass man sie mit ausgestreckten Armen oder sogar nur angewinkelten Armen berühren konnte, und wo eine Dame ihren Reifrock seitlich hochheben musste, um überhaupt durchgehen zu können. Um mehr Platz für Wohnraum zu schaffen, hatten viele Hausbesitzer sogenannte ‚Hundsbärte', hinausbauen lassen – Holzkonsolen, die die Obergeschosse trugen, jedoch nur noch zur Dunkelheit in den Straßen beitrugen. Domenico hatte ihr erzählt, dass die strengen Gesetze bald erwirkt hatten, dass in der Hauptgeschäftsstraße die Dachvorsprünge abgetragen werden mussten, damit mehr Licht in die düstere enge Straße gelangen konnte. Und irgendwann war jemand auf die Idee gekommen, Hausvorsprünge nur gegen Bezahlung zu erlauben. Die prunksüchtigen Venezianer hatten dann, weil sie ihre Häuser nicht mehr mit hervorspringenden Verzierungen schmücken durften, auf flache Reliefs und Malereien zurückgegriffen, die Laura nun im Schein der Laternen und Fackeln betrachtete, als die Gondel langsam daran vorbeizog. Sie hörte Marinas Geplauder nur mit halbem Ohr zu und betrachtete die Leute auf den Brücken, die aneinander vorübereilten, sich drängten, ohne sich jedoch anzustoßen. Maskierte Adelige, lustige Masken aus dem Volk, einfache Menschen, die sich nicht weniger vergnügten. Venedig war so vielseitig, so wunderschön. Und wie viel mehr hätte sie es an der Seite ihres Kavaliers genossen ...

Marina, die die ganze Zeit über – zum Teil recht spitze und boshafte – Bemerkungen über die Gäste am Ball gemacht hatte, schüttelte plötzlich lächelnd den Kopf. „Manches Mal kann ich mich nur über Domenico wundern! Was für eine Idee, dich am Eingang des Palazzos zu erwarten – ohne Maske – dass jeder sehen konnte, dass dein eigener Mann dich hineinführt. Und wie er sich dann aufgeführt hat! Fast könnte man meinen, er wäre eifersüchtig gewesen auf jeden anderen Mann, der dir zu nahe kam."

Laura lächelte nur zurück und blickte dann schnell durch das Fenster der *felze*, damit ihre Schwägerin nicht zuviel von ihrem Glück in ihren Augen sah. Die unverkennbare Nicoletta war ebenfalls auf dem Ball anwesend gewesen und zuerst hatte Laura mit Sorge gesehen, dass sie längere Zeit neben Domenico gestanden und auf ihn eingeredet hatte. Sie hatte sich bang und eifersüchtig gefragt, was die beiden zu besprechen hatten, aber dann war er zu ihr gekommen und tatsächlich fast den ganzen Abend über neben ihr gewesen. Es war wunderbar, seine neue und verführerische Fürsorge zu genießen, bis sich die Ängste wieder auflösten und sie wieder fest daran glaubte, dass er ihr endlich jene Zuneigung entgegenbrachte, nach der sie sich so sehnte. Sprach nicht sein ganzes Verhalten dafür? Seine Eifersucht? Jetzt noch kitzelte das Lachen in ihrer Kehle, wenn sie daran dachte, wie wütend er geworden war, und wie schnell Ottavio das Weite gesucht hatte. Was immer Sofia an Bosheiten über sie ausschütten mochte, was Domenicos Geliebte betraf, so war nun klar, dass sein Verhalten nicht alleine dem eines Mannes entsprang, der sein Eigentum schützte, sondern einem, der eifersüchtig war. Domenico war offenbar wirklich eifersüchtig! Und es war nicht das erste Mal gewesen. Konnte ein Mann, der sich so benahm, denn tatsächlich daneben noch eine Geliebte haben? Hatte Sofia dies nur gesagt, um sie zu kränken? Je länger sie darüber nachdachte, desto wahrscheinlicher schien ihr eher eine Gehässigkeit seitens Sofias zu sein, denn eine Untreue seitens ihres Gatten.

Und sein so offen zur Schau getragenes ständiges Bemühen, ihr eine Freude zu machen? Sie wandte den Kopf, als sie den Blick ihrer Schwägerin auf sich fühlte.

Marina betrachtete sie neugierig. „Du hast keine Angst vor ihm, nicht wahr?"

„Vor meinem Ehemann? Weshalb sollte ich?" Laura schüttelte ungläubig den Kopf. Angst vor Domenico? Nicht einmal während eines seiner unerwarteten Temperamentsausbrüche wäre ihr das in den Sinn gekommen.

„Nun, jeder hat ein wenig Angst vor ihm. Nicht gerade Angst, aber Respekt vor seiner ironischen Art und seinen spöttischen Worten."

„Das habe ich bei dir aber niemals bemerkt."

„Natürlich nicht." Marina hob indigniert die Augenbrauen. „Ich würde es ihm auch niemals zeigen!"

„Und ich könnte keine Angst vor dem Mann haben, mit dem ich verheiratet bin", erwiderte Laura amüsiert.

„Auch nicht vor seinen überraschenden Temperamentsausbrüchen?"

Laura sah sie mit hochgezogenen Augenbrauen an.

„Gewisse Szenen in deinem Ankleideraum ...?", half Marina nach.

Laura wurde rot bei dem Gedanken, jemand könnte über Domenicos Benehmen klatschen. „Hat dir das deine Mutter erzählt?"

„Aber nein. Das würde sie niemals. Dafür liebt sie Domenico viel zu sehr. Und er kommt da wirklich nicht gerade vorteilhaft weg.

Nein", Marina blinzelte ihr zu, "meine Zofe ist die Schwester der Zofe meiner Mutter. Was bedeutet, dass ich immer mit gutem Klatsch versorgt werde. Zum Beispiel auch mit so skandalösen Szenen, wie sie angeblich gleich nach Domenicos Ankunft in deinem Ankleideraum stattgefunden haben sollen."

"Ihm gefiel meine Garderobe nicht! Ich musste fast alles ändern oder neu machen lassen. Aber", sie blinzelte fröhlich zurück, "ich habe einige wunderbare neue Kleider bekommen. Und weitaus kostbarer und teurer, als ich selbst sie jemals gekauft hätte."

Ihre Schwägerin betrachtete sie ein wenig neidvoll. "Dieses hier?"

"Ja." Sie trug eines ihrer kostbaren neuen Kleider mit den ovalen *paniers*, jenen aus Frankreich stammenden Drahtgestellen die um die Taille gebunden wurden und links und rechts die Hüften der Frauen verbreiterten. Der Unterrock war aus demselben Stoff wie das Überkleid, jedoch von einem etwas dunkleren Creme und reich mit mehreren Volants verziert. Sie trug keinen anderen Schmuck als eine Brillantspange im Haar, die Domenico ihr zu ihrer Freude und Überraschung kurz vor dem Ball in ihr Ankleidezimmer gebracht und selbst angelegt hatte. Die eng anliegenden Ärmel endeten am Ellbogen in weiten, mehrreihigen Manschetten aus fast unbezahlbaren niederländischen Spitzen. Sie wurde sich bewusst, dass ihre Schwägerin sie musterte, und hob fragend die Augenbrauen.

"Du hast dich verändert, Laura", sagte Marina daraufhin. "Ich würde in dir kaum mehr das verschreckte junge Mädchen erkennen, als das du damals nach Venedig gekommen bist."

Laura antwortete nur mit einem leichten Lächeln. Sie war damals tatsächlich verschreckt gewesen, aber vor allem durch die Erkenntnis, wie das Leben dieser Gesellschaft tatsächlich aussah, und wie sehr es sich von ihren romantischen Vorstellungen, die sie im Kloster gehegt und gepflegt hatte, unterschied.

"Und dann hast du dich noch einmal verändert", fuhr ihre Schwägerin fort, während ihr forschender Blick neugierig an ihren Augen hängen blieb, "nämlich seit einigen Wochen. Seit dem Ball bei den Pisani Davor warst du ein verspieltes Kind, das die Kunst der Verführung lernen wollte und das versucht hat, sich in dieser Welt zurechtzufinden und darin seinen Platz einzunehmen. Aber jetzt bist du eine Frau geworden, voll erblüht, schön, strahlend. Du leuchtest förmlich von innen heraus." Sie legte liebevoll ihre Hand auf den Arm ihrer Schwägerin. "Und ich möchte schwören, dass daran nicht Domenico, sondern dieser geheimnisvolle Verehrer Schuld daran ist."

Sie lächelte. „Es ist eine hervorragende Idee gewesen, dass du dir endlich einen Liebhaber genommen hast. Wie man sieht, hat ein wenig Konkurrenz Domenicos Interesse an dir geweckt."

„Ein Liebhaber?!" Laura riss die Augen auf. „Wie kommst du denn darauf?!"

Marina lachte leise. „In einer Stadt wie Venedig lässt sich eine Liebschaft nur eine Zeit lang verbergen. Und deine hat man schon geargwöhnt, als du damals bei dem Ball mit Ottavio in einen kleinen Salon verschwunden bist, nachdem er dir wochen- und monatelang so heftig den Hof gemacht hat. Und dann hat man dich in einem gewissen Theater gesehen, mit einem maskierten ‚Unbekannten', der – wie man mir sagte – von der Gestalt her große Ähnlichkeit mit Ottavio gehabt hätte ..." Sie schüttelte den Kopf, als Laura heftig auffahren wollte. „Nein, mein Kind, das soll keine Kritik an dir sein. Ganz im Gegenteil, ich hatte es dir schon lange gewünscht – nach der Art und Weise wie Domenico damals einfach abgereist ist. Obwohl", fügte sie mit einem nachdenklichen Stirnrunzeln hinzu, „es manches Mal ganz angenehm ist, wenn der Ehemann sich nicht in der Nähe befindet."

„Aber du denkst doch nicht wirklich, ich hätte etwas mit Ottavio!", rief Laura entsetzt aus.

„Nicht so laut!", Marina legte ihr warnend den Finger über den Mund. „Hier hat sogar das Wasser Ohren."

„Aber das ist doch alles ganz anders ..." Laura unterbrach sich, weil sie plötzlich anhielten. Vor ihnen hatte eine Gondel am Ufer angelegt. Ein Mann sprang leichtfüßig an Land und ging dann mit energischen Schritten auf einen Palazzo auf der anderen Seite des kleinen Platzes zu, wobei er die Scharen der Masken und Schaulustigen, die sich besonders am Abend auf Straßen und Plätzen drängten, zur Seite schob.

Sie fasste unwillkürlich nach Marinas Hand. „Ist ... ist das nicht Domenico? Da, dort drüben, der große Schlanke!" Dieser energische Schritt gehörte eindeutig Domenico. Trotz der Dunkelheit hätte sie unter Tausenden seine Haltung und sein Auftreten erkannt.

Ihre Schwägerin hatte plötzlich schmale Augen. „Das kann ich nicht sagen, meine Liebe. Der Mann trägt ja eine Maske."

„Aber ich kenne doch seinen Schritt", rief Laura. „Das ist er ganz gewiss! Es ist ja auch unsere Gondel!" Zwar waren alle Gondeln – gemäß einem vor einigen Jahren erlassenem Gesetz gegen zuviel Luxus – schwarz, aber sie erkannte Domenicos Diener Enrico in der

Livree der Ferrantes.

„Wessen Palazzo ist das?"

„Der dort drüben? Ich habe nicht die geringste Ahnung." Marina beugte sich vor und winkte ihrem Gondoliere. „Mach weiter! Willst du hier die ganze Nacht stehen? Wir wollen nach Hause!"

Laura starrte immer noch über den Platz. Der Mann klopfte mit dem schweren bronzenen Türklopfer an, jemand öffnete, und der Maskierte verschwand. Als ihre Gondel sich an der anderen vorbeischob, beugte Laura sich hinaus. „Enrico!" Der Gondoliere ihres Mannes, der sich offenbar auf eine längere Wartezeit einrichtete und am Ufer anlegen wollte, wandte sich um. Als er Laura erkannte, verbeugte er sich mit einem unsicheren Lächeln. „*Si, patrona?*"

Marina erahnte ihre Absicht und ergriff ihre Hand. „Nicht, Laura. Frag nicht." Sie winkte Domenicos Gondoliere fort und zog den Vorhang vor.

Laura lehnte sich zurück. Plötzlich sah sie wieder die Szene auf dem Ball, als Nicoletta sich zu Domenico gebeugt und auf ihn eingesprochen hatte, sah ihn antworten und endlich nicken. Sie mussten sich verabredet haben. „Es ist der Palazzo von Nicoletta Martinelli, nicht wahr?"

Marina beeilte sich, ihre Schwägerin abzulenken. „Nein, nein, ganz gewiss nicht. Jetzt erinnere ich mich sogar ... ja! Natürlich, wie dumm von mir! Es ist einer der Senatoren, der dort wohnt ... ein alter Freund unseres Vaters ...".

Laura hörte nicht mehr zu. Tränen brannten in ihren Augen, Angst und Eifersucht nahmen von ihr Besitz, erfüllten ihr Herz und schnürten ihr die Kehle zu. „Nicoletta Martinelli", wiederholte sie leise. „Einem Mann sollte seine Frau genug sein", fügte sie tonlos hinzu. Sie hielt nur mit Mühe die Tränen zurück, die ihr in die Augen stiegen. Eine oder mehrere Mätressen, hatte Sofia gesagt. Nun, zumindest was die eine betraf, hatte sie offenbar doch die Wahrheit gesagt.

Und sie dumme Gans hatte für wenige Stunden gedacht, er würde sich ihr zuwenden. Dabei war es nur ein Spiel gewesen. Eine Strategie, die Ehefrau zu besänftigen, ihr Misstrauen einzuschläfern, um dann sofort danach die Geliebte zu besuchen.

Welch eine Gans sie doch gewesen war, als sie gedacht hatte, sie könnte wirklich jemals die ungeteilte Zuneigung ihres Gatten erringen. Welch eine törichte Träumerin, die geglaubt hatte, etwas zu erreichen, das in dieser Gesellschaft so unwahrscheinlich war wie Schnee in der

Hölle.

Domenico war viel zu sehr mit der vor ihm liegenden unangenehmen Aufgabe beschäftigt, um zu bemerken, was in seinem Rücken vorging. Andernfalls wäre er wohl sofort zu Laura geeilt, hätte sie in seine eigene Gondel verfrachtet, heimgebracht, verführt und das Gespräch mit Nicoletta noch einige Stunden hinausgeschoben. Schon die ganze Zeit über auf dem Ball hatte er es kaum erwarten können, Laura in seinen Armen zu halten, während er damit beschäftigt gewesen war, sie zu hofieren und dabei unerwünschte Verehrer – von denen es eine erschreckend hohe Anzahl gab – von ihr fernzuhalten. Bis er sich ihrer nicht völlig sicher war, hatte er wohl keine ruhige Minute mehr. Und dann nagte ja auch immer noch die Angst an ihm, sie könnte tatsächlich nicht ahnen, wer ihr leidenschaftlicher Kavalier tatsächlich war, sondern glauben, dass sie ihren Ehemann betrog.

Drinnen im Palazzo erhob sich Nicoletta anmutig, als Domenico ihr Empfangszimmer betrat. Sie hatte ihn schon kommen sehen und ihn tatsächlich schon die längste Zeit erwartet. Nämlich, seit er wieder von Paris zurückgekehrt war. Eine Erwartung, die er allerdings nicht erfüllt hatte. Er hatte sie im Gegenteil einfach übersehen. Sie und die Briefe, die sie ihm geschrieben hatte. Und alles nur wegen dieser Lappalie! Wegen dieser kleinen, unwichtigen Affäre, die sie damals neben ihm gehabt hatte!

Sie bemühte sich jedoch, ihm nicht ihren Unmut darüber, dass er sich so lange Zeit gelassen hatte sie aufzusuchen, anmerken zu lassen, und reichte ihm nur mit jenem Lächeln die Hand zum Kuss, von dem ein ausländischer Gast einmal gesagt hatte, es würde einen Eisberg in den Vesuv verwandeln.

Domenico nahm dieses Lächeln wesentlich gelassener auf. Er hatte nicht die Absicht, sich lange hier aufzuhalten, sondern kam nach einigen höflichen Worten, mit denen er sich nach der Gesundheit seiner ehemaligen Mätresse erkundigte, sofort auf den Grund zu sprechen, der ihn hergeführt hatte. „Du hast mir den Brief geschrieben, der mich nach Venedig zurückholen sollte?"

Nicoletta, die die direkte und oft ein wenig barsche Art ihres ehemaligen Geliebten nur zu gut kannte, zuckte dennoch zusammen. „Ein Brief ...? Welcher Brief denn?"

„Der Brief eines ‚wohlmeinenden Freundes', der mich wissen lassen wollte, dass meine Frau sich gut in Venedig amüsiert", erwiderte er ruhig. Er wanderte, während er darauf wartete, dass Nicoletta sich eine zufriedenstellende Antwort einfallen ließ, im Zimmer umher und besah sich eine chinesische Vase, die er noch nicht kannte, eine florentinische Statue und ein Monstrum von einer Konsole, deren geschnitztes Bein aus einer sich empor windenden allegorischen Figur bestand, die von zahllosen vergoldeten Putten umflattert wurde. Er wandte sich kopfschüttelnd ab und ließ seine Blicke über all die zahlreichen Geschenke wandern, die Nicoletta von ihren verschiedensten Verehrern zum Zeichen ihrer Bewunderung und noch viel mehr aus Dankbarkeit für geleistetes Entgegenkommen erhalten hatte. Einige kannte er, aber vieles davon war neu. Nicoletta schien ihre Trennung genutzt zu haben.

„Durfte ich denn nicht jedes Mittel wählen, um dich wieder zu sehen?", fragte Nicoletta plötzlich. „Und dich abermals für mich gewinnen?"

Mit Erstaunen bemerkte er, dass sie offenbar darauf verzichtete, Ausreden zu gebrauchen. Er wandte sich nach ihr um und sah sie mit hochgezogenen Augenbrauen fragend an.

Nicoletta ging langsam auf ihn zu, stets darauf bedacht, ihre Schritte anmutig zu setzen und jene königliche Haltung einzunehmen, die ihm früher so anziehend erschienen war. Laura bewegte sich anders, natürlicher und jede Bewegung strahlte Leichtigkeit aus, Lebensfreude, Temperament. Auch wenn ihm dies früher nicht aufgefallen war.

„Kannst du dir nicht vorstellen, Domenico, dass ich unseren Bruch zutiefst bereue? Den einen Moment der Schwäche, der mich deine Zuneigung und mein Glück gekostet hat?"

Domenico musterte sie interessiert. Nicoletta war damals zweifellos in ihn verliebt gewesen, aber nicht genug, um ihn nicht ohne zu zögern mit einem anderen Adeligen zu betrügen, von dem sie sich kostbare Geschenke erwartet hatte. Einer jener wirklich reichen Patrizier, in deren Händen sich durch Heirat und Erbschaft die Vermögen mehrerer Familien vereinigten. Er selbst hatte sie zwar gut gehalten, ihr ein luxuriöses, sicheres Leben geboten, lebte aber im Gegensatz zu den anderen Adeligen, die ihre Paläste verkaufen und ihren Grundbesitz verpfänden mussten, eher bescheiden und sparsam und war nicht bereit gewesen, auf ihre verstiegenen Wünsche einzugehen.

Nun hatte dieser andere sie wohl enttäuscht, sie vielleicht sogar sitzen lassen, und sie war wieder auf ihn verfallen. Aber nicht einmal, wenn da nicht Laura gewesen wäre – sein wunderbares Eheweib – wäre er in Versuchung geraten darüber hinwegzusehen, dass er damals diesen anderen Liebhaber bei ihr erwischt hatte. So jedoch bereitete es ihm mehr Freude und Genuss, seine Frau in schönen Kleidern zu sehen, ihr Lächeln, ihr ungekünsteltes Lachen zu hören und festzustellen, dass sie im Gegensatz zu Nicoletta die Bücher, die bei ihr im Zimmer lagen, auch tatsächlich las.

Die schöne Frau wurde unter seinem Blick nervös. „Was ist denn? Warum sagst du denn nichts? Bedeutet dir unsere Vergangenheit nichts mehr?"

„Du sagst es", erwiderte er ruhig, „Vergangenheit. Aber keine Zukunft mehr, Nicoletta. Es tut mir leid, wenn du dir das erwartet hast."

Sie griff nach einem Fächer um ihre Hände zu beschäftigen und fächelte sich hastig Luft zu. „Du hast also eine andere. Ich hatte es nicht glauben wollen, aber nun habe ich wohl den Beweis. Eine verheiratete Frau, nicht wahr?"

Domenicos Blick wurde kühl. „Wie kommst du darauf?" Paolo war wohl tatsächlich nicht der einzige, der seine amourösen Abenteuer mit seiner Frau beobachtet hatte.

Sie lachte nervös auf. „Wir leben hier in Venedig, mein Bester. Jeder weiß alles über jeden, da kann es nicht lange dauern, bis die halbe Stadt davon spricht, dass der Patrizier Domenico Ferrante einen leer stehenden Palazzo gemietet hat und sich dort mit seiner Geliebten trifft."

„So."

„Sie muss wirklich außergewöhnlich sein", fuhr Nicoletta mit einer gewissen Schärfe in der Stimme fort, „dass du so bedacht darauf bist, diese Affäre geheim zu halten."

„War das der Grund, weshalb du mir abermals einen Brief geschickt hast? Um mehr darüber herauszufinden? Außerdem ist es keine Affäre", gab Domenico ruhig zurück. „Aber selbst wenn, ginge es dich nichts an. Ich bin lediglich gekommen, um dich darum zu bitten, in Zukunft Abstand davon zu nehmen mir Briefe zu schicken, die meine Frau beschuldigen, untreu gewesen zu sein – und die in die falschen Hände fallen könnten." So wie an diesem Morgen, als ihm Sofia mit einem süffisanten Lächeln Nicolettas stark duftenden Brief überreicht hatte.

Nicoletta brauchte einige Sekunden, um sich zu fassen, dann lachte sie spöttisch. „Ach! Ich verstehe! Ihr beide habt also das übliche Abkommen getroffen, habt beide eure Verhältnisse und mischt euch nicht in das Liebesleben des anderen ein."

„Meine Gattin ist nicht wie du", erwiderte er mit leichter Ironie in der Stimme. „Sie tut nichts, was mir missfallen könnte und gibt mir keinen Grund zur Eifersucht." Nun, das stimmte nicht ganz. Laura hatte sich sehr wohl mit einem ihr Fremden getroffen, und er selbst war eifersüchtig. Aber das würde die schöne Nicoletta niemals erfahren. Ein „gehörnter" und eifersüchtiger Ehemann war schon lächerlich, aber einer, der sich selbst hörnte und dann auch noch auf sich selbst eifersüchtig war, war wohl die personifizierte Lächerlichkeit. Und der dann nicht mit dem Spiel aufhören konnte, weil er sich einerseits in seine eigene Frau verliebt und andererseits Angst hatte, ihr die Wahrheit zu sagen.

Aber das würde sich alles mit der heutigen Nacht ändern.

„Du hast mir immer noch nicht verziehen", sagte Nicoletta mit einem unglücklichen Lächeln, ihre Strategie verändernd. „Du kannst meine Dummheit nicht vergeben. Dabei war es doch wirklich nur ein Augenblick der Schwäche ..."

Domenico ergriff ihre Hand und zog sie an seine Lippen. „Brauchst du Geld, meine Schönste?" ‚Meine Schönste'. Zum ersten Mal wurde ihm bewusst, dass er alle seine Mätressen mit diesem gedankenlosen Namen bedacht hatte. Auch Laura. Aber nur anfangs. Bis die Liebe zu ihr ihn gepackt hatte und sie von einer ungeliebten Ehefrau zu einer wahrhaftigen ‚Geliebten' geworden war. Ein bedeutsamer Unterschied, der ihm zur Zeit großes Wohlbehagen einflößte.

Nicoletta zuckte zurück, starrte ihn zornig an, dann wurde ihr Blick dunkler. „Ja, es stimmt, ich brauche Geld. Aber das war nicht der Grund, weshalb ich diesen Brief geschrieben habe. Sondern weil ich hoffte, er würde dich nach Venedig zurückbringen. Ich liebe dich immer noch, Domenico, und ich konnte dich nicht vergessen."

„Lass uns wie vernünftige Menschen miteinander reden, Nicoletta, wie alte Freunde. Wie viel Geld brauchst du?"

Nicoletta zögerte, „Achttausend Dukaten."

Jetzt war Domenico nicht mehr überrascht, dass sie so heftig versucht hatte, seine Aufmerksamkeit zu gewinnen, dieser Betrag entsprach immerhin fast dem Jahreseinkommen des venezianischen Gesandten in Paris. Er war zwar sicher, dass sie die Summe vorsichtshalber erhöht hatte, aber er hatte keine Lust mit ihr zu handeln und er konnte es sich leisten, sie mit diesem Betrag endgültig abzufinden. Er drückte noch einen Kuss auf ihre Hand, dann wandte er sich zur Tür. „Ich werde Anweisung geben, dass du das Geld bekommst." In der Tür drehte er sich nochmals nach ihr um. „Aber bitte, Nicoletta, schreibe keine Briefe mehr und hör damit auf, mir oder meiner Frau nachzuspionieren." Die Tür fiel leise hinter ihm zu, und Nicoletta zerschlug voller Zorn den kostbaren geschnitzten und mit hauchzarter Seide überzogenen Fächer am Tisch.

Laura war bemüht gewesen, sich nichts anmerken zu lassen, hatte – vielleicht ein wenig zu laut – über Marinas Bemerkungen gelacht, die mit einem Mal noch gesprächiger wurde, hatte getan, als wäre sie die glücklichste Frau der Welt, als ihre Schwägerin sie auf die Wange küsste, und hielt noch durch, als Anna ihr aus den Kleidern half. Aber kaum war Anna verschwunden, löschte sie alle Kerzen und sank auf dem Bett in sich zusammen.

Es war ganz still im Haus. Sie saß im dunklen Zimmer, hatte nur die Decke um sich gezogen, zu gleichgültig, um darunter zu schlüpfen und sich ins Bett zu legen. Sie hätte ohnehin nicht schlafen können. Der Moment, wie Domenico mit diesem entschlossenen Schritt auf das Heim seiner Mätresse zugegangen war und angeklopft hatte, die selbstverständliche Art, wie der Diener ihn hereingelassen hatte, dieser Anblick wollte ihr nicht aus dem Kopf gehen. Wenn sie die Augen schloss, sah sie ihn deutlich vor sich. Im Dunkeln wiederholte sich diese Szene immer und immer wieder. Und noch weitere, weitaus schmerzhaftere, gesellten sich dazu. Domenico, der diese Frau küsste, sie umarmte und liebte, so wie er sie geliebt hatte. Oder war er mit Nicoletta anders? Noch leidenschaftlicher? Zärtlicher? Der Gedanke, dass die beiden das Treffen vereinbart hatten, als sie beim Ball nebeneinander standen, setzte sich in ihr fest, und sie krümmte sich wie bei einem körperlichen Schmerz. Sie hatte gedacht, dass die Dunkelheit ihr Ruhe geben würde, aber genau das Gegenteil war der Fall. Wollte Domenico sie wirklich beide behalten? Geliebte und eine Gattin, die er ebenfalls nach allen Regeln der Kunst verführt hatte? Sie erhob sich, als sie Stimmen hörte, die durch das einen Spalt geöffnete Fenster hereindrangen.

Sie trat zum Fenster und lauschte hinaus. Ihr Schlafzimmer ging auf einen der kleinen Innenhöfe hinaus, auf der anderen Seite lagen die Gästezimmer, wo auch Sofia untergebracht worden war. Von ihrem Fenster aus konnte sie in ihr Zimmer sehen. Es war sehr hell drüben, denn Sofia hatte mehrere Kerzenleuchter stehen. Die große Tür, die zu einem kleinen Balkon führte, war etwas geöffnet und Laura konnte alles deutlich erkennen.

Sofia lag nackt auf dem Bett und winkte jemandem zu. „Tretet ein, mein Freund, ich habe Euch schon erwartet."

Sie sprach so laut, dass Laura in der Stille, die im Palazzo herrschte, jedes Wort hören konnte. Sie gab sich offenbar nicht einmal Mühe, ihr Treiben zu verbergen.

Laura hielt den Atem an. Sekundenlang glaubte sie entsetzt Domenico zu sehen, der von einer Geliebten zur nächsten geeilt war, aber dann wandte sich der soeben eintretende Mann ein wenig zur Seite, und sie erkannte Ottavio. Geschminkt und mit Schönheitspflästerchen.

Er lächelte. „Welch ein sinnlicher Anblick. Ich hatte gehofft, dass Ihr mich nicht nur eingeladen habt, um über Domenico zu sprechen, sondern um unsere alte Freundschaft zu erneuern." Er setzte sich neben Sofia auf das Bett und betrachtete sie. Seine Hand fuhr über Sofia, suchte die runden festen Brüste. Laura sah, dass Sofia genussvoll die Augen schloss, als er begann, ihre Brust zu massieren, sie im Kreis zu bewegen. „Ihr seid eine sehr verführerische Frau, Sofia. Äußerst verführerisch. In jeder Hinsicht." Er ließ seine Finger bei diesen Worten über Sofias Leib abwärts gleiten, über ihre Hüften und die Schenkel entlang.

Laura schluckte. Ihre Wangen brannten. Sie wollte weggehen, um nicht heimliche Zeugin dieses schamlosen Treibens zu werden, dann blieb sie jedoch, zwischen Abscheu und Neugier hin und her gerissen, stehen und starrte hinüber. Der Vorhang schwankte leise, verdeckte den Blick, und dann hielt Laura den Atem an, als Ottavios Gestalt wieder in ihr Blickfeld kam. Er hatte sich erhoben, schob langsam seine Jacke von den Schultern, öffnete sein Hemd, dann seine Hose. Sein Glied sprang erregt heraus. Sie konnte es kaum glauben, als Sofia sich umwandte, er ihre Hüften packte und ihr Gesäß zu sich heranzog. Laura konnte die festen Rundungen sehen, die dunkle Spalte, die rosige Mitte. Er griff tief zwischen ihre Beine. Sofia stöhnte auf, reckte sich ihm weiter entgegen.

Laura wagte kaum zu atmen, aus plötzlicher Scham, gesehen zu werden. Sie wollte das Fenster schließen, sich zurückziehen, als Ottavios Stimme wieder erklang. „Habt Ihr keine Angst, bei diesen Spielen entdeckt zu werden?"

„Von wem? Dieses Gänschen wird kaum auf die Idee kommen, hier einzudringen. Dafür ist sie viel zu bieder." Sie lachte spöttisch. „Wie lächerlich von Domenico, Euch ihretwegen mit seiner Eifersucht zu verfolgen!" Ottavio hatte sein pralles Glied bereits in die Spalte geschoben und Laura konnte an Sofias Reaktion erkennen, dass er langsam in sie eindrang.

Der Vorhang bewegte sich wieder leicht im Abendwind. Es wurde immer kälter, aber die beiden Menschen dort drüben schienen es nicht zu fühlen. Laura dagegen zitterte. Sie schlang den Morgenmantel fester um sich. Für einige Minuten konnte sie nur schattenhafte Bewegungen sehen. Nicht, dass Sofias Worte sie kränken oder schockieren konnten, aber Ottavios Anwesenheit bedrückte sie doch. Er hatte sich schließlich so lange Zeit um sie bemüht, dass es ihren Stolz verletzte, ihn jetzt bei einer anderen zu finden, die noch dazu abfällige Bemerkungen über sie machte.

„Und Domenico ist fort", sprach Sofia weiter, während sie Ottavios Bewegungen rhythmisch mit ihrem Becken erwiderte, „bei seiner Mätresse. Er wird wohl kaum vor dem Morgengrauen heimkommen."

„Er ist ein Esel", hörte Laura plötzlich Ottavios gepresste Stimme. „Ein Narr, der sich mit einer *puta* abgibt."

„Offenbar seht Ihr Vorzüge in Laura, die ihm entgehen", meinte Sofia spöttisch. „Domenico wird seine guten Gründe haben, wenn er nicht von seiner geliebten Nicoletta ablassen will. Erst heute hat er wieder einen Brief von ihr erhalten und ist nach dem Ball sofort zu ihr geeilt." Sie seufzte, während sie ihre Hüften kreisen ließ. Ottavio passte sich ihren Bewegungen an. „Domenico ist wirklich nicht zu beneiden, diese Situation auf dem Ball, als er sich der anderen wegen um Laura kümmern musste, muss ihm entsetzlich unangenehm gewesen sein, auch wenn ich beeindruckt war, wie beherrscht er sie gemeistert hat. Überhaupt muss überraschen, mit welcher Freundlichkeit er sich hier mit diesem Gänschen abgibt, während doch in Paris, so hörte ich sagen, eine Geliebte auf ihn wartet. Eine, der er sogar die Ehe versprechen würde, wäre er frei. Aber vermutlich bringt er nur Geduld mit ihr auf, um endlich den von seiner Mutter so heiß ersehnten Erben zu zeugen."

Laura musste ein Aufschluchzen unterdrücken. Sie presste beide Hände auf den Mund.

„Ich wünschte", sagte Ottavio, „er täte es endlich. Er kam gerade zur Unzeit, und je früher er zu seinen anderen Geliebten abreist, desto besser für mich." Ottavio fasste zornig die Hüften der jungen Frau, dann stieß er heftiger zu. Sofia schrie auf, hob den Kopf, bog ihren Rücken durch und bewegte ihr Gesäß im selben raschen Rhythmus, in dem Ottavio zustieß.

Laura hatte sich schon längst abgewandt und legte die Hände über die Ohren, als die Lustschreie Sofias bis zu ihr hinübertönten und sich mit Ottavios Stöhnen vermischten. Dann schloss sie das Fenster und kroch zitternd vor Kälte und Abscheu ins Bett. Sie zog die Decke über den Kopf, aber Ottavios und Sofias Worte hallten weiter in ihren Ohren. *Ein Narr, der sich mit einer puta abgibt* ...

Sie hatte sich getäuscht und zwar so gründlich und schrecklich, dass sie minutenlang vermeinte, nicht weiterleben zu können. Es war ihm nur darum gegangen, seiner Mutter den Wunsch nach einem Enkel und damit seine Pflicht seiner Familie gegenüber zu erfüllen. Er musste sich königlich über seine einfältige Frau amüsiert haben!

Was sie nicht mehr bemerkte, war das zufriedene Lächeln, mit dem Sofia zum Fenster herübersah.

Das erste Morgengrauen machte sich schon bemerkbar, als Domenico sich seinem Haus von der Straßenseite her näherte. Er hatte nach dem Besuch bei Nicoletta noch einmal Paolo aufgesucht, den er am Nachmittag so stürmisch verlassen hatte, und seine Gondel heimgeschickt. Und nun hatte er Zeit, um sich endlich jener Person zu widmen, an deren Gesellschaft ihm am meisten lag. Zu seiner Verwunderung sah er, wie die Tür zu seinem Palazzo aufging und eine dunkle Gestalt herausschlüpfte, die kurz zögerte und sich dann eilig in die entgegengesetzte Richtung davonmachte. Ein Geliebter einer der Mägde? Annas langjähriger Verlobter vielleicht? Er schüttelte nur den Kopf, der Mann war ihm bekannt vorgekommen, aber im Moment wollte er nicht darüber nachdenken. Auch nicht darüber, dass er nächtliche Besuche bei seinem Gesinde in Zukunft untersagen würde, da er keine Fremden im Haus duldete und schon gar nicht nachts.

Die Tür war tatsächlich unverschlossen. Verärgert legte er von innen den schweren Riegel vor und ging die Treppe hoch. Er ließ seinen Mantel und seine Maske in dem kleinen Zimmer vor Lauras

Schlafzimmer, öffnete dann leise die Tür und trat ebenso leise ein.

Jetzt, wo er die Sache mit Nicoletta endlich bereinigt hatte, war es an der Zeit, Laura nicht mehr als Cavaliere d'Amore in die Arme zu schließen, sondern als ihr Gatte. Außerdem wollte er sie endlich in seinem Bett haben. Nämlich in seinem Ehebett und nicht in einem fremden. Er wollte am Abend mit ihr im Arm einschlafen und am nächsten Morgen wieder mit ihr aufwachen.

Es war angenehm warm im Raum, da er der Dienerschaft Anweisung gegeben hatte, darauf zu achten, dass die Räume seiner Frau Tag und Nacht gut geheizt waren. Das war nicht üblich und in seinem eigenen Zimmer war es auch wesentlich kälter, aber Laura sollte es behaglich haben. Sie hatte die schweren Vorhänge ihres Bettes geöffnet, das erste Licht des Tages zeigte ihm undeutlich ihre Züge. Sie schlief tief und fest, das dunkle Haar floss über ihr Kissen, eine Hand hatte sie über ihrem Kopf liegen, die andere ruhte auf ihrem Leib. Die Decke war etwas verrutscht, gab den Blick auf eine volle Brust frei, deren köstliche Form sich deutlich durch das spitzenbesetzte Baumwollhemd abzeichnete.

Ein Bild der Sinnlichkeit und Anmut, selbst im Schlaf.

Domenico setzte sich vorsichtig neben sie, um sie nicht zu wecken, und blies auf die Brustspitze, die noch kaum zu ahnen war, jedoch schnell härter wurde. Er konnte durch den Stoff sehen, wie sich der dunkle Hof zusammenzog, die rosige Warze sich aufstellte. Er blies nochmals. Jetzt erhob sie sich stärker. Domenico betrachtete entzückt die Erhebung, meinte fast, sie zwischen seinen Lippen zu fühlen. Aber noch nicht. Er würde sie dann aufwecken, aber zuerst wollte er sie ansehen, sie genießen, die unbewussten Reaktionen ihres Körpers fühlen. Den Moment hinauszögern, wo er sie in die Arme nehmen und voller Glück fühlen würde, wie sie sich an ihn schmiegte, ihn küsste.

Er hob die Hand, strich ihr eine Strähne ihres weichen Haares aus der Stirn, sie bewegte sich etwas. Er hielt inne, wartete, dann fuhr er hauchzart mit seinen Fingerspitzen die Linie ihres Halses entlang, über ihre Brust, die aufgestellte Spitze. Sie bewegte sich abermals, wandte sich ihm mehr zu. Er schob vorsichtig die Decke weiter zur Seite, Millimeter für Millimeter. Die gerundete Hüfte kam zum Vorschein, ein weicher Schenkel, alles immer noch verborgen unter dem Hemd. Er schluckte, als er seine Erregung steigen fühlte. Aber er wollte sich noch Zeit lassen. Dies sollte die erste von unzähligen Nächten sein, wo er neben ihr lag, sie betrachtete und leise im Schlaf liebkoste. Etwas, das ihm bei keiner seiner früheren Geliebten jemals eingefallen wäre.

Behutsam schob er das Nachthemd hinauf, über ihre Knie, ihren Schenkel, und glitt sanft darunter. Sie bewegte sich abermals, öffnete im Schlaf wie von selbst die Beine. Er genoss die samtweiche Haut auf der Innenseite ihrer Schenkel, die Wärme, die ihm sagte, dass er bald sein Ziel erreicht haben würde. Eine Wärme, die in Form von Hitze auf ihn übergriff. Sie war heiß und feucht hier oben. Überraschend feucht sogar, nicht nur von nächtlichem Schweiß, sondern von Erregung. Ob das von seinen Berührungen kam? Ob sie ihn trotz des tiefen Schlafes so stark fühlen konnte, dass sie für ihn empfänglich wurde?

Domenico wurde vor Liebe die Kehle eng. Es war etwas, das er bisher nie gefühlt hatte, und das ihm die Vorstellung eines Lebens ohne Laura unmöglich machte. Ohne ihr Lächeln, ihre Stimme, in der manchmal dieses glucksende kleine Lachen durchklang, das ihn so amüsierte, ihrem Blinzeln, ihrem Körper. Seine Laura. Seine Frau, die hier lag, offen für seine Hände, seinen Körper, und die ihn selbst jetzt, wo der Schlaf ihr das Bewusstsein geraubt hatte, willkommen hieß. Der Drang, sie stärker zu berühren, wurde übermächtig. Er beugte sich zu ihr nieder, seine Lippen wanderten über ihren Schenkel, über den Stoff des Nachthemds weiter zu ihrem Bauch, bis er endlich wieder diese neckische Brustwarze erreicht hatte, nach der er schon zuvor so große Sehnsucht verspürt hatte.

Als er sie durch den Stoff hindurch mit seinen Lippen umfasste, hob sich ihr Körper ihm entgegen. Sie seufzte leicht, sagte etwas. Domenico lächelte. Er schob sich etwas höher, legte seine Lippen an ihre. Sie sprach wieder. Es war nicht mehr als ein Hauch, aber doch verständlich.

„... Ottavio ... mein Liebster ..."
Ottavio?!!!
Domenico erstarrte, als wäre er in diesem Moment zu Stein verwandelt worden. Alles in ihm krampfte sich zusammen und er fühlte eine eisige Kälte in sich hochsteigen. Sein Glied, eben noch ungeduldig pochend, schien so wie er selbst alle Freude und Kraft verloren zu haben. Er konnte sich nicht verhört haben. Sie hatte leise gesprochen, aber deutlich genug. Er starrte ihr ruhiges Gesicht an, als könnte er mit seinen Gedanken in die ihren dringen. Dann schloss er die Augen und presste die Lippen aufeinander, um nicht laut loszuschreien. Ottavio! Er war es also, an den sie in ihren sinnlichen

Träumen dachte. Den sie „Liebster" nannte!

Er zog sich vorsichtig zurück und ließ sich in einen Stuhl neben dem Bett sinken, als ihm der Mann einfiel, der vor Kurzem das Haus verlassen hatte. Er war ihm bekannt vorgekommen und jetzt, in einem Moment absoluter Hellsichtigkeit, wusste er weshalb. Es war Ottavio gewesen! Der verdammte Kerl hatte ihn bei seiner Frau vertreten, während er damit beschäftigt gewesen war, seine ehemalige Mätresse abzufinden und seinen besten Freund in seinem Liebeskummer zu trösten!

Die Enttäuschung, der Schmerz und die Scham über seine eigene Dummheit ließen ihn aufstöhnen. Wie hatte er sich nur so gehen lassen können? So unglaublich dumm und blind sein können!? Er hatte sich der Selbsttäuschung hingegeben, dass sie nicht nur ahnte, wer sich wirklich hinter der Maske verbarg, sondern die Zuneigung und Leidenschaft ihres ‚Cavalieres' auch erwidert. Aber vermutlich war das alles nur Betrug gewesen, um ihn in Sicherheit zu wiegen, während ihre Zuneigung einem anderen gehört hatte. Nicht nur ihre Zuneigung, wie er jetzt feststellen musste, sondern offenbar auch ihr Körper. Und indem sie es mit beiden gleichzeitig trieb, hatte sie ihren einfältigen Gatten in Sicherheit gewiegt.

Rasende Eifersucht stieg in ihm hoch. Alles passte so gut zusammen. Die heimlichen Treffen zwischen den beiden, wenn er außer Haus war. Sofia hatte in den letzten Tagen mehrmals eine Bemerkung darüber fallen lassen, dass Ottavio kein seltener Gast im Hause war. Er hatte jedoch angenommen, dass ihre Worte der Bosheit entsprangen. Dann diese unverschämten Blicke, mit denen sein Vetter Laura musterte. Dieses Ständchen, das er ihr gebracht hatte. Es fügte sich nun so logisch eins ins andere.

Natürlich hatte sie gewusst, wer er war! Aber sie hatte sein Spiel mitgespielt und sich wohl köstlich dabei amüsiert. Laura war alles andere als dumm, das hatte er in den letzten Wochen, in denen er sie besser kennengelernt hatte, feststellen können. Aber sie war mehr als das. Sie war durchtrieben. Keinen Deut besser als Nicoletta. Oder all die anderen Ehefrauen, die ihre Männer betrogen. Aber die anderen Männer waren nicht eifersüchtig, sondern trieben es nicht besser. Er war aber nicht wie die anderen - er war in seine Frau verliebt und wollte sie nur für sich alleine.

Das musste er erreichen, ohne sich dabei eine Blöße zu geben.

Sie war etwas unruhiger geworden. Vermutlich fühlte sie die Anwesenheit eines anderen im Zimmer. Er musste gehen, bevor sie erwachte, weil er jetzt nicht die Kraft hatte, mit ihr zu sprechen oder ihr zu erklären, was er in ihrem Zimmer suchte. Nein, er durfte sich nicht bloßstellen, sondern musste ihr und Ottavio gegenüber kühl und gelassen erscheinen, dabei durchblicken lassen, dass er wusste, was los war, um den beiden keinen Grund zu geben, sich über ihn und seine Gutgläubigkeit lustig zu machen. Nichts war lächerlicher als ein eifersüchtiger Ehemann, der eine Szene machte. Er würde sogar spöttisch lächeln, wenn er Laura zur Rede stellte, über allem erhaben erscheinen und über den Dingen stehen. Das sollte dieses ehebrecherische Weib vor seinem Großmut und seiner würdevollen Überlegenheit ganz klein und armselig erscheinen lassen.

Und dann? Am besten war es wohl, sie für längere Zeit von Ottavio zu trennen. Er hatte keine Möglichkeit, diesen aus der Stadt zu weisen, also musste er mit ihr wegfahren. Am besten wohl auf seinen Landsitz, wie er es ohnehin vorgehabt hatte, und sie schlimmstenfalls für die nächsten Jahre dort einsperren. Mochte sie dort heulen und zetern wie zu Beginn ihrer Ehe. Alles war jetzt besser als das. Das Spiel hatte sich verändert, es gefiel ihm nicht mehr, aber er würde es durchstehen und Ottavio aus Lauras Träumen und Gedanken verdrängen.

Als sich die Tür leise hinter Domenico schloss, öffnete Laura die Augen. Eine Träne perlte unter den Wimpern hervor. Was hatte sie unlängst in einer der Komödien von Goldoni gehört? „Wenn einem die Frau böse ist, genügen ein paar Liebkosungen, und sie ist getröstet …" Nun, sie war keine von diesen Frauen, die sich von Liebkosungen trösten ließ, nachdem der Mann bis in die frühen Morgenstunden seine Geliebte besucht hatte.

Sie hatte nicht schlafen können, nur über das nachgedacht, was sie gehört hatte. Sie alle hielten sie für eine dumme Gans. Sofia hatte das ganz deutlich ausgesprochen. Domenico hielt sie für dumm, weil er glaubte, ungestraft seine Frau hintergehen und als maskierter Cavaliere schwängern zu können, und Ottavio, der sie hofiert, ihr monatelang seine Liebe beteuert hatte und sich mit Sofia abgab. Neben dem Schmerz und der Kränkung war auch der Wunsch nach Rache hochgestiegen. Sie hatte es ihnen – vor allem Domenico, die anderen waren weitaus unwichtiger – zurückzahlen wollen.

Und die Gelegenheit war schneller gekommen, als sie gedacht hatte. Sie hatte es ihm heimgezahlt. Gründlich. Alles. Sein hinterhältiges Spiel, seine herablassende Art, mit der er sie behandelt hatte und vor allem sein Verhältnis zu dieser Nicoletta. Einen Mann wie Domenico traf man am besten bei seinem Stolz.
Sie drehte sich im Bett um, vergrub das Gesicht im Kissen und weinte.

Mit dem Liebhaber ertappt

Laura war wieder aus dem Hinterausgang gehuscht und lief, verborgen unter ihrer *maschera nobili*, durch die engen Gassen den nun schon vertrauten Weg zum Palazzo ihres Cavalieres. Es war schwieriger als sonst gewesen, sich ungesehen aus dem Haus zu entfernen, da Sofia den ganzen Tag über wie eine Klette an ihr klebte. Laura hatte sie zwar kühl behandelt, sich jedoch außerstande gesehen, ihr ihre Verachtung und ihren Abscheu entgegenzuschleudern, ohne zu verraten, was sie in der Nacht belauscht hatte, und hatte sich schließlich mit Kopfschmerzen in ihr Zimmer zurückgezogen. Wobei diese Unpässlichkeit dieses Mal nicht einmal vorgetäuscht war, denn sie fühlte sich gedemütigt und zutiefst unglücklich.

Es war das erste Mal, dass sie nicht gerne gekommen war. Sie hatte es auch nicht getan, um einige leidenschaftliche Stunden zu verbringen, sondern um ihm zu sagen, dass sie die Wahrheit wusste und diese schlechte Komödie endlich beenden wollte. Und dann wollte sie ihn vor die Entscheidung stellen, ob er diese Nicoletta und alle anderen als Mätressen – oder sie als Ehefrau haben wollte. Für sein doppeltes und heimtückisches Spiel hatte sie keine Kraft mehr. Sogar Ottavio hatte ihn einen Narren genannt, der seine Leidenschaft bei einer Hure verausgabte, statt bei seiner Ehefrau. Sie wollte aber alles oder nichts. Eher hätte sie sich wieder ins Kloster zurückgezogen, als weiter bei ihm zu bleiben und für ihn nichts weiter zu sein als jene Frau, die dafür sorgte, dass die Familie nicht ausstarb.

Als sie den Palazzo betrat, die Treppe hochstieg und durch die Tür in ihr Liebesnest trat, wartete ihr Cavaliere nicht wie sonst auf sie, trat jedoch fast unmittelbar nach ihr ein.

Sie hob abwehrend die Hand, als er ungeduldig auf sie zukam und nach ihr griff, ließ zwar dann zu, dass er ihr Hut und Maske abnahm und den schwarzen Umhang von ihren Schultern streifte. Aber als er sich an ihrem Kleid zu schaffen machte, schob sie ihn weg. Er trug nicht nur wieder diese lächerliche Maske, sondern hatte nicht einmal seinen Mantel abgelegt. Laura musterte ihn kühl. Wie lange hatte er eigentlich noch vor, dieses dumme Spiel fortzusetzen? „Einen Moment, mein geheimnisvoller Kavalier", sagte sie, als er abermals nach ihr griff. „Ist heute nicht der Tag, an dem Ihr mir Eure Identität entdecken wolltet? Mir will scheinen, beim letzten Treffen hattet Ihr etwas Derartiges gesagt."

„Noch nicht." Seine Stimme war nicht mehr als ein raues Flüstern. „Zuerst sollt Ihr mir gehören. Ein letztes Mal, bevor ich meine Maske fallen lasse."

„Heute nicht. Heute bin ich nur gekommen, um mit Euch etwas zu besprechen."

„Aber, *mon amour*, so zurückhaltend heute? Habe ich etwas getan, um Euch zu beleidigen? Dann verzeiht mir, das geschah gewiss nicht mit Absicht. Und nun seid nicht so grausam zu mir. Lasst mich Eure Verzeihung erlangen, indem ich Euch liebe, wie Ihr noch nie von mir geliebt wurdet. Lasst mich diesen reizenden Leberfleck auf Eurem Busen küssen, der jedes andere Schönheitspflästerchen in den Schatten stellt." Seine Hände glitten über ihren Körper, als er sprach, und seine linke Hand fuhr dorthin, wo sich unter dem Kleid und Mieder tatsächlich ihr kleiner Leberfleck befand.

Sie schob ihn abermals weg, dieses Mal noch energischer. „Wir haben einiges zu bereden, *monsieur!*" Sie gab dieses Mal dem *monsieur* einen sarkastischen Ausdruck.

„Lasst uns später sprechen, meine wunderbare und einzige Geliebte. Lasst mich Euch meine Liebe beweisen, bevor wir hohle Worte wechseln, uns damit auf dem Boden der Alltäglichkeit bewegen. Bitte, meine Angebetete, habt Nachsicht mit einem Verdurstenden, der sich an Eurer Schönheit laben will."

Laura lauschte seiner Stimme nach. So ähnlich übertriebene Worte hatte er zu Anfang gefunden, als er das Spiel begonnen hatte, aber welchen Grund konnte er heute haben, sie wieder so zu umwerben? Er sprach auch leiser als üblich, flüsterte gerade noch. Und auch sonst war etwas anders an ihm. Heute stieg ein seltsamer Ekel in ihr hoch, als seine Hände über ihren Körper glitten. Nicht auf diese selbstverständliche, besitzergreifende und zugleich ungemein sinnliche

Art, sondern hemmungslos und gierig. Sie wich zurück, immer weiter, bis sie mit dem Rücken zur Wand stand, sie nicht mehr weiter konnte, und als er sich anschickte, ihr Kleid zu öffnen, machte sie sich abermals frei, dieses Mal weitaus heftiger.

Er zog sie wieder heran, und sie fühlte seine Finger, rücksichtslos und unbeherrscht. Er zerrte an ihrem Kleid, der Stoff riss, die Bänder, die den Rock am Mieder gehalten hatten gaben nach, und sie stand nur noch in den Unterröcken vor ihm.

Laura stieß einen Schrei der Empörung aus. „Lasst mich sofort los!"

„Nein, seid gnädig mit mir, meine Schönste, lasst mich Euch besitzen. Ich vergehe nach Euch ...".

Laura geriet in Panik, als sie merkte, wie er eine Hand zurückzog, um seine Hose zu öffnen und sein erregtes Glied in ihre Hüften stieß. Sie schlug sogar nach ihm, etwas, das ihr bisher nicht einmal im Traum eingefallen wäre, aber er schien wie von Sinnen zu sein, riss ihr auch noch die Unterröcke herab, obwohl sie sich ungestüm wehrte, und fingerte an ihrem Mieder.

„Habt Ihr den Verstand verloren?!"

„Ja, aus Leidenschaft zu Euch!" Seine Stimme war ein fast unverständliches Keuchen, aber in diesem Moment wurde Laura klar, dass nicht ihr Cavaliere vor ihr stand, sondern jemand anderer. Sie begann zu schreien, zu treten, zu strampeln, zu kratzen – aber er war soviel kräftiger als sie, riss sie herum und zerrte sie zum Lehnstuhl. Zu jenem, wo sie noch vor wenigen Wochen gelegen war, sich willig und erregt ihrem Kavalier hingegeben hatte. Aber dieses Mal verspürte sie nur Zorn und Ekel, als der Fremde sie mit dem Gesicht nach unten über die Lehne bog, bis ihr Gesäß ihm hilflos und offen entgegengereckt war. Er stieß mit dem Knie zwischen ihre Beine, um sie weiter zu öffnen, obwohl sie immer noch zappelte und nach ihm trat. Mit einer Hand hielt er ihre beiden Hände zusammen, seine andere Hand glitt tief zwischen ihre Gesäßbacken hinein. Laura nahm Zuflucht zu Flüchen, die sie sonst nicht einmal gedacht hatte, aber das war schon alles, was sie noch an Verteidigung gegen ihn vorbringen konnte, bis er ihr auch noch den Mund zuhielt. Dann fühlte sie sein heißes Glied an ihrer Scham. Nur noch wenige Augenblicke und dann ...

In diesem Augenblick hörte sie, wie die Eingangstür mit einem Knall zufiel, dann harte, schnelle Schritte. Jemand sprang die Treppe hinauf. Die Tür wurde aufgestoßen und schließlich ...

„Du verdammter ...!"

Im nächsten Moment löste sich sein Griff, ein Ächzen, ein Aufprall und ein Stöhnen.

Laura fuhr herum. Einige Schritte von ihr entfernt lag jemand am Boden, halb verkrümmt, die Hände zur Abwehr erhoben, während ein zweiter Mann in einem schwarzen Umhang sich hinabbeugte, ihn an der Jacke packte und wieder hochzerrte, um ihn mit voller Wucht gegen die Wand zu werfen. „Ich hatte dich gewarnt, ihr zu nahe zu kommen! Und ...", Domenicos Stimme klang heiser vor Wut, „... ich habe dir gesagt, ich würde dich zuerst die Treppe hinunterwerfen und dann im Kanal ersäufen, wenn du auch nur deine Finger nach ihr ausstreckst!"

Laura, soeben noch unendlich erleichtert von ihrem Vergewaltiger befreit zu sein, presste entsetzt die Hände auf den Mund, als sie den Mann erkannte, der soeben von Domenico auf den Gang hinausgezerrt wurde. Ottavio!

Sie hörte von draußen wildes Gepolter und Schreie und rannte den beiden nach. Als sie zum Treppenabsatz kam, sah sie, dass Domenico seinen Vetter am Kragen gepackt hatte und ihn die Treppe hinunterstoßen wollte, wild entschlossen, den ersten Teil seiner Drohung wahrzumachen, während sich Ottavio mit Armen und Beinen am Geländer festklammerte.

Laura stürzte sich auf Domenico und krallte sich in seinem Umhang fest. Die Angst, ihr Mann könnte in seinem Zorn etwas Furchtbares tun, war noch weitaus stärker als die eigene Wut auf Ottavio. „Nicht! Du bringst ihn ja um!"

„Genau das ist auch meine Absicht!" Domenico wehrte Laura ab und Ottavio nutzte die Gelegenheit, um sich von seinem mordlüsternen Griff loszureißen. Er schlitterte und stolperte die Stufen hinab, kam dann auf die Beine und hastete weiter. Als Laura keine Anstalten machte, ihre Finger aus Domenicos Mantel zu lösen, schlüpfte er kurzerhand hinaus und sprang, während Laura nur noch mit dem leeren Mantel dastand, Ottavio nach, der zu Lauras Erleichterung bereits die Tür erreicht hatte.

Als Domenico nur wenige Sekunden später ebenfalls bei der Tür ankam, sah er, wie sein Vetter – die Hose mit beiden Händen haltend – über die nächste Brücke rannte und von dort halsbrecherisch in eine Gondel sprang. Er wollte ihm nach, wurde jedoch von einigen jungen Burschen aufgehalten, die lachend und singend die schmale Gasse entlangtorkelten, und als er sie endlich weggestoßen hatte und die Brücke erreichte, war Ottavio schon längst verschwunden.

Domenico schickte ihm einige unterdrückte Flüche nach und kehrte dann um. Als er das Haus betrat, sah er oben am Kopf der Treppe Laura stehen. Sie hatte sich seinen Umhang über ihre Schultern gelegt und hielt ihn mit beiden Händen vorne zu, ihr Gesicht war bleich und in ihren Augen standen Tränen.

„I ... ist er ... tot?"

„Das wäre er, wenn du mich nicht festgehalten hättest." Sein Zorn war noch lange nicht verraucht. Ottavio war ihm – vorläufig – entgangen, aber hier stand Laura. Seine Frau, die er halb nackt in den Armen eines anderen gefunden hatte, und die es jetzt auch noch wagte, Tränen um diesen Spitzbuben zu vergießen. Jetzt noch sah er sie vor sich, wie sie dort stand, während Ottavio seine Hand zwischen ihre Beine geschoben und sie sich vor Lust gewunden hatte. Nur eine Minute später und sein Glied hätte sich in sie gebohrt.

„Zieh dich an. Du wirst jetzt nach Hause gehen. Um deinen Liebhaber kümmere ich mich später." Seine Stimme schien nicht ihm zu gehören. Da war sie wieder, diese kalte, schmerzhafte Klammer, die ihm den Atem nahm. Nur noch schlimmer als das letzte Mal, als ihm klargeworden war, wem ihre Zuneigung gehörte, denn heute mischte sich noch Wut dazu, die alles vor seinen Augen verschwimmen ließ.

Sie griff nach seiner Jacke, aber er stieß ihre Hand zurück. Ihre Augen waren groß und angstvoll, ihr Gesicht bleich. „Du darfst ihm nichts tun, Domenico!"

Domenico fühlte, wie alles Blut in seinem Körper hochstieg, in seinen Kopf hinein, bis die Ader an seinem Hals heftig pochte. „Ach nein, darf ich nicht? Das kann ich mir vorstellen! Aber dieses Mal habt ihr beide Pech gehabt", setzte er höhnisch hinzu. „Dieses Mal habe ich euch erwischt und ihr werdet beide die Konsequenzen tragen müssen. Du ebenso wie er!"

Er war den ganzen Tag über unterwegs gewesen. Zum einen, weil er Laura nicht sehen wollte und zum anderen, weil er noch einige Dinge zu regeln hatte, bevor er sich mit ihr auf das Landgut zurückziehen wollte, um sie von ihrem Liebhaber zu trennen. Und wäre nicht Sofia gewesen, die ihn unschuldig fragte, ob er nicht wüsste, wo Laura sei, die heimlich das Haus verlassen hätte, nachdem ein Bote eine Nachricht von Ottavio gebracht hatte, wäre er auch niemals auf die Idee gekommen, sie hier zu suchen. Ottavios wohlbekannter Diener, der bei seiner Ankunft hier vorm Haus herumgelungert und dann rasch das Weite gesucht hatte, war der letzte Beweis dafür gewesen, dass sie sich tatsächlich hier trafen. Sofia hatte vermutlich die ganze

Zeit über genau gewusst, was gespielt wurde. Daher auch immer ihre Anspielungen, die ihn auch noch erzürnt hatten, weil er in seiner Einfalt und Arroganz so sehr von Lauras Untadeligkeit und ihrer Zuneigung zu ihm überzeugt gewesen war.

„Aber Domenico, du glaubst doch nicht wirklich ...?!"

„Zieh dich an", wiederholte er kalt. Ihr Blick tat ihm plötzlich weh, und er wandte sich ab. Sie durfte nicht wissen, wie sehr sie ihn getroffen hatte. Die Erkenntnis, dass sie offenbar nicht nur mit ihm Verabredungen gehabt hatte, sondern auch mit Ottavio – was konnte den beiden opportuner sein, als ein vom trotteligen Ehemann gemietetes *casino*? – riss ihn entzwei, versetzte ihn in eine Verzweiflung, die er kaum zu beherrschen wusste.

„Aber du musst mir zuhören!"

„Tu, was ich dir sage!" Er packte sie an der Schulter und schob sie wieder in das Zimmer hinein.

„Domenico ..."

„Habt ihr es nur hier getrieben oder auch woanders?"

Laura zuckte unter diesen Worten zusammen. „Nein!"

Er fasste sie derb an den Schultern, um sie zu schütteln. „Aber du hast doch nicht nur von ihm geträumt, nicht wahr? „Wie lange geht das schon? Hattet ihr euer Verhältnis schon begonnen, bevor ich in die Stadt kam? Los, antworte mir!" Sein Blick glitt über ihren Körper – der Mantel hatte sich geöffnet – und ihm wurde bewusst, dass sie darunter fast nackt war. Er kochte vor Zorn und Eifersucht und zugleich erwachte eine brennende Begierde nach ihr. Er wollte sie plötzlich besitzen, sie nehmen und gleichzeitig für ihre Untreue und seine Enttäuschung strafen. Er wollte sie demütigen. Dieses verkommene Geschöpf, das es gewagt hatte, ihn in sich verliebt zu machen und ihn dabei bei jedem Treffen in Gedanken betrogen hatte. Wer wusste schon, wie oft sie sich noch mit ihrem Liebhaber Ottavio getroffen hatte! Wenn er zuvor noch einen Zweifel gehabt hatte, dass ein Verhältnis mit seinem Vetter bestand, dann war jetzt alles völlig klar. Sie hatte es mit ihnen beiden getrieben. Mit ihm, um ihn in Sicherheit zu wiegen, und dann mit seinem verfluchten Vetter, den er in die tiefste Hölle wünschte und ihm einen schnellen Weg dorthin verschaffen würde.

Sie wollte sich losmachen, aber er hielt sie fest, drehte sie herum, bis sie mit dem Rücken zu ihm stand und drängte sie zu dem Sessel. „Dein Liebhaber hat sich davongemacht, aber ich bin noch nicht fertig mit dir. Außerdem möchte ich nicht, dass dir durch meine

Schuld der Genuss entgeht, hier über dem Sessel gebogen genommen zu werden wie eine Hure." Seine Stimme klang heiser an ihr Ohr, und sein Atem strich heiß über ihre Wange und ihren Hals.

„Aber ..."

Er legte die Hand über ihren Mund. „Sei still!" Er riss mit einem Ruck den Mantel von ihren Schultern, seine Hände glitten über ihre Arme abwärts, legten sich um ihre Taille. Laura stieß den Atem aus, als er sie eng an sich presste. „Ich wäre doch ein Narr, würde ich deine Bereitwilligkeit und Hingabe nicht besser nutzen, nicht wahr? Und mir nicht das holen, was du mir im Ehebett versagst!"

Seine Hände lagen jetzt um ihre Brüste, massierten sie fest und fast derb, seine Finger glitten unter das Mieder, rieben die zarten Spitzen, bis sie leicht aufschrie. „Du schreist?", flüsterte er an ihrem Ohr. „Nun, ich werde dich noch viel mehr zum Schreien bringen."

„Nein, tu das nicht! Lass mich!" Sie wehrte sich, stieß ihn fort, stolperte und fiel auf die Knie.

Domenico wollte nach ihr greifen, sie hochzerren, aber dann hielt er inne und starrte auf seine Frau, die vor ihm kniete, die Arme schützend um ihren Körper gelegt. Sein Zorn sank plötzlich in sich zusammen. Was hatte er nur getan? Seinen Zorn und seine Eifersucht, seine Verzweiflung an ihr ausgelassen. Dabei war er es schließlich gewesen, der mit Lieblosigkeit und Zynismus das Spiel begonnen hatte. Hätte er sie von Beginn an mit Respekt und Zuneigung behandelt, wäre all das nicht passiert, dann hätte Ottavio und auch sonst kein anderer jemals die Gelegenheit gehabt, sie ihm zu stehlen.

Laura sah nicht auf. Sie fühlte, dass er hinter ihr stand, fühlte seine Nähe, aber so sehr sie ihn sonst liebte, so sehr hasste sie ihn in diesem Augenblick. Er konnte doch nicht tatsächlich glauben, dass sie ihn mit Ottavio betrogen hatte! Nicht einmal, nachdem sie in der Nacht davor seinen Namen geflüstert hatte.

Wenn er doch nur endlich gehen würde. Sie wollte ihn nicht mehr fühlen, ihn nicht mehr hören. Und sie konnte ihm nicht sagen, dass Ottavio sie hatte vergewaltigen wollen. Jedenfalls nicht, ohne befürchten zu müssen, dass er tatsächlich versuchte, ihn zu töten. Und um ihm im Gefängnis zu sehen – nein, dafür liebte sie ihn immer noch zu sehr.

„Geh weg und lass mich in Ruhe." Sie zuckte zusammen, als er seinen Mantel über ihre Schultern legte.

„Laura ..." Seine Stimme klang plötzlich müde. „Laura, bitte sieh mich an."

„Geh weg! Und fass mich nicht an!" Sie schrie es fast hinaus, als er sie berührte.

Er kniete neben ihr nieder, nahm sie in die Arme. „Laura, bitte. Verzeih mir, ich wusste kaum, was ich tat. Ich war wie von Sinnen." Wäre er nicht so entsetzt und gekränkt gewesen, hätte er wohl über sich selbst gelacht. Weit war es mit ihm gekommen! Kühl und überlegen hatte er Laura ihre Untreue auf den Kopf zusagen wollen und hatte sich dann, als es so weit war, wie ein eifersüchtiger Verrückter benommen. Aber Laura sollte keine Angst haben. Nicht sie. Ottavio hatte bei einem nächsten Wiedersehen allerdings allen Grund dazu.

Sein Blick fiel auf Lauras halbzerrissene Kleidung. Die zerfetzten Bänder. Jetzt, wo der erste glühendrote Zorn, der ihm das Denkvermögen geraubt hatte, abgekühlt war, konnte er klarer überlegen. Sah das wirklich nach einem zärtlichen Stelldichein aus? Wären die beiden wirklich so unvorsichtig gewesen? Und konnte es sich eine Frau, die ihren Mann betrog, überhaupt leisten, mit zerrissenen Kleidern heimzukommen? Wenn er jetzt nachdachte, dann hatte es nicht ausgesehen, als hätte sich Laura vor Lust gewunden, sondern sich eher gegen etwas gewehrt, das sie nicht wollte. „Laura. Sieh mich an!"

Laura wollte sich freimachen. „Lass mich in Ruhe!"

„Nein, das kann ich nicht. Nicht jetzt." Er lockerte seinen Griff, ohne sie ganz loszulassen. Es gelang ihr jedoch, ihn wegzustoßen, und sie rutschte auf Knien von ihm fort zu ihrem am Boden liegendem Kleid.

Er hatte es vor ihr in der Hand und zerknüllte den kostbaren Stoff so energisch zwischen den Fingern, als wäre es Ottavio. „Laura ... Wusstest du wirklich nichts? Hat ... hat dieser Bastard es gewagt, dich zu überfallen?!"

„Geh doch endlich! Ich will mich anziehen! Ich will hier fort! Oder erwartest du etwa, dass ich nackt auf die Straße laufe?" Sie starrte ihn mit einem Ausdruck an, der ihm das Herz im Leib herumdrehte. „Ist es das? Willst du mich öffentlich noch mehr bloßstellen, als du es mit deinen Mätressen schon getan hast? Dass du dich nicht schämst! Ausgerechnet du willst mir etwas vorwerfen?! Du? Wo du doch ..." Sie unterbrach sich und wandte ihm den Rücken zu.

Domenico erhob sich endlich. Es war wohl besser, wenn sie sich beruhigte, bevor er mit ihr sprach. „Wir unterhalten uns später darüber, Laura. Aber jetzt zieh dich an." Er wollte ihr das Kleid

umlegen, aber Laura riss es ihm aus der Hand.
„Ich brauche keine Zofe! Geh!"
„Dann warte ich draußen auf dich. Ich werde dich heimbringen."
„Ich kann alleine heimgehen." Sie erhob sich zittrig und atmete auf, als Domenico endlich begriffen zu haben schien und den Raum verließ. Zurückgeblieben beneidete Laura alle Frauen, die angesichts solcher Katastrophen in Ohnmacht fallen konnten. Ihr jedoch blieb die Gnade des dunklen Vergessens – und wäre es auch nur für wenige Momente – versagt. Sie atmete einige Male tief durch, dann zog sie sich langsam die zerrissenen Kleidungsstücke an, sich dabei immer wieder am Bettpfosten festhaltend. Domenico hatte beim Hinausgehen auch ihren Umhang aufgehoben und auf einen kleinen Sessel gelegt. Sie warf ihn sich um, setzte die Maske auf und zog sich den am Hut befestigten Schleier um den Kopf.

Als sie auf den Gang hinaustrat, sah sie unten am Fuß der Treppe Domenico. Er saß auf der letzten Stufe und hatte den Kopf in die Hände gestützt. Als er sie hörte, drehte er sich um und stand auf. Sie hielt sich am Geländer fest, als sie ganz langsam, Stufe für Stufe, hinunterschritt, weil ihre Beine sie kaum tragen wollten, und sie Angst hatte zu stolpern. „Warum bist du nicht fort?"

„Weil ich dich heimbringen werde."

Er öffnete die Tür und griff nach ihrem Ellbogen, um sie festzuhalten, als sie die wenigen Stufen hinunterstieg, die den Eingang vom Kanal trennten, wo seine Gondel auf ihn wartete. „Nach Hause." Der Gondoliere nickte und wartete, bis Domenico ihr hineingeholfen hatte, dann stieß er die Gondel vorsichtig vom Ufer ab. Er war zweifellos Zeuge gewesen, wie Ottavio völlig zerzaust und mit offener Hose hinausgerannt und er ihm hintergelaufen war, und würde sich wohl so seinen eigenen Reim darauf machen. Domenico half Laura beim Niedersetzen, schob ihr noch ein Kissen in den Rücken und legte ihr dann fürsorglich den warmen Pelz um die Knie. Trotzdem zitterte sie am ganzen Körper. Er griff hinüber und nahm ihre Hände in seine. „Ist dir kalt?"

„Ja." Sie hätte ihm ihre Hände entreißen sollen, aber sie konnte nicht. Sein Griff war so tröstlich, das einzig Warme und Sichere in diesem Alptraum. Sie war plötzlich so müde. Zuerst die Enttäuschung darüber, dass ihr Gatte seine Mätresse offenbar immer noch liebte, ihr selbst dagegen seine Zuneigung verweigerte – und dann der Schrecken über Ottavio. Wie hatte er von diesem geheimen Ort wissen können? Von ihrem Cavaliere? Woher wusste er von ihrem Muttermal? Sie schloss die Augen. Sie konnte immer noch nicht denken, ihre Gedanken verschwammen, setzten sich zusammen, lösten sich wieder auf. Ihr Kopf schmerzte, ihr war schwindlig, und sie zitterte so stark, dass ihre Zähne aufeinanderschlugen.

Als sie daheim ankamen, war sie zu ihrem eigenen Ärger und ihrer Demütigung so schwach, dass sie kaum aus der Gondel klettern konnte. Sie wollte es nicht, musste jedoch Domenicos Hilfe annehmen, der sie so überraschend sanft und liebevoll hochhob und hinauftrug. Wie vertraut er war. Und wie sehr sie ihn liebte. Domenico, in den sie sich damals Hals über Kopf verliebt hatte, der ihr imponiert hatte mit seiner ruhigen, selbstsicheren Art, mit seiner Klugheit. Und den sie später noch viel mehr geliebt hatte. Und der sie benutzt, belogen und betrogen hatte, dieser hinterhältige Teufel. Laura war hin- und hergerissen zwischen dem Wunsch, sich an ihn zu schmiegen, und dem dringenden Bedürfnis, ihn zu ohrfeigen, bis er bewusstlos zu Boden sank.

Im *portego* im ersten Stock begegnete ihnen Sofia. „Um Himmels willen! Domenico, mein Lieber, was ist denn mit Laura geschehen?!"

„Sie fühlt sich nicht wohl." Domenicos Stimme war kalt und abweisend. Er ging um Sofia herum, als diese keine Anstalten machte auszuweichen. „Wenn du dich nützlich machen willst, dann rufe Anna." Er trug Laura in ihr Zimmer und ließ sie vorsichtig auf dem Bett nieder. Sein Blick war weich und besorgt. „Ich werde einen Arzt rufen lassen."

„Nein, nein. Es geht mir schon wieder besser." Sie wollte jetzt nur alleine sein, darüber nachdenken, was geschehen war, weinen und dann schlafen und alles für eine Weile vergessen. Domenico verließ nur zögernd den Raum – Anna kam herein, half ihr beim Ausziehen, zog ihr das leichte Nachthemd über und ging dann fort, um einen heißen Ziegelstein zu holen. Laura starrte nur vor sich hin und hob erst müde den Blick, als Sofia eintrat. Sofia ... irgendwie musste Sofia auch damit zu tun haben. Sie wollte Domenico haben, das war Laura vom ersten Moment an klar gewesen, ebenso, dass die beiden sich weitaus besser kannten, als sie zugaben. Sofia, die ihre Zofe schlug und mit Ottavio ein Verhältnis hatte. Mit dem würde sie ebenfalls abrechnen! Wie konnte dieser Mann es wagen, sich zuerst an Sofia zu befriedigen und dann kaum vierundzwanzig Stunden später ihr aufzulauern!

Das Mädchen setzte sich einfach neben sie auf das Bett und nahm ihre Hand, die ihr Laura sofort angeekelt entzog. Sofia schien jedoch ihre Abwehr nicht zu spüren. „Ich weiß alles", sagte sie leise, „und es tut mir leid, Laura. Unendlich leid." Sie schaffte es tatsächlich, eine Träne aus dem Augenwinkel zu drücken. „Es ist meine Schuld. Als Domenico heute heimkam und nach dir fragte, sagte ich, dass ein Bote für dich da gewesen wäre und du fortgegangen seiest. Ach, hätte ich nur geschwiegen!"

Laura presste die Lippen aufeinander und drehte sich weg. Sie war jetzt zu erschöpft, um Sofia zur Rede zu stellen, und musste erst darüber nachdenken, inwieweit diese Frau ihre Hand im Spiel hatte. „Lass mich jetzt alleine."

„Du bist mir nicht böse?" Sofia erhob sich anmutig. „Ach, ich bin ja so froh. Wir Frauen müssen doch zusammenhalten, nicht wahr? Auch wenn es nicht sehr klug war von dir", fügte sie leise hinzu, „Domenico zu betrügen. Er ist kein Mann, der sich so etwas gefallen lässt. Du hättest auf mich hören sollen." Laura hätte sie am liebsten geschlagen, aber Sofia wartete zu ihrem Glück keine Antwort ab, sondern wandte sich um und schwebte mit einem Rascheln von Seide davon.

Anna kam soeben mit einem heißen Ziegelstein herein, als Laura die Bettdecke wegschob und sich auf zittrigen Beinen zu ihrem kleinen Ladenschränkchen tastete. Es war nicht das erste Mal, dass Sofia solche Bemerkungen machte, allerdings hatte sie bisher gedacht, dass sie auf Ottavios häufige Besuche bezogen waren, jetzt jedoch kam ihr ein Verdacht.

Sie öffnete die Türen und zog die Lade auf, in der sie die Briefe aufbewahrte. Sie hatte es nicht für nötig befunden, sie zu verstecken und jeder, der die Laden öffnete und nach ihren Geheimnissen suchte, konnte sie ohne Schwierigkeiten finden. Sie lagen immer noch darin, aber in einer anderen Reihenfolge. Dessen war sie sich ganz sicher, weil sie sie erst vor wenigen Stunden in der Hand gehalten hatte, als sie über ihre Beziehung zu ihrem Cavaliere nachgedacht hatte. Jemand musste sie danach gelesen haben. Und wer dieser Jemand war, war ganz offensichtlich – und gewiss war es nicht das erste Mal gewesen. Sie tastete sich zum Bett zurück. Sofia musste Ottavio die Briefe gezeigt haben. Dann hatten sie ebenfalls einen Brief geschrieben. Die Handschrift zu verstellen und sie glauben zu machen, er käme von ihrem Cavaliere, war nicht schwierig. Schließlich hegte sie ja nicht den geringsten Verdacht. Und herauszufinden, wo der Palazzo lag und sie sich trafen, war ebenfalls leicht für Ottavio. Er hatte ihr nur folgen müssen. Er war ja auch tatsächlich erst nach ihr angekommen.

„Ihr müsst Euch wieder hinlegen, *siora*." Anna legte besorgt den

Arm um ihre Schultern und führte sie zum Bett. Ihr war immer noch kalt, aber sie zitterte nicht mehr so sehr. Langsam wurde ihr vieles klar. Sofia und Ottavio mussten gemeinsam diesen Plan ausgeheckt haben. Aber Ottavio hatte gewiss nicht gedacht, dass Sofia so weit gehen würde, ihm Domenico nachzuschicken. Fast hätte Laura bitter aufgelacht. Der Betrüger war von einer noch größeren Intrigantin betrogen worden. Wut und Abscheu stiegen in ihr hoch.

Sie musste Ottavio noch einmal sehen, ihn zur Rede stellen und die ganze Wahrheit aus ihm herauspressen, eher würde sie keine Ruhe finden. Aber erst morgen. Jetzt war sie zu müde – zu erschöpft. Anna deckte fürsorglich die warme Decke über sie, der Ziegelstein war angenehm warm an ihren Füßen, und sie erinnerte sich mit einem schmerzlichen Ziehen in der Brust daran, wie Domenico ihr damals, nach dem kalten Bad, die Füße massiert und gewärmt hatte.

Domenico ... Sie würde alles mit ihm klären und ihn dann verlassen. Zumindest für eine Zeit lang, bis sie sich ihrer selbst wieder sicher war und sich damit abgefunden hatte, dass er ihre Liebe niemals auf jene Weise erwidern würde, die sie sich so sehr wünschte.

Ein Mädchen brachte ihr einen Becher mit einer dampfenden Flüssigkeit. „Mit einer Empfehlung des *patrone*."

Laura nippte daran. Heißer, gewürzter Wein. Sie spürte, wie er ihr warm durch die Kehle rann, ihren Körper wärmte. Ebenso wärmte wie der Gedanke, dass Domenico an sie gedacht hatte. - Auch wenn es vermutlich nur sein schlechtes Gewissen war.

Draußen war es bereits vollkommen dunkel – ein weiterer kalter Wintertag ging zu Ende. Und wenn sie Domenico verließ, warteten noch viele kalte und vor allem einsame Tage auf sie. Laura trank den Becher in kleinen Schlucken aus und stellte ihn dann neben sich auf den Nachttisch. Sie strecke sich unter der Decke aus, schloss die Augen und dämmerte dahin, war jedoch außerstande zu schlafen. Plötzlich herrschte eine ungewöhnliche Unruhe im Palazzo. Laute Stimmen. Domenicos dunkle, zornige, Sofias helle. Fremde Stimmen im Hof.

Sie schob die Müdigkeit von sich, setzte sich im Bett auf und zog an der Klingel. Anna kam herein, und trotz des schwachen Kerzenscheins sah Laura, dass sie blass war. „Was ist denn passiert? Haben wir Besuch?"

Anna sah sich um, als würde sie verfolgt werden. „Es sind die Schergen der Inquisition im Haus", flüsterte sie. „Sie sind gekommen, um den Herrn zu holen."

Laura schlug die Decke zurück und sprang aus dem Bett. Das Zimmer drehte sich vor ihren Augen, und sie musste sich am Bettpfosten festhalten. „Die Inquisitoren?! Aber weshalb denn?!" Noch während sie sprach, fiel ihr Domenicos Bemerkung ein, die er an jenem Tag vor der Markuskirche über seine Widersacher im Rat hatte fallen lassen. Hatte man ihn verleumdet? Hatte er sich tatsächlich Feinde gemacht, die ihn jetzt vor Gericht schleppen ließen? Ihre Zofe zuckte hilflos mit den Schultern. „Ich weiß es nicht, aber Signorina Sofia war dabei, vielleicht ..." In diesem Moment wurde die Tür aufgestoßen, Sofia stürzte herein und auf Laura zu.

„Laura! Es ist etwas Schreckliches passiert!" Sie krallte sich an sie. Laura stieß sie weg und griff nach ihrem Morgenmantel. Sie wollte an Sofia vorbei, aber die hing an ihr wie eine Klette.

„Geh mir aus dem Weg! Ich muss hinunter!"

„Es ist schon zu spät!" Dieses Mal waren die Tränen in Sofias Augen echt. „Er ist schon fort! Sie haben ihn abgeholt!"

„Aber weshalb denn nur?!" Laura fasste unsanft nach Sofias in kostbarer Seide steckenden Arm.

„Es war eine anonyme Anzeige. Sie sagen, er hätte heimliche Kontakte zu ausländischen Diplomaten gehabt!"

Sekundenlang war Laura sprachlos.

„Das wollte ich doch nicht ...", stammelte Sofia weiter. „Ich wollte doch nur ..." Der Rest des Satzes ging in einem haltlosen Schluchzen verloren.

„Was hat das mit dir ..." In diesem Moment stieg eine furchtbare Ahnung in Laura auf. „Was hast du damit zu tun? Was hast du getan?!" Die Briefe fielen ihr ein! Sofia hatte ja ihre Briefe gelesen! Und gewiss auch jenen Brief, in dem der geheimnisvolle Cavaliere d'Amore sie beschworen hatte, alles geheim zu halten, um diplomatische Verwicklungen zu verhindern.

„Du warst es!", fuhr sie auf Sofia los. „Du hast eine anonyme Anzeige hinterlegt!" Es war seit der Einsetzung der Inquisitoren fast an der Tagesordnung, dass von Denunzianten anonyme Anzeigen in den vielen, dafür vorgesehenen und in der ganzen Stadt verteilten Briefkästen hinterlegt wurden. Laura hatte zwar gehört, dass eine Anzeige alleine nicht genügte, um einen Mann zu beschuldigen, aber wer weiß, was dieses Frauenzimmer geschrieben hatte.

„Hast du den Verstand verloren?!"

Sofia starrte sie aus tränenreichen Augen an. Eine schmale Tränenspur lief über ihre gepuderte Wange bis zum Kinn. „Aber ich wollte ihm doch nichts Böses ..."

„Du hast die Briefe gelesen! Aber du wolltest nicht ihm etwas antun, sondern mir, nicht wahr?!" Sie schüttelte die etwas kleinere Frau wutentbrannt. „Weil du nur hierher gekommen bist, um Domenico für dich zu gewinnen, und dir seine Frau im Weg war! Du hättest dir doch denken können, dass es auf ihn zurückfällt, wenn du mich beschuldigst!" Sie gab Sofia einen Stoß, der sie auf das Bett zurücktaumeln ließ. „Anna! Ich muss sofort gehen! Du musst mich begleiten!"

Anna rang die Hände. „Aber der Herr hat doch gesagt, wir dürfen Euch nichts sagen, sondern sollen Euch schlafen lassen!"

Laura lachte spöttisch. Sie war plötzlich hellwach, auch wenn ihre Knie immer noch ein wenig zittrig waren. Sie musste etwas unternehmen, und sie wusste auch schon was, selbst wenn ein ganz kleines niedriges Gefühl in ihrem Hinterkopf ihr sagte, dass Domenico jetzt nur bekam, was er verdient hatte. Ihre Zuneigung überwog jedoch, und nur wenige Minuten später saß sie neben Anna in der Gondel ihrer Schwiegermutter und ließ sich zu Ottavios Palazzo bringen. Im Arm hielt sie ein dickes Bündel.

Domenico stand in dem holzgetäfelten Raum vor den drei Inquisitoren, den drei ‚Schreckgespenstern', wie man sie im Volk ebenso respektlos wie furchtsam nannte und musterte sie finster. Die Inquisitoren wurden für jeweils ein Jahr gewählt und dieses Mal setzten sie sich aus guten Freunden seiner Familie zusammen. Der in eine scharlachrote Toga gehüllte Vorsitzende, der *capo*, war sogar der beste Freund seines verstorbenen Vaters gewesen. Sie alle trugen die große, in Locken bis über die Schultern fallende weiße Allongeperücke und wirkten alleine schon durch ihren erhabenen Anblick einschüchternd. Nicht jedoch für einem zornigen Ehemann, der seine Frau soeben bei einer vermeintlichen Untreue ertappt hatte und dann von der Polizei abgeführt worden war, bevor er ihren flüchtigen Liebhaber aufspüren und ihm den Hals umdrehen konnte.

„Eine einzige anonyme Anzeige?", fragte Domenico mit hochgezogenen Augenbrauen, nachdem man ihn mit den Vorwürfen gegen ihn konfrontiert hatte. „Das genügt, um die Mehrheit des Rates der Zehn zu einer Anklage gegen mich kommen zu lassen?" Diese

Mehrheit war dazu erforderlich und meist bedurfte es dazu auch mehrerer Anzeigen oder einer verlässlichen Information durch einen Spion, bevor der Rat weitere Schritte unternahm. Ihn hatte man jedoch offenbar wegen weitaus weniger hierher verschleppt.

„Keine Anklage, Domenico", erwiderte der *capo*. „Nur eine Befragung."

„Eine Befragung, zu der ich durch die Büttel gerufen werde wie ein gemeiner Verbrecher? Wie ein Staatsfeind?"

Er bemühte sich um Ruhe und atmete einige Male tief durch. Zuerst Ottavio, den er mit Laura vorgefunden hatte, und nun eine Anhörung. „Wenn ich richtig verstanden habe", sagte er endlich kalt, „dann wird mir vorgeworfen, heimliche Kontakte mit ausländischen Diplomaten gehabt zu haben?"

Der Freund seines Vaters hob die Hand. „Nicht Ihr, Domenico, sondern Eure Gattin."

„Meine Gattin?!"

Der andere nickte. „Es wurde anonym Anzeige erstattet, dass Eure Frau sich regelmäßig mit einem französischen Diplomaten getroffen hat. Eigentlich sollte sie gemeinsam mit Euch hier erscheinen."

„Sie fühlt sich nicht wohl", erwiderte Domenico scharf. „Aber selbst wenn, hätte ich es nicht geduldet, dass man sie hierher bringt." Es war nicht das erste Mal, dass Domenico sich selbst hätte ohrfeigen können für diese Idee. Für beide Ideen. Für die erste – seine Frau anonym zu verführen - und für die zweite – sich für einen Franzosen auszugeben. Er hatte keine Ahnung, wie das herausgekommen war, aber offenbar hatte man sie belauscht. Vielleicht war es sogar der Diener in ihrem gemieteten Liebesnest gewesen, der sie belastet hatte. „Ich nehme an, Ihr hattet genügend Gründe für diese Anzeige und Vorladung. Wenn ich mich auch frage, wie es sein kann, dass der Rat der Zehn, dessen Mehrheit für meine Verhaftung stimmen musste, so schwerwiegende Anschuldigungen vorliegen hat!"

Der *capo* lehnte sich vor. „Domenico, ich sage es nochmals: Dies hier ist keine offizielle Anhörung. Es dient eher dazu, Euch Gelegenheit zu geben, zu den Anschuldigungen gegenüber Eurer Gattin Stellung zu nehmen. Die Anzeige wurde dem Rat nicht einmal vorgelegt."

Domenico richtete sich noch etwas gerader auf und blickte die drei Männer kalt an. „Nun, was immer meine Frau getan hat, es geschah nicht ohne mein Wissen und nur auf meinen ausdrücklichen Wunsch hin."

Die drei Inquisitoren tauschten Blicke.

„Aber", fuhr Domenico fort, „sie hat sich niemals mit einem ausländischen Diplomaten getroffen, sondern ...", er räusperte sich, „mit ..."

Die Tür wurde aufgestoßen und einer der Sekretäre trat ein. „Verzeihung, Signore, aber hier ist Ottavio Ferrante, der Vetter des Beklagten, der eine Aussage machen will. Er sagt, er hätte von Donna Laura Beweise für die Unschuld von Domenico Ferrante und ihre eigene erhalten."

„Lasst ihn eintreten!"

„Signore! Ich glaube nicht, dass mein Vetter etwas zur Klärung dieser Angelegenheit beitragen kann!"

„Wir wollen ihn dennoch anhören."

Domenico ballte die Fäuste. Als Ottavio eintrat, hätte er sich am liebsten auf ihn gestürzt. Wie konnte er es nur wagen, sich einzumischen?! Waren er und Laura tatsächlich so vertraut miteinander, dass sie sich ausgerechnet an ihn um Hilfe wandte?

Ottavio kam herein, Domenico dabei so weit wie möglich ausweichend, und trat vor die drei Inquisitoren. In der Hand hielt er ein Paket, das er nun auswickelte.

„Ihr bringt Beweise?"

„Ja, Signore, Beweise für die Unschuld von Donna Laura und damit auch", er sah schnell zu Domenico hinüber, der ihn blutdürstig anstarrte, „für ihren Gatten." Er reichte dem *capo* ein Bündel Papiere und ein Buch.

Dieser nahm alles entgegen. „Briefe?"

Domenico war mit zwei Schritten dort und griff danach. „Das sind die Briefe meiner Frau! Wie kommst du dazu?!"

„Sie hat sie mir gegeben." Ottavio trat von ihm fort und hob abwehrend die Hände, als Domenicos Hand vorschoss und ihn an seiner Jacke wieder näher zog.

„Wie kommt Laura dazu, dir ihre Briefe zu geben?" Seine Stimme war jetzt sehr leise und gefährlich. Der Gedanke, dass Laura ausgerechnet zu Ottavio geeilt war, um dort Hilfe zu finden, drehte ihm die Eingeweide um und ließ das Gesicht seines Vetters in einem roten Nebel verschwimmen.

„Domenico, bitte mäßigt Euch!"

Er ließ keinen Blick von Ottavio. „Gleich, Signore. Und jetzt antworte, bevor ich dir den Hals umdrehe, du ...." Er schluckte „verdammter Ehebrecher" hinunter. Was immer zwischen Ottavio und Laura vorgefallen war, würde von ihm geklärt werden und war keine Sache für die Inquisitoren.

Ottavio war bleich, aber gefasst. „Sie war soeben bei mir und hat sie mir übergeben. Sie sagte, sie wären der Beweis für deine Unschuld." Er zappelte unter Domenicos Griff, konnte sich jedoch nicht freimachen. Obwohl er ebenso groß und nicht weniger kräftig war wie dieser, besaß er nicht die wütende Stärke eines eifersüchtigen Ehemanns.

„Ebenso wie das Tagebuch, das, wie Donna Laura dir durch mich sagen lässt, jeden Zweifel beseitigen sollte."

„Ein Tagebuch?" Domenico lockerte vor Verblüffung seinen Griff. Seine Frau hatte ein Tagebuch geführt! Er ließ Ottavio, der sich schnell in Sicherheit brachte, los und griff statt dessen hastig nach dem Buch, das auf dem Tisch vor den Inquisitoren lag, die bereits begonnen hatten, durch die Briefe zu blättern. Die Briefe waren alles andere als entlastend. In ihnen hatte er sich als ausländischer Diplomat, dessen Inkognito nicht gelüftet werden durfte, zu erkennen gegeben. Aber Laura hatte in ein Tagebuch geschrieben! Er nahm es begierig in die Hand und blätterte es hastig durch. Ein Tagebuch ... Hier musste sich vielleicht die Antwort auf die Frage finden, die ihn quälte. Was empfand sie für Ottavio und was war wirklich zwischen ihnen gewesen.

„Domenico", die Stimme des Freundes seines Vaters klang ruhig, aber bestimmt, „es ist nicht an Euch, diese Beweise zu lesen."

„Es ist das Tagebuch meiner Frau und niemand wird es vor mir in die Hand bekommen!"

„Ihr erweckt den Eindruck, als wolltet Ihr Eure Frau schützen!"

„Dazu gibt es keinen Grund." Domenico ließ das Buch sinken. „Meine Frau hatte niemals Kontakte zu einem ausländischen Diplomaten. Diese Briefe stammen von mir."

Die drei Männer sahen ihn erstaunt an. „Von Euch?"

Er räusperte sich. „Gewiss. Es ... es war eine Art Spiel ..." Er räusperte sich nochmals. „Meine Gattin ist sehr ... romantisch und ..." Es war nicht gerade Domenicos Art zu stottern oder Sätze unvollendet zu lassen, aber diese Worte auszusprechen, fiel ihm schwer.

Einer der Inquisitoren vergaß seine Würde und lachte. „Ein verliebter Ehemann, der seine Frau unerkannt verführt! Das ist etwas ganz Neues hier in Venedig!"

Der *capo* winkte ab. „Ich ersuche Euch um mehr Respekt vor

diesem Tribunal. Und Ihr, Domenico, gebt mir jetzt dieses Buch. Wenn es Beweise enthält, so muss es von uns gelesen werden."

Domenico reichte ihm zähneknirschend Lauras Tagebuch hinüber und nahm schließlich auf die mehrmalige, aber höflich formulierte Aufforderung auf einer Bank am anderen Ende des Raumes Platz. Neben ihm, in angemessenem Abstand, saß Ottavio.

Die anderen blätterten im Tagebuch. Die ernsten Gesichter hellten sich auf und endlich, nach einer Ewigkeit, sah der Vorsitzende auf. Auf seinem ehrwürdigen, faltigen Gesicht ein kaum verhehltes Grinsen.

„Darf ich dieses Tagebuch jetzt vielleicht sehen?" Domenicos Stimme klang heiser vor unterdrücktem Zorn. Was zum Teufel stand in diesem Buch, das sie zum Lachen brachte? War es, weil er als gehörnter Ehemann und Dummkopf da stand? Der Dummkopf hätte ihn weniger geschmerzt, mit dieser Bezeichnung hatte er sich in den vergangenen Tagen selbst oft genug geschmückt, aber Lauras Untreue bestätigt zu finden, wäre weitaus schlimmer.

„Sofort, Domenico, geduldet Euch noch ein wenig." Der alte Freund seines Vaters schüttelte den Kopf, als er die Seiten durchblätterte. „Was für eine Frau", murmelte er ein über das andere Mal. „Welch ein liebenswertes, rührendes Geschöpf ..."

„Signore ...!"

„Geduldet Euch, Domenico, geduldet Euch. Es steht Euch weder zu, die Inquisitoren zu drängen, noch einen Mann, der Euer Vater sein könnte."

Domenico verstummte, klopfte jedoch ungeduldig so lange mit den Fingern auf die Holzbank, bis die drei Männer wieder hochsahen. Der *capo* winkte ihn heran. „Ich denke, Domenico, mit diesen Dokumenten ist Eure Unschuld und die Eurer Frau mehr als bewiesen. Ihr könnt gehen und das Tagebuch mitnehmen." Sein Lächeln verwandelte sich abermals in ein Grinsen, als er sich ein wenig vorbeugte, um Domenico zuzuflüstern: „Ihr seid wahrhaftig der Sohn Eures Vaters, Domenico. Solche Streiche wären ihm ebenfalls eingefallen, so zurückhaltend er sich auch meist geben mochte. Und", er zuckte mit den Schultern, „in unserer Gesellschaft, wo es als bäuerisch und fast vulgär gilt, seiner eigenen Frau den Hof zu machen und sie zu verführen, bleiben uns Männern oft nur recht ungewöhnliche Auswege." Er zwinkerte ihm zu. „Lasst Eure liebe Gattin ganz besonders herzlich von mir grüßen. Vielleicht haben meine Frau und ich die Freude, sie und Euch demnächst als Gast bei uns begrüßen zu dürfen. Ich bin sicher, meine Isabella würde sich freuen, Laura näher kennenzulernen."

Domenico versuchte, eine Miene der Höflichkeit aufzusetzen. „Es wäre uns eine Ehre, Signore. Aber nun verzeiht ..."

„Signori", bat Ottavio, der näher gekommen war, mit einem misstrauischen Blick zu Domenico, „lasst mich bitte vor ihm gehen. Er mag dann in einigen Minuten nachkommen, aber ..."

Der *capo* hob verwundert die Hand. „Ich sehe keinen Grund dafür, Ottavio. Fürchtet Ihr Domenico etwa? Dazu gibt es keinen Anlass, eher für seine Dankbarkeit und für die Freundlichkeit, die Ihr ihm erwiesen habt, indem Ihr diese Briefe und dieses Tagebuch brachtet, die seine Unschuld beweisen."

„Nur zu wahr, Signore", stimmte Domenico mit einem grimmigen Lächeln zu, während er das Paket mit Lauras Tagebuch und den Briefen entgegennahm und unter den Arm klemmte. „Ich kann es sogar kaum erwarten, meinem ehrenwerten Vetter meine Dankbarkeit zu bezeugen. Deshalb erlaubt, dass wir Euch jetzt verlassen. Ich möchte so schnell wie möglich zu meiner lieben Gattin, um ihr die frohe Botschaft zu übermitteln und ihre Sorge zu zerstreuen."

Er fasste Ottavio mit seiner freien Hand so fest am Arm, dass dieser sich ohne gröberes Handgemenge nicht losreißen konnte, machte eine höfliche Verbeugung Richtung der drei Inquisitoren und schleppte seinen sich windenden Vetter dann zur Tür hinaus, die von einem Diener geöffnet wurde.

„Domenico ...", Ottavio lächelte unsicher, „... wir sollten reden ... ich meine ..."

„Wir werden reden." Domenicos Stimme klang entschlossen und kalt. „Aber erst draußen. Und dann sehr gründlich."

Er zerrte ihn hinter sich her, einen Gang entlang und dann die Scala dei Giganti hinab, bis sie in den Hof des von Fackeln beleuchteten Dogenpalastes gelangten. Sein Diener Enrico wartete dort auf ihn, und Domenico folgte ihm mit seinem Vetter quer über den Hof und hinaus durch einen der Nebeneingänge, der knapp bei der Lagune mündete. Zu seiner angenehmen Überraschung sah er dort seine Gondel warten. Er warf seinem Diener das Paket mit den Briefen zu und riss dann Ottavio herum, packte ihn mit beiden Händen an den Aufschlägen seiner Jacke und schüttelte ihn. „Du Verbrecher!"

Ottavio versuchte sich freizumachen. „Denk daran, was die Inquisitoren gesagt haben, Domenico! Ich habe die Beweise gebracht für ..."

„Du hast es gewagt, meine Frau mit deinen dreckigen Fingern zu berühren! Und vermutlich nicht nur das! Wenn du schon soviel wusstest, frage ich mich, wer wohl hinter dieser Verleumdung steckt! Wolltest du mich loshaben, um freie Bahn bei Laura zu haben?!"
„Domenico", Ottavio ächzte, als er Domenicos Hand an seiner Kehle fühlte, „denk doch nach – wäre ich dann gekommen?"
„Weshalb hat sich Laura um Hilfe an dich gewandt?! Weshalb hat sie ausgerechnet dich geschickt?!"
„Weil sie wusste, dass ich kommen würde. Ich war es ihr schuldig." Ottavio röchelte ein wenig. „Aber ich schwöre dir, ich hatte nichts mit der Anzeige zu tun! Ich hatte nicht die geringste Ahnung davon, bevor Laura vor meiner Tür stand."
„Wie oft hast du dich mit Laura getroffen? Los, sprich schon, wenn du nicht willst, dass ich dir hier auf der Stelle den Hals breche!!"
„Es war das erste Mal ... Ich schwöre es ... Das erste Mal ..."
„Ach, ja? Und auf dem Ball bei den Pisanis? Was war da? Hast du sie da geküsst oder nicht?!"
„Aber doch nur ein harmloser Kuss ..."
Domenicos Blicke durchbohrten ihn. Nichts, was Laura oder Ottavio betraf, erschien ihm jetzt noch harmlos. „Und wie kommt es, dass du von unseren Treffen wusstest und den Ort kanntest, wo wir uns trafen?"
„Von Sofia. Sie hat es mir gesagt. Alles. Es war ihre Idee. Von ihr wusste ich, dass Laura manchmal heimlich ohne Begleitung das Haus verließ. Dass sie zu diesem Palazzo ging, das hat ihr Sofias Zofe verraten, die sie verfolgt hat. Und auch über ihr Muttermal ..."
„Ihr Muttermal?!!!"
Ottavio rang nach Luft, als sich Domenicos Griff verstärkte. „Ja, ihr Muttermal. Sofia hat mir den Tipp gegeben, um Laura davon zu überzeugen, dass ich ihr heimlicher Geliebter bin."
„Sie wusste also nicht, wer du bist, als ...", er presste diese Worte heraus, „... als ich euch fand – sie in deinen Armen ..."
„Nein. Nein, ich schwöre es. Und ich hätte es auch nicht getan, hätte ich nicht angenommen, dass sie dich betrügt, dass sie einen Geliebten hat. Ich wollte nur ebenfalls ..."
„Ebenfalls einige amüsante Stunden mit ihr verbringen?! Ich sollte dich nicht nur erwürgen, sondern dir vorher noch alle Glieder und den Hals brechen!" Domenicos Augen funkelten mordlustig. Dann, endlich, ließ er den Hals seines Vetters widerwillig los.
Ottavio schluckte einige Male heftig und räusperte sich. Auf seiner

Kehle bildeten sich dunkle Flecken, wo Domenico ihn zwischen den Fingern gehabt hatte. „Sie wusste es nicht. Und ich wusste nicht, dass du ihr heimlicher Geliebter bist. Ich wusste nichts von eurem Spiel, ich schwöre es", wiederholte er. „Sie hat es mir erst jetzt gesagt, als sie mir die Briefe gebracht hat. Sie sagte, ich hätte etwas wieder gutzumachen an ihr." Er massierte sich den geschundenen Hals und warf Domenico einen missgünstigen Blick zu. „Und deshalb bin ich gekommen. Lauras wegen ..."

Nach einigen Minuten, in denen er Ottavio noch eine Reihe von Fragen gestellt und die Antworten aus ihm herausgepresst hatte, ließ Domenico seinen Vetter endlich gehen. Jetzt war ihm vieles klar. Sofia steckte hinter allem. Sie musste es auch gewesen sein, die Laura angezeigt hatte. Sie hatte die Rivalin loswerden wollen. Er stieß den im Weg stehenden Ottavio zur Seite, als er zu seiner Gondel eilte und hineinsprang, sodass der Gondoliere Mühe hatte, das Boot im Gleichgewicht zu halten.

Domenico hatte es zwar eilig nach Hause zu Laura zu kommen, aber zugleich wollte er auch dieses Tagebuch lesen. Er befahl dem Gondoliere die Laterne anzuzünden und zog dann die Vorhänge zu, um nicht gestört zu werden. Die Kerze in der Laterne gab nicht viel Licht, aber doch genügend, um die Buchstaben entziffern zu können.

Er blätterte es zuerst rasch durch, betrachtete die mit einer zierlichen Handschrift eng beschriebenen Seiten. Seine Frau führte tatsächlich ein Tagebuch! Er lächelte über diese Gewohnheit, die sie wohl mit sehr vielen ihrer Geschlechtsgenossinnen teilte. Er hatte keine Gewissensbisse, weil er es las. Schließlich hatte Laura es Ottavio gegeben, damit es ihre Unschuld beweisen sollte – und musste auch damit rechnen, dass die Inquisitoren es lasen. Also konnte sie auch nichts dagegen haben, wenn ihr Ehemann das ebenso tat.

Er überflog die ersten Seiten, die noch aus ihrer Zeit im Kloster stammten.

„... *ach, ... könnte ich doch nur die Liebe erleben!*", schrieb seine Frau in dieser rührend ungelenken Schrift, „*die wunderbare Romantik dieses Gefühls auskosten! Wie sehr beneide ich jede Frau, in deren Ohr süße Geheimnisse geflüstert werden, die Briefe glühender Leidenschaft von einem Verehrer erhält! Ich dagegen ... oh, ich unglückliches Geschöpf muss darben ...*"

„Kleine Närrin", murmelte er, aber es klang sehr liebevoll, als er neugierig weiterblätterte, dabei großzügig über orthographische Unvollkommenheiten hinwegsehend. Mitleid mit seiner Frau stieg ihn ihm auf, die sich zweifellos in der Abgeschiedenheit ihres bisherigen

Lebens vollkommen unrealistische Träume von der Welt, dem Leben in Venedig und der Ehe gemacht hatte. Und dann war sie aus allen Träumen in seine Arme gefallen. Arme, die sie nicht fest und liebevoll genug gehalten hatten. Endlich blieben seine Augen an einigen Sätzen hängen, die ihn unwillkürlich schlucken ließen. Da wurde er selbst beschrieben. Das erste Treffen im Gesprächszimmer. Er runzelte die Stirn. Das waren nicht die Worte, die er sich aufgrund ihres Benehmens erwartet hatte. Ganz im Gegenteil. Sie schrieb davon, welch großen Eindruck er auf sie gemacht hatte und schien in ihm den Inbegriff all ihrer Träume zu sehen. Er fuhr sich über die Stirn. Laura war damals, vor ihrer Hochzeit, in ihn verliebt gewesen! Das war ganz deutlich. Aber was konnte sie so verändert haben?

Er musste nicht lange blättern, um den Grund dafür herauszufinden. Der erklärende Eintrag stammte vom Vorabend ihrer Hochzeit. Sie beschrieb darin, dass Sofia sie über die Mätresse ihres zukünftigen Mannes aufgeklärt und Nicoletta als seine große und einzige Liebe dargestellt hatte. Zum ersten Mal begriff er, worauf die Zurückhaltung seiner Frau begründet war: Auf Eifersucht und dem Bewusstsein, weitaus weniger klug und reizvoll zu sein als seine Mätresse. Er schnaubte wütend. Damals schon hatte Sofia also versucht, seine Ehe zu stören und einen Keil zwischen ihn und Laura zu treiben. Es hatte ihr aber nur gelingen können, musste er vor sich selbst zugeben, weil er zu dumm und zu lieblos gewesen war, das Wesen seiner Frau zu ergründen und sich um sie zu bemühen. Hastig las er weiter. Die Tagebucheintragungen näherten sich dem ersten Treffen mit ihm. Oder besser: mit ihrem ‚Cavaliere'. Sie beschrieb auch tatsächlich das Treffen, die Rose, die er ihr übergeben hatte und dann stand ein Satz, der ihm das Blut in den Adern gefrieren ließ.

„... und heute, am Maskenball, werde ich ihn endlich sehen: Meinen geheimnisvollen Cavaliere d'Amore, der mich in seinem Brief hat wissen lassen, dass er dort sein und mich im Salon der Diana treffen wird. Ich muss wohl nicht lange darüber grübeln, wer mein geheimnisvoller und romantischer Verehrer ist. Kein anderer natürlich als Ottavio, der mir schon so lange den Hof macht!"

Nein, das war doch nicht möglich! Sollte sie anfangs tatsächlich geglaubt haben, sich mit Ottavio zu treffen? Verwirrt strich er sich über die Stirn.

„Werde ich überhaupt hingehen? Werde ich den Mut besitzen? So wenig mein Mann mich auch liebt und anziehend findet, so ängstlich bin ich doch, einen Schritt zu tun, der – obwohl so üblich – mir nur Schande bringen wird."

Und doch hatte sie es getan ... Domenico zog die Augenbrauen zusammen und las ungeduldig weiter, versessen darauf zu erfahren, was in ihr vorgegangen war und was sie wohl an diesem Tag, nach dem ersten Treffen, eingetragen hatte. Hier war es. Er holte tief Luft und bemerkte dabei, dass die Hand, mit der er das Buch hielt, zitterte.

„... *heute ist mir etwas widerfahren, von dem ich niemals gedacht hätte, dass es möglich sei*",
schrieb sie. Die Schrift war fahrig, so, als hätte sie in großer Eile geschrieben, wie etwas, das man unbedingt festhalten will, und die Buchstaben jedoch weitaus langsamer entstanden als die Gedanken, die sie führten.

„*Ich habe mich verliebt!!! Und zwar so sehr verliebt, wie ich es niemals für möglich gehalten hätte. Mehr als je zuvor!*"

Diese Worte trafen ihn wie ein Schock. Verliebt. Also doch verliebt in diesen verdammten Ottavio! Er bedauerte unendlich, seinem Vetter zuvor doch nicht den Hals umgedreht zu haben. Er hatte ihm die Liebe seiner Frau gestohlen. Es kostete ihn Überwindung weiterzulesen und damit den Beweis für ihre Zuneigung zu Ottavio zu finden.

„*Wie habe ich mich doch in ihm getäuscht! Für einen kühlen Mann habe ich ihn gehalten, bar jeder Romantik ...*"

Kühl? Ottavio? Dieser lächerlich aufgeputzte und übertriebene Geck?!

„*... und nun hat er das Romantischste getan, das ich mir nur vorstellen kann! Wie war mir doch plötzlich anders, als ich in seinen Armen lag, so vertraut und doch fremd. Gleichgültig sind mir damals, nach der Heirat, seine Zärtlichkeiten erschienen, aber heute lag eine Leidenschaft darin, die mich jetzt noch erzittern lässt. Mein Cavaliere d'Amore ... Wie war ich zuerst erschrocken, als ich ihn erkannte, und wie glücklich bin ich jetzt! Er ist noch nicht heimgekommen, vermutlich hat er Freunde getroffen, mit denen er sich noch unterhält. Für mich war der Ball jedoch in dem Moment zu Ende, als er mich losgelassen und ohne mich den Raum verlassen hat. Ich kann es kaum erwarten, ihn wiederzusehen. Ist das nicht verrückt?! Sich abermals in seinen eigenen Mann zu verlieben?!!*"

Domenico starrte auf die Zeilen, las sie nochmals, dann noch ein drittes Mal. Was hatte sie geschrieben? ... *in seinen eigenen Mann zu verlieben? Abermals?* Wie war es denn möglich, dass sie ihn sofort erkannt hatte? Vom ersten Moment an! Mit zitternden Händen blätterte er um. Der nächste Eintrag stammte vom Tag darauf.

„*Domenico hat kein Wort über das Vorkommnis verloren. Dabei musste ich immer lachen, wenn ich ihn ansah, konnte kaum ernst bleiben. Mein Cavaliere* d'Amore, wann erhalte ich deinen nächsten Brief? Wann wirst du mich wieder in die Arme nehmen? Welch ein reizvolles Spiel ..."

Begierig las er weiter ...

„... es scheint tatsächlich ein Spiel zu sein, das er sich ersonnen hat. Ein Spiel, wie ich es mir anregender nicht denken könnte. Allein schon der Gedanke, dass ich ihn wiedersehen werde – nein, nicht sehen – er verbindet mir ja die Augen ... Aber allein schon der Gedanke an seine Lippen, seine Hände, seine Leidenschaft, lässt mich erglühen. Wie habe ich ihn nur so verkennen können. Was für einen Mann habe ich doch bekommen! Einen Liebhaber, um den jede Frau mich beneiden kann. Welch eine Idee, einen eigenen Palazzo zu mieten! Auch wenn ich befürchte, dass ich nicht die Einzige bin, die er dort trifft."

Einige Seiten später:

„Manchmal werde ich das Gefühl nicht los, dass er es nicht ahnt. Denkt er etwa, ich wüsste nicht genau, wer sich hinter diesem geheimnisvollen Cavaliere verbirgt? Hält er mich für so einfältig? Für so dumm, meinen eigenen Gatten nicht zu erkennen?"

„Ich törichter Esel", flüsterte Domenico erbittert, als er weiterlas.

„Liegt es vielleicht daran, dass er mit mir spielt? Nur er mit mir, und dass es kein gemeinsames Spiel ist?", schrieb Laura später.

„Liegt es daran, dass ich ihm wohl als Geliebte aber nicht als Ehefrau gut genug bin? Ist es diese Nicoletta, die seinen Verstand in Besitz genommen hat, während er meinen Körper liebt? Oft glaube ich, das ist so ... Aber was soll ich tun? Ihn darauf ansprechen? Das Spiel, das mir so viel Lust bereitet, zerstören? Ein Spiel, das alles ist, was uns zu verbinden scheint? Was ist, wenn er sich dann von mir abwendet?"

„Nein", murmelte Domenico, „nicht nur ein törichter, sondern ein vollkommen verdammter und gottverlassener Esel bin ich gewesen."

„Es liegt zweifellos an mir. Ich bin ihm nicht klug genug. Zu ungebildet. Das hat er mir in dieser Weise zwar niemals gesagt, aber mich oft fühlen lassen. Dabei bemühe ich mich so, lese Bücher, die ich noch vor Kurzem nicht einmal aufgeblättert hätte, versuche sie zu verstehen, nehme sogar Unterricht in all den Dingen, die der schönen und klugen Nicoletta so leicht fallen. Sie darf ihn mir nicht wieder wegnehmen, sie nicht und keine andere, das könnte ich nicht ertragen ..."

Domenico presste das Buch an sein Herz, als wäre es seine Liebste selbst. „Meine süße Laura. Und ich ... ich elender Trottel war eifersüchtig." Dabei hatte sie ihn von Anfang an durchschaut gehabt. Ihm, ihrem Gatten, hatte sie sich hingegeben, ihm alleine, ohne den leisesten Gedanken an einen anderen. „Ich habe dich gar nicht verdient, meine Geliebte", dachte er voller Schuldgefühle. Zart strich er mit dem

Finger über die Zeilen. Ihre Schrift hatte sich verändert in diesen Monaten, stellte er plötzlich fest. Sie war erwachsener geworden, flüssiger. So wie sie selbst sich verändert hatte. Er atmete tief durch, las die restlichen Seiten. Jeden Gedanken wollte er von ihr wissen. Plötzlich stutzte er. Es war der letzte Eintrag. Die Buchstaben waren verschwommen, so, als wäre die Tinte mit anderer Flüssigkeit in Berührung gekommen. Kleine und größere Tropfen hatten die schwarze Farbe zerrinnen lassen. Zittrig war ihre Schrift, als hätte sie beim Schreiben geweint.

„Ich kann es nicht fassen. Weshalb hat er mir das angetan? Wie kann er immer noch eine Liebesbeziehung zu dieser Nicoletta haben, wenn er mir ständig seine Liebe zeigt, sie mir durch seine Liebkosungen, wenn nicht durch Worte, beweist? Zuerst hatte ich gehofft, es wäre Ottavio, der ihr Haus betrat, aber es war kein Zweifel möglich. Trifft er sie immer noch? Eilt er von meinen Armen in ihre und umgekehrt? Genüge ich ihm nicht? Sieht er wirklich nur die Ehefrau in mir, die ihm seine Söhne schenken soll, und die er täuscht, um zum Ziel zu gelangen?"

Die Schrift wurde fast völlig unleserlich. Domenico musste das Buch noch näher zur Laterne halten, um sie entziffern zu können.

„Aber er soll nicht triumphieren. Er nicht und seine Nicoletta ebenfalls nicht. Er ist gestern Nacht zu mir gekommen. Aus den Armen dieser Frau wollte er mein Schlafzimmer aufsuchen. Wie schändlich und grausam von ihm. Wie dumm vor Freude hätte ich mich gefühlt, hätte ich nicht gewusst, was er zuvor getan, wen er besucht hatte. Aber so konnte ich ihm die einzig richtige Antwort geben ..."

Das war es also gewesen. Dieses geflüsterte „Ottavio, mein Liebster", klang zwar immer noch schmerzhaft in seinen Ohren, aber sie hatte es nicht ernst gemeint. Und sie hatte auch nicht gewusst, wer sie dieses Mal in ihr Liebesnest bestellt hatte. Ottavio hatte ihm geschworen, dass er ohne ihr Wissen gekommen war. Nun, um den würde er sich vermutlich später noch einmal intensiver kümmern, aber vorerst drängte sich alles in ihm danach, seine Frau endlich in die Arme zu schließen.

Marina streichelte zärtlich die Hand der niedergeschlagenen jungen Frau, die neben ihr in ihrem Boudoir saß. „Ich hätte es meinem Bruder wahrlich nicht zugetraut, dass er sich jemals so zum Narren machen könnte", sagte sie kopfschüttelnd, nachdem Laura ihr alles erzählt hatte. „Der Gedanke, dich heimlich zu verführen, hat schon etwas sehr Romantisches", gab sie dann nach kurzem Nachdenken zu, „aber dich dann mit Ottavio zu verdächtigen ist reinste Eselei."

„Es musste ja so aussehen", fühlte Laura sich bemüßigt, ihren geschmähten Ehemann zu verteidigen. „Aber darum geht es mir ja auch nicht. Das Tagebuch wird meine Unschuld hinreichend aufklären. Und es wird auch den Inquisitoren genügen, um Domenico frei zu sprechen, das hat mir Ottavio versichert. Nein, es geht mir darum, dass ich es müde bin, gegen seine Zuneigung zu seiner ehemaligen Geliebten anzukämpfen." Sie senkte den Kopf. „Ich war wohl dumm, dass ich annahm, ich könnte ihm genügen, und er würde mir eines Tages jene Liebe entgegenbringen, die er für Nicoletta Martinelli empfindet."

Marina starrte sie an. „Wie bitte? Liebe zu wem?"

„Nicoletta Martinelli", wiederholte Laura gequält. „Sofia hat mir am Tage vor unserer Hochzeit davon erzählt und dann ..."

„Und du glaubst diesem intriganten Ding überhaupt noch ein einziges Wort?!", regte sich Marina auf. „Nach allem, was sie getan hat?!"

„Aber damals ..."

„Unfug! Als Domenico dich geheiratet hat, war das Verhältnis zwischen ihm und Nicoletta Martinelli schon lange beendet. Und ich kann mir nicht denken, dass er die Absicht hatte, daran etwas zu ändern. Ganz Venedig hat sich darüber amüsiert, wie er sie mit einem anderen Liebhaber vorgefunden hat!" Sie schüttelte den Kopf. „Nein, Domenico ist nicht der Mann, der so etwas vergisst oder verzeiht. Und wenn er ihr Haus betreten hat, dann muss das andere Gründe gehabt haben. Aber bestimmt keine unsterbliche Leidenschaft!"

Laura hatte das Gefühl, als würde sich die Dunkelheit um sie herum lichten. „Du meinst ..."

„Ich meine, er hat sich in den letzten Wochen verändert", sagte Marina mit Bestimmtheit. „Und dass der Grund dafür hier neben mir sitzt und sich unnötige Sorgen macht." Sie schmunzelte. „Man muss meinen Bruder doch nur ansehen, um zu erkennen, was mit ihm los ist. Er denkt, es merkt niemand. Aber wenn er dich ansieht, hat er einen Blick, den ich noch nie zuvor bei ihm gesehen habe." Sie drückte die Hand ihrer Schwägerin, die sie hoffnungsvoll ansah. „Meine liebe Laura, ich kann dir nur eines sagen: Wenn du dich in deinen geheimniskrämerischen Cavaliere verliebt hast, so ist ihm dasselbe in gleicher Weise zugestoßen. Und mit einer Heftigkeit, die ich ihm – offen gesagt – zutiefst vergönne."

„Meinst du wirklich?!" Laura hatte Marinas Hand mit beiden Händen gepackt und drückte sie aufgeregt.

„Wenn nicht, warum sollte er mich dann um das kleine Porträt von dir gebeten haben, das du mir vor einigen Monaten zum Geburtstag geschenkt hast?" Marina lächelte. „Er wollte es unbedingt haben und hat mir versprochen, für mich eine Kopie anfertigen zu lassen. Ich bin sicher, wenn du danach suchst, wirst du es in seinem Schlafzimmer vorfinden."

„Glaubst du wirklich, dass ... dass er mich liebt? Dass ich es mir nicht eingebildet habe, dass ich ihm etwas bedeute?! Aber er hat es nie gesagt, er hat ..."

Marina winkte verächtlich ab. „Wenn du auf eine Liebeserklärung von diesem verstockten Menschen wartest, musst du viel Zeit haben. Der würde es vermutlich nicht einmal zugeben, solch zarter Gefühle fähig zu sein, wenn er damit schon aus allen Kleidern platzt."

Laura lachte etwas zittrig. Die geradlinige und energische Marina würde wohl nicht so sprechen, wenn sie es nicht so meinte. Dann wurde sie wieder ernst. „Das hieße ja, dass ich bleiben könnte. Dass ich ihn nicht verlassen muss."

„Aber natürlich musst du ihn nicht verlassen! Welch eine Dummheit wäre das! Obwohl", Marina überlegte, „es würde ihm wohl nicht schaden. Nein, nein", beeilte sie sich zu sagen, als sie Lauras entsetzten Gesichtsausdruck sah, „nicht wirklich verlassen, sondern nur ein bisschen erschrecken." Sie lehnte sich in die Polster zurück und lächelte boshaft. „Und mir fällt dazu sogar etwas sehr Gutes ein."

„Aber ..."

„Nein, nein, meine Liebe, überlass alles nur mir. Du wirst sehen, binnen weniger Tage hast du deine Liebeserklärung."

Als Domenico seinen Palazzo erreichte, wartete seine Mutter bereits auf ihn. „Domenico! Gut, dass du endlich heimkommst! Ich war voller Sorge!"

Er nahm seine Mutter in den Arm und drückte zärtlich einen Kuss auf ihre Wange. „Es ist alles in Ordnung, Mutter. Nur ein Missverständnis. Man wollte nur meine Aussage hören, mache dir keine Sorgen."

„Keine Sorgen?" Seine Mutter betupfte sich mit einem feinen

Tüchlein die Augen. „Als ob es nicht schon Unglück genug gewesen wäre, dass die Polizei dich verschleppt wie einen gemeinen Verbrecher! Dann ..."

Er hörte nicht mehr zu. „Wo ist Sofia?" Dieses Biest hatte nach Ottavios Worten die anonyme Anzeige gemacht. Er würde nicht dulden, dass sie auch nur eine Minute länger hier blieb.

„Sofia? Die ist ebenfalls abgereist!"

„Abgereist?" Damit hatte sie zum ersten Mal Verstand bewiesen. Plötzlich fiel ihm etwas auf. „Ebenfalls?"

„Aber ja! Sieh nur, hier! Dieser Brief!" Seine Mutter drückte ihm ein zerknittertes Schreiben in die Hand. „Er ist von Laura! Sie will abreisen oder hat es bereits getan! Ach, welch ein Unglück!"

„Abreisen? Wohin?!"

„Ich weiß es nicht. Aber hier! Vor einer Stunde hat ein Bote dieses Schreiben abgegeben!" Seine Mutter konnte nicht weitersprechen, brach in Tränen aus, und Domenico riss ihr förmlich den Brief aus der Hand.

„*Meine liebe Mutter, bitte gebt diesen Brief auch an Domenico weiter*", schrieb sie. Die Schrift war kaum leserlich und nicht wiedererkennbar. Laura musste das in sehr großer Eile geschrieben haben. „*Ich will ihm nicht mehr unter die Augen treten, nach allem was gesehen ist. Es hat zu viele Missverständnisse zwischen uns gegeben, als dass ich noch einen Sinn darin sehen könnte, eine Ehe aufrecht zu halten, die sich nicht auf Liebe begründet. Es mag bei anderen vielleicht so üblich sein, aber für mich ist das nicht das Leben, das ich führen möchte. Vergebt mir bitte und behaltet mich in guter Erinnerung. Habt keine Sorge, ich werde mir nicht das Leben nehmen. Aber wenn ihr diesen Brief lest, so habe ich schon längst das Land verlassen und bin auf dem Weg in ein neues Leben, weit über dem großen Ozean, nach Amerika, wo mich niemand kennt. Lebt wohl und denkt nicht allzu schlecht von mir. Eure unglückliche Laura.*"

Domenico starrte auf den Brief, die zittrige Schrift verschwamm vor seinen Augen. Das Land verlassen? Was sollte das heißen? Und *wo* wollte sie hin? Über den Ozean? Jetzt, im Winter, wo nicht einmal Schiffe ausfuhren? Welch ein Unsinn!

Und trotzdem. Er musste sofort zum Hafen und verhindern, dass sie sich selbst in Schwierigkeiten brachte. Vielleicht hatte sie den törichten Einfall, sich irgendwo in einer anderen Stadt zu verstecken und darauf zu warten, dass der Frühling kam und die regelmäßige Handelsschifffahrt wieder aufgenommen wurde. Er durfte jedenfalls keine Möglichkeit und Dummheit, zu der eine gekränkte Ehefrau imstande war, außer Acht lassen.

Er nickte seiner weinenden Mutter zu. „Ich muss jetzt weg, um Laura zu suchen. Falls sie wider Erwarten doch zurückkommen sollte, halte sie bitte fest." Er drehte sich nochmals um, bevor er in die Gondel sprang. „Notfalls auch mit Gewalt!"

Ein glückliches Ende

Laura saß in der mit warmen Wasser gefüllten Wanne, ließ ihre Finger durch das Wasser gleiten und genoss nach den aufregenden Tagen die wohlige Entspannung. Sie hatte es sich zur Gewohnheit gemacht zu baden, im warmen Wasser zu liegen, obwohl alle im Haus den Kopf darüber geschüttelt hatten. Und auch jetzt gönnte sie sich dieses außergewöhnliche Vergnügen. Sie war vor zwei Tagen auf Domenicos Landgut angekommen und hatte die Ruhe hier sehr bekömmlich gefunden. Langsam konnte sie die Leute verstehen, die das Land dem Treiben in der Stadt vorzogen und nicht nur während der Sommermonate, in denen sich die Patrizier, die sich diesen Luxus leisten konnten, von der Stadt auf ihre Landsitze zurückzogen. Es wäre durchaus ansprechend, wenn sie in Zukunft einige Wochen – vornehmlich zur Karnevalszeit – in Venedig verbrachten, aber für den Rest des Jahres war es hier wohl schöner. Vor allem, weil sie Domenico hier sicherlich für sich alleine hatte.

Sie hatte zuerst nicht zustimmen wollen und Marina widersprochen, als diese ihr den Plan eröffnet hatte, aber dann hatte sie eingesehen, dass Marina wohl Recht hatte. Nach allem, was geschehen war, konnte eine kurze Trennung ihrer Liebe nur hilfreich sein. Beide konnten dann die Gelegenheit nutzen, über ihre Zuneigung und die vergangenen Tage nachzudenken. Sie hatten damit Zeit, zur Ruhe zu kommen, um dann gemeinsam einen Neubeginn zu machen. Sie hatte Domenico einen Brief geschrieben, ihm darin mitgeteilt, dass sie hier auf das Landgut reisen wolle, um nachzudenken, und dass sie überglücklich wäre, wenn er ihr, sobald er selbst dazu bereit wäre, nachkäme. Ihre Schwägerin hatte sich erboten, einen ihrer Diener mit dem Brief zu Domenicos Palazzo zu schicken. Wenn sie Recht behielt – worum Laura betete – dann würden höchstens einige Tage vergehen, bis Domenico hier ankam und sie liebevoll in die Arme schloss.

Sie streckte sich und läutete die kleine Glocke, die neben ihr auf einem Hocker stand, um Anna anzuzeigen, dass sie noch mehr warmes Wasser wollte. Anna kam nicht. Sie läutete nochmals. Draußen war Unruhe, dann war alles still. Sie lauschte hinaus, konnte jedoch nichts weiter hören. Sie läutete wieder, dieses Mal schon sehr ungeduldig.

Endlich ging die Tür auf.

Laura lag mit geschlossenen Augen in der Wanne. „Noch heißes Wasser, Anna. Es wird schon kühl. Was hat dich denn aufgehalten?"

„So einiges." Es war nicht Annas helle Stimme, die antwortete, sondern eine männliche, ein wenig heisere und grollende.

Laura fuhr so rasch hoch, dass das Wasser über den Rand der Wanne schwappte. Vor ihr stand Domenico. Er sah erschöpft aus, als hätte er die letzten Tage nicht geschlafen, war unrasiert und seine Augen waren dunkler als sonst. Er hatte seinen schwarzen Dreispitz in der Hand und noch immer den Reisemantel umgeworfen, als hätte er sich nicht einmal die Zeit genommen, die Sachen abzulegen.

Er war gekommen! So wie Marina dies vorausgesagt hatte! Und noch viel eher, als sie gehofft hatte! Sie machte nicht einmal den Versuch, ihr glückliches Lächeln zu verbergen. Dieses Mal störte sie es nicht im Geringsten, nackt vor ihm zu sein. Im Gegenteil, es fühlte sich gut an, seinen Blick auf ihrer Haut zu spüren. Sie begann sogar zu prickeln, überall dort, wo er sie sehen konnte und auch an jenen Stellen, die seinem unmittelbaren Blick verborgen waren.

Er sah sich um. „Hier ist also Amerika", stellte er trocken fest.

Laura blinzelte verwirrt. „Amerika?"

„Ich bin froh, dich so guter Dinge und unter so bequemen Umständen vorzufinden." Das war wieder jener sarkastische Tonfall, den sie früher gehasst hatte, in der Zwischenzeit jedoch schon längst gewöhnt war. „Ich habe mir sagen lassen, dass es auf Auswandererschiffen weitaus weniger luxuriös zugeht. Vor allem ...", er trat näher und ließ seine Finger prüfend ins Wasser gleiten, doch diesmal schien er mit der Temperatur zufrieden sein, „... ist Süßwasser ein fast unbezahlbarer Luxus. Für diese Verschwendung hätten dich die Matrosen zweifellos ins Meer geworfen."

„Aber was redest du denn? Hast du denn nicht meinen Brief gelesen?!"

„Natürlich. Und ich habe den Unfug selbstverständlich keine

Sekunde lang geglaubt. Im Winter fährt kein Schiff aus." Er musterte sie spöttisch, wobei sein Blick – während er von ihrem Gesicht hinunterwanderte über ihren Hals, ihre Brüste, ihren Bauch – intensiver wurde. „Wie bist du nur auf diese lächerliche Idee gekommen?"

„Ich verstehe nicht ..."

„Nein? Dann werde ich wohl nachhelfen müssen." Er warf seinen Hut fort, ließ den Mantel folgen und Laura sah mit wachsender sinnlicher Unruhe zu, wie er auch seine Jacke auszog und das Hemd folgen ließ. Dabei wandte er keinen Blick von ihr. Ebenso wenig wie sie von ihm. Seine kräftige Brust, einige Narben aus seiner stürmischen Jugendzeit, das dunkle Haar, das zum Bauch hin weniger wurde und sich dann weiter unten wieder verdichtete bis zu diesem faszinierenden Körperteil, den sie bisher nur ertastet, aber niemals gesehen hatte. Auch jetzt nicht, weil die Hose ihn verbarg, aber sie hoffte, dass es nicht mehr lange dauern würde, bis sie ihn erblickte und fühlte.

Sie lächelte erwartungsvoll. „Hast du vor, dieses warme Bad mit mir zu teilen?"

„Nein." Er trat hart an die Wanne heran, beugte sich nieder und hob sie heraus.

„Nicht", sagte sie leise, „ich bin nackt." Wie lange war das her, seit sie diese Worte das erste Mal zu ihm gesagt hatte! Wochen waren seitdem vergangen. Wochen, in denen sie in ihrem Ehemann tatsächlich den Mann ihrer Träume gefunden hatte.

„Nackt und nass." Er stellte sie auf den Boden, dann griff er nach einem der weichen Tücher. Seine Bewegungen waren sehr zärtlich, als er begann, sie abzureiben. Zuerst ihre Schultern, ihre Arme, ihren Rücken und dann ihre Brüste, für die er sich Zeit ließ, bis die Spitzen hart und erregt aufstanden und sie leise seufzte. Dann kam ihr Bauch an die Reihe. Es war durch den kleinen Ofen, den die Zofe angeheizt hatte, warm im Raum, aber nicht so warm, dass die Wassertropfen auf ihrer Haut sie nicht abgekühlt hätten. Überall dort jedoch, wo Domenicos Hände gewesen waren, war die Haut heiß und kribbelte. Sie sah mit unverhüllter Zuneigung zu ihm nieder, als er sich vor sie hinkniete und ihre Beine abtrocknete. Dann warf er das Tuch weg, wickelte sie in ein trockenes und hob sie wieder hoch. Sie schmiegte sich an ihn, als er sie ins Schlafzimmer trug. In seines.

Er legte sie aufs Bett, zog ihr ohne ein Wort das Handtuch weg und setzte sich zu ihren Füßen auf die Bettkante, um ihre Füße abzutrocknen. Es kitzelte, aber er hielt sie fest, machte ungerührt weiter und ließ nicht von ihr ab, bis sie sich vor Kichern wand. Es war auch warm hier drinnen. Der Kachelofen strömte wohlige Wärme aus. Sie hatte – in Erwartung seiner Ankunft – Anweisung gegeben einzuheizen, um die winterliche Feuchte und Kälte aus seinen Räumen zu vertreiben.

„Hör auf, Domenico! Hör auf, das ist ja nicht auszuhalten!"

„Das hättest du dir früher überlegen müssen", sagte er kühl. Er nahm ihren zweiten Fuß und sie wusste genau, dass er sie absichtlich so zart an den Fußsohlen berührte, weil er sie ärgern wollte.

„Hör auf!" Sie zog an ihrem Fuß.

„Gewiss nicht. Das ist erst der erste Teil der Strafe."

„Strafe? Wofür denn?" Er konnte doch nicht diese Angelegenheit mit Ottavio meinen? Ihr Tagebuch musste dieses Missverständnis doch hinreichend geklärt haben. „Hast du mein Tagebuch nicht gelesen?"

„Doch. Eben. Das ist unter anderem dafür, dass du es die ganze Zeit über gewusst und nie ein Wort gesagt hast."

„Das wundert dich?" Laura versuchte verzweifelt, ihren Fuß loszumachen. „Du bist selbst schuld, wenn du deine Frau für so dumm hältst! Lass mich los!!"

„Und dann für diesen unverschämten Brief." Seine Stimme klang mitleidslos.

„Brief?" Sie war schon atemlos vor Lachen, Keuchen und Kichern.

„Du weißt schon, was ich meine."

„Lass los! Hör auf!" Domenico ließ los. Sie sah ihm enttäuscht nach, als er tatsächlich von ihr abließ und in die Ecke des Raumes ging, wo eine Holzsäule stand, die etwa ihre Größe hatte und als Sockel für eine kostbare Vase diente. Er nahm die Vase herunter, stellte sie vorsichtig auf den Boden und kam dann zu ihr zurück. Einige Sekunden später saß sie mit bloßem Hintern auf der Säule wie eine lebendige Statue auf einem Podest. „Bin ich etwa eine Vase?", fragte sie empört. Sie griff nach ihm und schrie erschrocken auf, weil die Säule, die nur auf einem knapp fünfzig Zentimeter breiten Sockel stand, bedenklich schwankte.

„So etwas ähnliches. Bleib ruhig sitzen, sonst fällst du runter. Und ich bin heute bestimmt nicht in der Laune, dich aufzufangen."

„Willst du mich etwa für alle Zeiten hier oben sitzen lassen?!"

„Recht geschehen würde es dir", lautete die gleichmütige Antwort.

Er stand vor ihr, blickte hinauf, und sie streckte die Hand aus, fuhr über seine vom Bart rauen Wangen – es kratzte ein wenig. „Willst du nicht lieber ein Bad nehmen und den Diener rufen, damit er dich rasiert?"

„Nein." Er trat einen Schritt zurück und betrachtete sie gründlich. Unter seinem Blick, der lange auf ihren Brüsten verweilte und dann noch länger auf ihrer Scham, wurde Laura heiß. „Erst später, wenn du ganz trocken bist."

„Aber ich bin schon ..." Sie brach ab, weil ihr das Wort im Hals stecken blieb; denn er hatte einfach ihre Beine auseinandergebogen und sie fühlte ohne Vorwarnung seine Lippen zwischen ihren Schenkeln. Seine unrasierten Wangen kratzten auf der weichen Haut. „Das ist sehr ungehörig, was du da tust!"

„Sei still."

Sie zappelte auf der Säule, die bedenklich zu schwanken anfing. „Das geht nicht ... oh, Domenico, ich kann nicht still sitzen."

„Wie gesagt, ich werde dich nicht auffangen." Das klang völlig ungerührt. Er hielt sie auch tatsächlich nicht fest, sondern hatte nur seine Hände zwischen ihre Schenkel gelegt, um ihre Schamlippen ein wenig auseinanderzuziehen.

Laura wand sich, als seine Zunge sie berührte. Seine Bartstoppeln kratzten stärker. „Aber, Domenico ... so werde ich hier nie trocken." Sie lachte erregt und atemlos. „Das kratzt!" Sie wollte die Beine schließen, aber er stand dazwischen und alles, was sie tun konnte war, sie um seine Schultern zu schlingen, um sich festzuhalten. Er befreite sich von ihrem Griff und zog ihre Beine noch weiter auseinander, bis sie mit vollkommen gespreizten Schenkeln dasaß. Sie tastete mit den Händen um sich, auf der Suche nach Halt, aber er hatte die Säule so platziert, dass sie mitten im Raum stand, und die nächste Wand oder die Kommode weit aus Lauras Reichweite waren. Die Kanten des Holzvierecks drückten schon unbequem in ihre Gesäßbacken.

Sie begann ihn zu beschimpfen, aber er machte weiter, als würde er sie nicht hören. Seine Zunge schien jeden empfindlichen Punkt zu berühren, wobei er sich bei jenen, die sie am meisten erregten, besonders lange aufhielt. Ihre Beine zuckten. Sie biss sich auf die Lippen und brauchte ihre ganze Beherrschung, um sich nicht auf der Säule zu winden. Sie glaubte zwar nicht, dass er sie tatsächlich fallen lassen würde, aber wenn er in dieser Stimmung war, konnte sie nicht sicher sein. Sie hatte sein Temperament und seine Launenhaftigkeit schon zur Genüge kennengelernt.

„Warum?" Sie brachte dieses Wort nur noch keuchend hervor. Ihr

Leib brannte, ihre Klitoris war empfindlich als bestünde sie aus rohem Fleisch, und er legte gerade dort seine Zunge so fest darauf, dass sie hätte schreien können.

„Strafe." Er murmelte das, halb zwischen ihren Beinen vergraben. Sein Atem strich über ihre Feuchtigkeit und erregte sie noch mehr.

„Wofür denn!!!" Sie schrie diese Frage förmlich heraus. Vor allem deshalb, weil er jetzt seinen Daumen um ihre geschwollene Perle kreisen ließ, während sich seine Zunge tiefer in sie hineinbohrte. Sonst hätte sie dieses Spiel genossen, hätte sich auf dem Bett oder auf einem Sofa gewunden, gestöhnt, geseufzt, aber nun musste sie völlig still sitzen, während ihr grausamer Ehemann sie in den Wahnsinn trieb. Sie würde wirklich jeden Moment verrückt werden vor Lust.

„Der Brief." Seine Zunge leckte jetzt in langen Strichen von ganz unten bis ganz oben. Ihr Fleisch zuckte. Ein Zucken, das sich über ihren ganzen Körper fortsetzte.

„Welcher Brief?"

„Amerika."

Sie griff in sein Haar, grub ihre Finger fest hinein und zerrte ihn von sich weg. Die Säule schwankte bedenklich, aber sie konnte sich auf diese Weise ganz gut an ihm festhalten.

„Was ..."

„Dieser vermaledeite Brief in dem du etwas über eine Reise über den Ozean geschrieben hast." Er sah sie grimmig an. Seine Wangen waren feucht, ebenso seine Lippen und sein Kinn. Er wischte sich mit dem Handrücken darüber. „Ich habe den Hafenmeister dazu gebracht, alle Schiffe im Hafen kontrollieren zu lassen", knurrte er. „Eines war tatsächlich schon halb auf dem Meer. Irgendein verrückter Kapitän, der eine Wette abgeschlossen hatte, obwohl kein vernünftiger Mensch um diese Jahreszeit das Meer besegeln würde. Ich habe ein Vermögen für Bestechungsgelder bezahlen müssen, bis mich jemand übergesetzt hatte, und ich es durchsuchen ließ. Ich habe jedes Hotel der Stadt abgesucht, habe nicht geschlafen und bin nicht aus den Kleidern gekommen, während *du* Bäder genommen hast. Ich habe Boten in die umliegenden Städte geschickt aus Angst, du könntest über Land reisen, dich in irgendeiner Hafenstadt verstecken und später abfahren. Ich war überall. In jeder Spelunke. Ich habe die Polizei durch die Stadt gejagt, mich mit den *signori di notte* angelegt, meine besten Freunde beleidigt. Und jetzt bin ich, weil Marina vermutete, du könntest vielleicht auf die Idee gekommen sein, hierher zu reisen, nicht mit dem Schiff die Brenta raufgefahren, sondern

geritten, um schneller hier zu sein. Und du fragst ‚wofür denn'?!"
Lauras Griff wurde schwächer. Marina also. Ihre Schwägerin hatte ihren Brief niemals an Domenico übergeben, sondern einen anderen geschrieben. Wie konnte sie nur! „Domenico, das war aber nicht ..."
Er löste ihre Finger von seinem Haar. „Ich bin noch lange nicht fertig mit dir."
Sie fuhr zusammen, als seine Lippen sich an ihrer Scham festsaugten, ihre Klitoris suchten und dort weitersaugten, bis Wellen der Lust durch ihren Körper gingen. Alles vibrierte, sie wollte schreien, sich winden, aber das ging ja nicht, sonst fiel sie tatsächlich runter. Also um Gnade bitten. Sie machte den Mund auf, aber da war es schon zu spät. Ihr Körper gehorchte ihr nicht mehr. Sie krümmte sich zusammen und dann warf sie den Kopf zurück und fiel ins Bodenlose ...
Als sie wieder aus dem bunten Wirbel aus Lust und Ekstase hervortauchte, lag sie in seinen Armen. Er trug sie zum Bett, legte sie energisch, aber sanft darauf.
„Du hast mich doch aufgefangen."
„Das war Zufall und nicht beabsichtigt."
Laura kicherte. Zufrieden – weil er hier war – legte sie die Arme um ihn und wollte ihn an sich ziehen. Er löste jedoch entschlossen ihre Hände und legte sie über ihren Kopf. „Du bleibst jetzt so liegen."
„Aber ..."
„Wenn ich noch ein einziges Mal das Wort ‚aber' aus deinem Mund höre, sitzt du wieder auf der Säule."
„Ja, aber ..."
Sein grimmiger Blick ließ sie verstummen. Er setzte sich neben sie und zerrte an seinen Stiefeln. Der erste flog in die Ecke, dann folgte der zweite. Lauras Atem ging wieder schneller, als sie sah, wie er sich entkleidete und seine Hose achtlos den Stiefeln nachwarf. Sie leckte sich über die Lippen, als endlich etwas in ihr Blickfeld kam, das sie schon so sehr ersehnt hatte. Sie versuchte, nicht zu direkt hinzusehen, um den Genuss des Anblicks hinauszuzögern, aber dann konnte sie kaum den Blick von dieser Verheißung abwenden. Und als Domenico sich ihr voll zuwandte, starrte sie unverholen darauf. Hart war er, stand steil aufgerichtet aus dem Nest aus krausem Haar. Ihr Blick wanderte an ihm entlang bis zur geschwollenen Spitze, von der sowohl ihre Hände als auch ihre Lippen wussten, wie sie sich anfühlte. Sie erinnerte sich gut an jenes erste Mal, wo sie ihn im Schutz der Dunkelheit in der Gondel berührt hatte. Sie streckte unwillkürlich die

Hand aus, um die feuchte, dunkelrote Spitze zu berühren. Sie hatte sie oftmals ertastet, sie mit ihren Fingern erforscht, aber nun ...

„Ich will aber ...", sagte sie, als Domenico ihre Hand wegschob.

„Du hast im Moment nichts zu wollen. Erst, wenn ich mit dir fertig bin und du dich bis dahin zufriedenstellend benimmst." Seine Stimme klang entschlossen, aber unter der Härte hörte Laura eine ganze Fülle von Gefühlen, die ihr galten und die sich in seinen Augen widerspiegelten: Zuneigung, Ärger, überstandene Besorgnis, Verlangen ... Liebe ...? Sie atmete zitternd ein und legte wieder die Arme über den Kopf. Eine gehorsame Geliebte hatte er einmal haben wollen. Nun, solange er sie liebte, würde sie ihm sogar eine gehorsame Ehefrau sein. Gehorsam zumindest in dieser höchst erregenden Beziehung.

Endlich kam er zu ihr. Sie spürte sein Glied, als er über sie glitt. Die Spitze strich feucht über ihren Schenkel, bevor er es sich zwischen ihren Beinen, die er mit seinem Knie und seiner Hand spreizte, bequem machte. Sie fühlte ihn in ihrer Scham, spürte, wie der geschwollene Kopf die Lippen teilte, sich gegen ihre Öffnung presste. Aber noch stieß er nicht zu, sondern blieb ruhig auf ihr liegen, studierte ihr Gesicht, jeden ihrer Züge, bis sein Blick an ihren Augen hängen blieb. Sie wollte ihn anlächeln, aber das, was sie in seinen Augen las, war zu ernst – und zu schön.

Domenico griff in ihr Haar und hielt sie fest. Das war kein einfacher Kuss. Er war hart und besitzergreifend, aber Laura hatte auch nichts anderes erwartet. Dafür kannte sie sowohl ihren Ehemann als auch ihren Cavaliere d'Amore, der sein süßes Säuseln gerade nur beim ersten Treffen hatte aufrecht halten können, schon viel zu gut. In diesem Kuss waren noch die letzten Reste seines Ärgers, die er damit abreagierte, seine Sorge um sie, und dann erst seine Zuneigung. Zuerst war sie empört gewesen, als ihr klar geworden war, dass Marina einfach ihren Brief gefälscht und irgendwelche haarsträubenden Dinge erfunden hatte, aber nun begann sie langsam die Klugheit ihrer Schwägerin zu begreifen. Er hatte sie tatsächlich gesucht, vor Sorge nicht geschlafen. Er musste sie lieben! Als er sie endlich wieder losließ, waren ihre Lippen geschwollen und ihre zarte Haut war von seinen Bartstoppeln zerkratzt.

Und dann stieß er zu. So stürmisch und heftig, dass Lauras ganzer Körper erschüttert wurde. Sie hatte sich getäuscht, als sie angenommen hatte, er hätte die Reste seines Ärgers weggeküsst – er stieß sie jetzt in sie hinein. Mit einer Feurigkeit, die die Hitze seines

Körpers und sein heftiges Verlangen auf sie übertrug, sie brennen ließ, sie sich winden ließ. So hatte er sie noch nie genommen. So vorbehaltlos, fast ein wenig rücksichtslos, begierig, ungestüm und ... überwältigend. „Lass dir nie wieder einfallen, mir davonzulaufen", presste er zwischen den Stößen zwischen seinen Zähnen hervor.

Laura wand sich mit halb geschlossenen Augen unter seinen Stößen, die Lippen leicht geöffnet. „Nein ..." Es war mehr ein Seufzen.

„Und lass dir nie wieder einfallen, einen anderen Mann auch nur anzusehen. Kein Winken mehr. Keine *mouche* ... Keine *cicisbei* mehr ..."

Laura stieß ein gurgelndes Lachen aus. „Nein ... Nein ... Nein ..."

Ein harter Stoß, tief in sie hinein, noch einer. Er warf den Kopf mit einem Stöhnen zurück, stieß noch einmal heftig zu, dann sank er auf sie und blieb schwer atmend auf ihr liegen, ihr den Atem raubend und sie fest in die weiche Matratze pressend.

Laura wartete ab, aber als nichts weiter kam, schlang sie ihre Beine um ihn und versuchte, sich an ihm zu reiben. Er hatte sie bis an die Spitze ihrer Leidenschaft getrieben, aber nicht darüber hinaus. Aber sie wollte ebenfalls diesen Höhepunkt erreichen und überwinden. Jene Gefühle erleben, in denen sie sich vor Lust auflöste, die Welt um sie herum versank und nur noch ihr Körper existierte und ... er, Domenico.

Er hob den Kopf und sah sie scharf an. Schweißperlen standen auf seiner Stirn und sie atmete tief seinen Geruch ein, der stärker war als sonst. „Was soll das? Weshalb bleibst du nicht ruhig liegen?"

„Ich ..."

„Lass die Arme oben."

„Aber ..."

Er schüttelte den Kopf, und Laura sank zurück. Sie glühte. Sein Glied lag in ihr, nicht mehr so hart wie bei seinen fast schmerzhaft harten Stößen, aber immer noch erregend genug, um ihr Inneres vor ungestilltem Verlangen brennen zu lassen. „Domenico ..."

Seine Lippen senkten sich auf ihre, während seine Hand zwischen ihre beiden Körper glitt. Er blieb in ihr liegen, drehte sich jedoch ein wenig auf die Seite, um Zugang zu ihrer Scham zu haben. Sie fühlte seine Finger auf ihrem Bauch, ihrem Schenkel, fühlte, wie seine Fingerspitzen durch ihr feuchtes Kraushaar glitten und dann endlich fündig wurden. Er rieb sie in langsamen, festen Kreisen, bis er sie endlich in jene Gefilde brachte, die sie so sehr ersehnt hatte. Aber dieses Mal war es anders als sonst. Besser, erregender, befriedigender.

Denn dieses Mal erbebte, starb und erwachte sie in den Armen ihres Gatten und nicht ihres Liebhabers, der sie vor allen anderen verleugnete. Und sie erwachte ohne Tuch, mit einem Blick in sein Gesicht und in seine Augen ... Laura schlang endlich die Arme um ihn und presste sich eng an ihn, kleine Tränen des Glücks sammelten sich in ihrem Augenwinkel und rollten an ihren Schläfen hinab. Domenico küsste sie unendlich zärtlich weg und Laura begann, mit den Fingern über seinen Rücken zu fahren, über seine Schulterblätter zu tasten und das Spiel seiner Muskeln unter der Haut zu erfühlen.

Jetzt erst gehörte er ganz ihr. Jetzt war er mehr als nur ihr Gatte, mit dem sie aus Vernunftsgründen verheiratet worden war. Und mehr als ein Liebhaber. Jetzt war er Ehemann und Geliebter zugleich. Sie begann – in diesem überwältigenden Bewusstsein seines Besitzes – sein Gesicht zu küssen, sein raues Kinn, seine Schläfen. Sie bemerkte, dass er lächelte und lächelte zurück. „Bist du jetzt fertig mit der Bestrafung?"

„Vorläufig ja. Aber nachdem ich gebadet habe und rasiert bin, sieht die Sache wieder ganz anders aus. Fühl dich nur nicht zu sicher."

Sie rieb ihre Wange an seiner Schulter. „So sicher wie mit dir habe ich mich überhaupt noch nie gefühlt." Die nackte Haut seines Körpers fühlte sich gut auf ihrer an. Sehr vertraut.

„Eigentlich hätte ich dich übers Knie legen sollen", brummte er, während er sein Gesicht in ihr Haar drückte. Seine andere Hand strich über ihre Brüste, ihre Hüften, ihre Taille, griff dann unter sie, umfasste fest ihre Gesäßbacke und knetete sie. Laura schlang ihr Bein um ihn und streichelte mit der Fußsohle seinen Schenkel.

„Denk dir lieber andere Strafen als Prügel aus", gab sie mit einem glücklichen Seufzen zurück. „Diejenige vorhin war gar nicht schlecht."

Domenico musste grinsen. „Ich habe nicht von deiner letzten Unbotmäßigkeit gesprochen, du verworfenes Geschöpf, sondern von damals, als du dich nach unserer Heirat so widerspenstig aufgeführt hast."

„Ich war nicht widerspenstig!" Laura schob ihn etwas fort und sah ihn vorwurfsvoll an. „Ich war unglücklich. Ich war an einen Mann verheiratet worden, der mich eingehandelt hat wie ein Stück Ware! Der mich nicht liebte und mich sogar auslachte, als ich versucht habe, ihm meine Liebe zu gestehen! Der nicht die Spur eines Sinns für Romantik hatte! Der ..."

„... der eine Ehefrau hatte, die ihn nicht an sich heranlassen wollte", unterbrach er sie.

„Weil diese Ehefrau eifersüchtig war auf seine Geliebte", erwiderte Laura leise, „und meinte, nicht gut genug für ihn zu sein."

„Dazu gab es keinen Grund. Du hättest nicht einmal von ihr hören dürfen. Es war schon vorbei, als ich dich damals geheiratet habe."

„Sofia hat das allerdings anders dargestellt, als sie sich beeilte, mir über deine Geliebte die Augen zu öffnen." Ihr Lächeln fiel schief und traurig aus. „Aber sie ist es nicht alleine, auch die Gerüchte über deine Geliebten in Paris ..."

„Was auch immer war, es war in dem Moment vergessen, als ich dich auf dem Ball bei den Pisani wiedergesehen habe."

Laura schmolz bei diesen Worten dahin. Dann schluckte sie und eine tiefe Röte überzog ihre Wangen. Der Ball bei den Pisani. Ottavios Kuss.

Domenicos Gesichtsausdruck, der soeben noch zärtlich gewesen war, wurde sardonisch. „Ja, stimmt. Dieser Ball. Und diese Szene, die ich da mitansehen musste. Mit diesem Schurken, der ..."

Laura legte ihm einen Finger auf den Mund. „Es war nur Höflichkeit. Wirklich. Es hat mir nichts bedeutet. Er hätte mich sonst nicht gehen lassen und ich hatte ja solche Angst vor einer Entdeckung!" Domenico zog eine Augenbraue hoch. Zu dieser Auffassung war er in der Zwischenzeit auch schon gelangt. Dann hauchte er einen Kuss auf ihren Finger, der Laura kichern ließ.

„Höflichkeit. Nun, über diese Art von Höflichkeit bei anderen Männern werden wir später sprechen – wenn ich ausgeschlafen habe. Jetzt bin ich zu müde, um darüber nachzudenken, welche Konsequenzen das für dich haben wird."

Seine Gattin, die nicht die geringste Furcht vor den Konsequenzen hatte, die Domenicos dunkle Stimme versprach, sah ihn zärtlich an. „Du hättest es mir sagen müssen", sagte sie leise. „Ein Wort hätte schon genügt. Ein einziges Wort von Zuneigung. Ich habe so sehr darauf gewartet."

Er zog sie enger an sich. „Ich wollte es, aber da war es schon zu spät, da waren wir schon mitten in den Missverständnissen und Intrigen der anderen verstrickt." Er lächelte leicht, als er seine Lippen an ihr Ohr legte. „Ich bin eben kein Mann, der dir dumme Dinge ins Ohr flüstert, die deinen romantischen Vorstellungen gefallen, ohne ernst zu sein", flüsterte er zärtlich. „Wenn ich einer Frau sage, dass ich sie liebe, dann ist das die Wahrheit. Eine Wahrheit, die sich nicht mehr ändern wird, solange ich lebe!"

Laura legte den Kopf zurück, um ihn ansehen zu können. Wie sehr

hatte sie dieser Satz gekränkt. „Das ... das hast du dir gemerkt?"
„Ja, denn ich hatte die Absicht, ihn so bald wie möglich zu wiederholen. Allerdings nicht als dein Liebhaber, sondern als dein Gatte." Sein Blick wurde intensiver, dann griff er wieder in ihr Haar und hielt sie fest. „Und jetzt wird es Zeit, dass ich es tue: Ich liebe dich, Laura. Ich liebe dich, ich begehre dich, und ich möchte mit keiner anderen Frau leben als mit dir. Und das ist die Wahrheit, die sich nicht mehr ändern wird, solange ich lebe."
In Lauras Augen traten auf der Stelle Tränen.
„Nein, nicht schon wieder", brummte Domenico. Als er sie dieses Mal küsste, waren seine Lippen sanft und sehr zärtlich.

Nachwort

Was ich gerne noch zu Laura und Domenico sagen würde ...

Auf die Idee, eine Geschichte zur Zeit des Rokoko zu erfinden, war ich ja schon lange gekommen, nämlich bei der Lektüre des Buches „Die Frau im 18. Jahrhundert" von Edmond und Jules de Goncourt. Sie beschreiben darin sehr eindrucksvoll das oberflächliche und aus meiner - und vielleicht auch Ihrer - Sicht nicht sehr glückliche Leben der adeligen Frauen Frankreichs.

Als ich begann, mir eine Geschichte zu überlegen, in der eine Frau aus dieser Zeit im Mittelpunkt steht, fielen mir Casanovas Memoiren in die Hand. Ich beschloss, Laura und Domenico nicht in Frankreich, sondern in Venedig leben, lieben und „leiden" zu lassen. Ein Hintergrund, der für Domenicos Maskerade noch weitaus besser geeignet ist. Und außerdem liebe ich Venedig. Diese Stadt übt einen ganz besonderen Reiz auf mich aus, und wenn ich mich heute mit den Leuten durch die engen Gässchen dränge, dann fühle ich mich in der Zeit zurückversetzt. „Laura" war übrigens ein guter Vorwand für mich, wieder einmal eine Woche dort zu verbringen.

Ich habe einmal gelesen: Wäre nicht der Florentiner Dante und seine „Göttliche Komödie" gewesen, dann wäre vielleicht der venezianische Dialekt aufgrund der wirtschaftlichen und politischen Machtposition, die die Serenissima früher innehatte, über ganz Italien als Schriftsprache verbreitet worden. Ob das stimmt, kann ich natürlich nicht beurteilen, aber die Überlegung finde ich nicht uninteressant. In Lauras Liebesgeschichte habe ich allerdings nur wenige venezianische Ausdrücke eingebaut, obwohl wiederum der in anderen Ländern als *cavaliere servente* bekannte venezianische *cicisbeo* eine zentrale Rolle in meiner Geschichte spielt. Zum Ausdruck kommt der venezianische Dialekt auch noch in der Abkürzung der Anrede *signora* und *signore,* die in Venedig zu *siora* und *sior* wird. Goldoni – ein „Zeitgenosse" von Laura und Domenico - war hier für mich eine faszinierende Quelle, zumal er in seinen Theaterstücken auch viele hochinteressante und klingende venezianische Kraftausdrücke einbaut, die nicht einmal meine italienischen Freunde kannten.

Meine Geschichte spielt in den fünfziger Jahren des 18. Jahrhunderts. Zu einer Zeit, wo die ehemals mächtige Republik zwar schon dem Niedergang geweiht ist, man den Abstieg bereits fühlt – Laura spricht es auch aus – die Vergnügungen und Ausschweifungen jedoch – oder vielleicht gerade deshalb - ihren Höhepunkt erreichen. Es hat mich beim Recherchieren und Schreiben oft traurig gemacht daran zu denken, dass es nur fünfzig Jahre waren, die Domenico und Laura von dem Zeitpunkt trennten, wo der mit seinem Heer heranrückende Napoleon dem Dogen und seinen Beratern ein Ultimatum stellte und der Große Rat die Kapitulation beschloss. Das war 1797 und das Ende einer tausendjährigen Republik.

Obwohl mir schon von dem Moment an, als ich das erste Kapitel von „Laura" begann, klar war, in welche romantischen, amüsanten und auch unerfreulichen Abenteuer ich meine beiden Helden geraten lassen wollte, brauchte ich fast zwei Jahre, bis meine Verlegerin und ich wirklich mit Lauras und Domenicos Schicksal zufrieden waren. Ich hoffe, es ist mir gelungen, die beiden so dazustellen, wie ich sie sehe, und ich hoffe, Sie mögen sie ebenso wie ich. Mir sind sie in diesen beiden Jahren richtig ans Herz gewachsen. Laura, weil sie so sehr nach Liebe sucht und sie endlich bei dem Mann findet, an dem von Beginn an ihr Herz hängt - und Domenico, weil ich darüber schmunzeln kann, wie arglos er in seine eigene schlaue Liebesfalle tappt.

Ich hoffe, die Lektüre hat Ihnen Spaß gemacht und Ihnen unterhaltsame Lesestunden bereitet!

Ihre Mona Vara

Mona Vara

Zur erotischen Literatur kam Mona Vara mehr aus Neugier: um zu sehen, ob sie das, worüber man nicht - oder nur selten - spricht, überhaupt schreiben kann. Und sie fand heraus, dass es für sie keinen Unterschied machte. Denn das Wichtigste beim Schreiben ist für Mona Vara, Figuren zum Leben zu erwecken. Ihnen ganz spezifische Eigenschaften und Charaktere zu geben und ihre Gefühle und Erlebnisse auf eine Art auszudrücken, die sie nicht nur vor Mona Varas Augen, sondern auch vor denen ihrer Leser lebendig werden lässt. Und wenn dies manchmal auch noch zusätzlich mit einem Schmunzeln geschieht, so hat sie ihr Ziel erreicht ...

Die Autorin ist Mitglied bei „Sensual Books", der Autorenplattform für erotische Romane: www.sensual-books.de

Wer Mona Vara gerne persönlich kennen lernen möchte, kann dies im Rahmen der alljährlichen *Booklover Conference*, dem einzigen Liebesroman-Kongress in Europa (Tickets & Informationen: www.booklover.de).

Besuchen Sie auch die Website von Mona Vara: www.mona-vara.cc

Ebenfalls von Mona Vara im Plaisir d'Amour Verlag erschienen (alle Titel auch erhältlich als eBook):

Selina – Liebesnächte in Florenz
Erotischer Liebesroman aus dem Florenz der Renaissance
Taschenbuch: ISBN-10: 3-938281-01-4 / ISBN-13: 978-3-938281-01-7

Fedora – Im Harem des Prinzen
Erotisches Liebesmärchen aus 1001 Nacht
Taschenbuch: ISBN-10: 3-938281-02-2 / ISBN-13: 978-3-938281-02-4

Patricia – Der Kuss des Vampirs
Erotischer Liebesroman mit Vampiren, Hexen und Dämonen
Taschenbuch: ISBN-10: 3-938281-07-3 / ISBN-13: 978-3-938281-07-9

Katharina – Schatten der Vergangenheit
Erotischer Liebesroman aus dem Amerika des 19. Jahrhunderts
Taschenbuch: ISBN-10: 3-938281-11-1 / ISBN-13: 978-3-938281-11-6

Lucrezia und ihr unwilliger Liebessklave
Erotische Novelle über eine stolze Venezianerin, einen Zwilling und einen Harem
Erschienen in der Anthologie „Sinnliche Verführer"
Taschenbuch: ISBN-10: 3-938281-05-7 / ISBN-13: 978-3-938281-05-5

Besuchen Sie auch die Plaisir d'Amour Website (www.plaisirdamourbooks.com):

Kerri van Arden
Der Pirat und die Dirne
eBook (Adobe Reader PDF)
Taschenbuch: ISBN-10 3-938281-18-9 /ISBN-13 978-3-938281-18-5

Emilia Colby, Kurtisane und gewitzte Diebin, stiehlt für ihren Liebhaber, den berüchtigten Piraten Giovanni DeMarco, eine wertvolle Schatzkarte. Im Gegenzug verspricht er, sie auf sein Schiff mitzunehmen und den Schatz mit ihr zu teilen. Doch Giovanni bricht sein Wort, lässt sie allein im Bordell zurück und zerstört Emilias Hoffnung auf ein Leben in Wohlstand. Entschlossen, ihren Anteil an dem Goldschatz von Madagaskar einzufordern, verkleidet Emilia sich als Mann und heuert an Bord der „Seaflower" an. Giovanni lässt sich jedoch nicht von Emilias Maskerade täuschen und entfesselt ihre Leidenschaft erneut. Aber auch Giovannis Gefangener, ein junger Adeliger, lässt Emilia nicht kalt. Leidenschaftliche Nächte und eine abenteuerliche Schatzsuche mit erotischen Verwicklungen bringen Emilias Gefühle endgültig in Verwirrung ...

Emilia Jones
Club Noir
eBook (Adobe Reader PDF)
Taschenbuch: ISBN-10 3-938281-19-7 /ISBN-13 978-3-938281-19-2

Jesse Brown arbeitet in einer Londoner Galerie. Als sie eines Tages das Angebot erhält für vier Wochen nach Brüssel zu gehen, nimmt sie nur widerstrebend an. Diese Stadt ist ihr fremd und sie fühlt sich dort verloren. In einer geheimnisvollen Brüsseler Bar, dem „Club Noir", trifft die einsame junge Frau Louis, der jedoch zudringlicher wird, als es ihr lieb ist. Der charismatische Andrew McCloud, der sie auf geheimnisvolle Weise anzieht, befreit sie aus der misslichen Lage. Er beginnt Jesse zielstrebig zu umgarnen und Jesse lässt sich von seinen Verführungskünsten mitreißen. Louis hingegen wartet im Hinterhalt nur auf eine günstige Gelegenheit, um an Andrew Rache nehmen zu können. Was Jesse nicht ahnt: Andrew und Louis sind mächtige Vampire und der „Club Noir" ein Vampir-Club ...